星海之城

巴薩拉

曾昭榕 著

推薦序

高普

這件事沒法做問卷調查，但人類似乎是地球上所有物種之中，唯一擁有想像力的生物。且不論信史以前的蒙昧時期，從人類第一部英雄史詩《吉爾伽美什》以降，到奧林帕斯山眾神，再到印度的經典《摩訶婆羅多》，那些超現實的傳奇冒險、神魔交戰，便如真實發生過一般浸於史冊，成為人類集體記憶中的一部份。與其說是作者向壁虛構，勿寧說這是人類一種創作的本能。

我曾在某個類型小說獎的會議記錄中，讀過一段精闢論點，說明類型小說與純文學的差異。前者大多從幻想中出發，將故事帶往俗世爭端，虛構世界其實就是現世；後者則由現實著手，開場多半是日常瑣事，卻在某一個點上跳入空靈的想像，追求一種超脫意境。

《星海之城——巴薩拉》在各方面都具備類型小說的特徵，一個龐大的浩劫後世界，文明昌盛卻人心敗喪，各種充滿奇想的環境設置，是遠未來科幻小說的定式。

故事一開始就是一場城邦間的大戰，年代已是五星曆一百餘年之後，地球建立了七大天空城邦，以及七個對應的影子城邦，還有一個獨立的泰瑞比西亞，角色們遊走各邦之間，演繹著人類共通的愛恨情仇。

此中作者費了偌大苦心查找資料，發揮想像力，將世界有條不紊地呈現在紙頁上，舉凡物理或地球科學，遺傳工程及藝文史，豐沛的知識涵量足以讓外行人看熱鬧，內行看門道，而作者的意圖遠不止於此，書中更帶入對現世的批判與關懷，多元視野，生態保育，以及顯而易見的反烏托邦情懷。即便說的是遠方，也完全能對接到今時此刻我們的世界，這正是一部好小說的特徵，無論是類型小說或純文學都是。

網上可供查考的資料表明，作者曾昭榕老師，是一位獲獎連連的創作人，同時兼具純文學與類型小說的功底，這部《星海之城——巴薩拉》，是她星海之城系列的第二部，而且故事尚未完結。

如果以魔戒三部曲來看，此書就像第二部曲《雙城奇謀》那種情況，佛羅多及湯姆與遠征軍斷開，踏上一場無退路的旅程；亞拉剛仍在四處奔走，籌謀他宿命中的正邪之戰；灰袍巫師甘道夫，彷佛已消逝在書紙外，卻總讓人留有一絲寄望，也許下一章他就會帶著願力重返人間，裨闔縱橫地盡展其手腕。

這是一個大故事的爬昇階段，上承前一部《星海之城－奧羅拉》，導出主角們在苜蓿山城事變後的發展，開啟更宏偉的續章。

書中尚有兩則番外篇，都觸及到整個系列在苜蓿山城的瑣事，這是一個巧妙的安排，一方面交代讀者會好奇的前因，一方面補完上一部略過的後台背景，劇情相形下更加完整。

甚至正文某些片段，據說就是作者獲得金車奇幻小說獎的完整內容，作者單獨抽出來參賽，可見此作具有高度的延展性，每一段都各有其起迄，讀者悠遊其中時，兼有閱讀長篇及短篇的樂趣。（目

前小說獎的得獎作品已集結成書，書名《永無島的旋律》，即取自於曾老師的短篇篇名）

以一名創作者的角度，我很佩服作者書寫時的用心，這種用心展現在此書的方方面面上，前文多有提及。某些地方或許不能說毫無缺憾，譬如一些議題存在感太強，讀來不免讓人聯想到當下，跳脫故事世界。縱然是這樣，此書仍然是一部難得的類型小說，尤其還是國人所著，在這塊創作養分相對貧瘠的土地上，沒有道理不給予支持！

目次

一、琉璃：等邊六角型的泰瑞比西亞

五星曆一百一十五年，木星曆奧古斯都月十日，陽光像是米加勒金箭天羅地網射來，被六萬三千平方英呎上蛋殼似防護罩反彈開後，碎裂成億兆束射線，散入棋盤街道、寬廣農田與蓄水池、阡陌縱橫溝渠和星羅棋布的房舍。

這裡是泰瑞比西亞，一個建立不過十年的新城邦，在荒旱岩漠中雨後春筍般迅速繁殖增長，最初這裡人口數僅五百多人，但卻聚集了一群學有專精的植物學家和科學家，他們設立科技中心，發展水循環再生系統，將整個城市每天消耗的汙水集中處理再淨化，統一輸入城邦外圈的垂直農場，主要生產一種新改良果實——巴薩拉，又名紅寶石，這是一種拳頭大小、鮮紅多汁的果實，即使經歷半年乾旱期，依舊可以生長茁壯。

從高空三百英呎往下眺望，彷彿以圓規和量角器設計出的城邦便呈現眼前，擁有黃金比例的等邊六角形，正如克卜勒所言：「六角形的雪花顯示了天地之心，也就是形成萬物的『靈』」

外圍一圈金屬色銀光，那是太陽能板，吸收熱能轉化電能，供給居民全部的電力，再內一層是一圈翠綠色光，陽光第四道波長，那是垂直農場所在地，所有居民飲食都生產自此處，二十五層樓建築，一到五層生產水果和葉菜類、第十至十五層則是種籽作物、依次還有穀類、蕈類作物，每日僅需七萬加侖左右的水，配合風力及水力運轉，便可由上到下澆灌所有農作，不過三個月便可收成。

城邦外圍一公里之處，樹立一整圈的防護罩，如同蛋殼安穩的將整個城邦包覆其中，那是離子防護罩，透過電弧發射器產生電漿場，以吸收紫外線波長，阻隔霾害和不定期沙塵暴，外殼遠遠看去是淡紫色，但越靠近顏色又變為緋紅，反射紅色長波。

鄰近礦脈上發現一種元素——鉏，一種可用來製做微電腦、通訊器材的礦石，可作為絕佳的電磁振動導體，礦業與農業長足發展，成為泰瑞比西亞獨立建城的兩大要素，建立之初，這裡便標榜每個人民都應當擁有民有、民治、民享的公民精神，吸引了其他城邦的移民加入，短短兩年多人口便由原先的數百化為幾十萬人，發展為新興都市，其都市規模和經濟能力甚至與七大城邦並駕齊驅。

自西元兩千三百六十七年後，出現了一段時間名為空白的歷史，將近一百年後，地球上建立了七大天空城邦，又被稱為光城邦，分別是：亞法龍、香格里拉、歐茲、崑崙、泰坦、烏托邦、永無島，而脣齒相依，在地面上與之連結的影子城邦便是：蟻墟、牛阜、蝸角、鼠窩、蟲穴、灰洞、蕞爾，這七大城邦的經緯度正好對應天空中北斗七星的方位。

最初建立泰瑞比西亞，是一群自稱為紫錐花會的知識分子，他們來自不同城邦，有些是居住在天上的天之驕子，但大部分都是居住在地面城邦下的影子居民，終生苦於惡劣的水土與苦役，面對天空之城公民享有大部分權力與資源感到不滿，當全世界幾千億人憤怒如同水滴匯聚成大河，他們突破限制自由的鐵絲網，組成反抗軍與天空城邦對抗，最後終於尋找到一塊無汙染的樂土，在此獨立建國。

目前在泰瑞比西亞中執政的特首為尼爾森‧克勞伊，一名紫錐花會的資深黨員，在金星曆九十九年加入，他原本所屬的城邦為蝸角，一個以礦業為主的行政區。泰瑞比西亞最初建國時本來打算採取內閣制，先選取議員，再從中互相推選出國會議長，但當一切尚在草創階段時，其餘天空城邦便已迫不及待發動一波波猛攻，他們視新興城邦為洪水猛獸，要在其未成氣候前加以殲滅，好對其他地下居民的反抗軍殺雞儆猴，因此，在混亂局勢下推舉有軍事經驗的尼爾森作為特首，雖然他的過去是一團謎，只知道他曾經組織對抗歐茲的游擊戰，擁有絕佳的口才與蒼勁嗓音，他留著一頭銀亮的灰髮，兩鬢噙著幾綹霜痕，一雙眼睛沉靜如水，給與人睿智、冷靜之感，每當他站在台前，用著或激昂、或高亢的嗓音對群眾宣講之時，總能激起許多人民的鬥志與熱誠。

子夜，十五坪大小的八邊型作戰中心，九人分據各方各就各位，中央則是坐著一黑色軍服的男子，他眼睛略微凹陷，呈正三角形狀，眸子中射出一陣銳利精光，肩膀極為寬大，額角微微上揚十五度，露出深邃的兩條抬頭紋，有人說那是智慧之火延燒過的象徵。

「報告隆上校，目前探測系統已經發現有惡意程式攻擊防火牆。」軍艦內，一名軍士道。

「電腦病毒數量有多少？」隆道。

「大約有三百多隻。」

「很好，把螢幕放大，茹比，妳來迎戰。」

只見中央開啟三面巨大螢幕，紅色顯示最高警戒色，一名嬌小纖細的黑髮女子站立其中，頭髮紮成一小巧馬尾，正以迅捷速度在半空中點選上方程式，她十指伸張如彈奏黑白琴鍵的輕揚快板，又像指揮交響樂讓程式如音符隨著指尖揮舞，五指一抓，以迅雷不及掩耳的速度攔截惡意程式、破解，只見螢幕色澤逐漸由橘紅、淡綠，最終轉為淡藍，約莫幾十分鐘後她以清悅嗓音道：「已將三百筆死亡蠕蟲全面阻攔殲滅，任務完成，隆上校。」

「幹的好呀！茹比。」前方螢幕前的一名年輕男子回過頭對她豎起大拇指，他有著柔軟黑髮、帶著深框眼鏡道。

「別高興太早，伊恩。我們迎戰亞法龍這麼久了，還不明白他的作戰模式嗎？這場資訊戰只是嚆矢而已，下一步，應當就是大型武裝飛艦的實體攻擊了。」隆正坐中間，他神情肅穆，雙手置前兩指夾著鼻梁，緊盯螢幕道。

「隆上校，在西北西防護罩外三公里之處發現一支軍隊，數量和裝備不明。另外西北上飛三千公尺處則有一群軍艦飛來，粗估數量是三百艘。」伊恩緊張道：「要派出軍艦迎戰嗎？」

「別緊張，敵人攻擊的策略說不定是聲東擊西，先派遣飛艇迎戰，另外立刻連絡夜鶯，我有祕密指令。」

「是的。」

不一會兒，伊恩道：「上校，已經連絡到夜鶯了。」

「好，你將視訊開啟。」

打開螢幕，只見一黑髮女子立於一片星空夜幕下，螢幕顯示她深邃皎美的面容，她的鼻樑挺直，像極了希臘神話裡的雕像，眼神熠熠如星子，隆對著螢幕道：「琉璃，我現在有任務交給妳，伊恩偵測到一隊亞法龍的伏兵，我懷疑他們的目的是破壞防護罩，請妳即刻率領夜鶯小組前往。」

「好，我知道了。」

當眼鏡上視訊關掉的一剎，光線瞬間如水分被蒸發的一點不剩，四周又恢復原來的黑暗與靜謐，這裡是距泰瑞比西亞外殼五公里之處的伊謝爾隆要塞，白日炙燠的烈日煎烤著人的每一吋細胞，但此時夜幕降臨，沙丘如凝固的波濤、靜定的縠紋，像提琴手拉動的音符般，在沙漠上留下流動卻靜止的軌跡，連結著遠方視線不可及的地平線，而上方則是閃爍無聲的星斗縱橫。

琉璃掬起一把細沙，沒有白日的炙人，此時的沙子溫度正好，像是新磨過麵粉似的細膩且滑順，微微鬆手，指間滑落後瞬間，往右後方紛飛墜落，看來，風是往東南方向移動的，自從離開苜蓿山城後，有很長的一段時間，她都是在沙漠裡行動，沒有人比她更瞭解沙漠的每一吋呼吸，也因此，當泰瑞比西亞建立城邦之際，大多數紫錐花會的夥伴都選擇待在安逸的防護罩裡頭，以躲避螫人的紫外線與毒氣，而她卻選擇留在嚴酷的環境之中，日日與風沙星辰為伍。

凝視著眼前的沙丘，波濤層巒起伏，有人喜歡將沙漠比喻成少女的胴體，高聳的波狀沙丘如誘人的雙峰，但她知道，沙漠是最瞬息萬變的千面女郎，即使景物看似靜止不動，但只要一陣風吹拂而來，眼前的縱、橫沙丘、鯨背沙丘與新月沙丘便會如浮雲蒼狗、海市蜃樓般轉瞬即逝，變化出截然不同的地貌景觀，沙漠是最容易掩蓋行蹤的地點，也是躲藏、伏擊者的天堂，由於地貌瞬息萬變的關係，不易鎖定軍隊的經緯位置，再加上軍隊配備反偵測雷達的話，就無從了解其行進至何處。

她右手靠在眼鏡旁，接收從伊恩傳來的敵軍訊息，不一會兒她便收到了影像，以自己的雷達鎖定後放大，約莫是一中隊的武裝士兵，算來有十五人，看起來大部分人手上都配備激光槍與刺刀，臉上帶著夜視用面鏡，但有幾人看來並未攜帶武器，只有在背上背著方形盒子，大小判斷依稀是爆破裝置。

視訊到這裡就中斷了，看來敵人已經移動到反偵測雷達的範圍了，沒關係，這樣的訊息應當就足夠了，她有自信，這裡沒有人比她更瞭解沙漠的氣息，她閉上眼睛，讓沁涼夜風湧入胸口每一吋肺泡，思索。

此時她穿著一套黑色勁裝，這是改良過的盔甲，用一種極細的金屬絲織成，外表再覆上奈米細小的防火聚脂纖維，充滿彈性又防水排汗，還有防彈、防雷射效果，方便戰鬥時能活動自如，此時，她臉上帶著一只夜視用紅外線眼鏡，除了可以探查遠處敵人所在，內建微電腦亦可以透過視訊與軍方內部聯繫。

她左手靠著左眼的鏡片，開啟視訊方框道：「凱斯，呼叫其他隊員，一分鐘後在門口集合，我有命令交代。」

一分鐘後，夜風颯颯吹來，只見九名精壯男子站立成一排，為首是一名褐髮男子，他有著高大、寬廣的肩胛，粗壯的身形與小山般隆起的手臂，他道：「隊長，請問是發現敵人的蹤影了嗎？」

琉璃道：「沒錯，凱斯，方才上校傳送訊息給我，有一列亞法龍武裝士兵正靠近中，從速度來看等一下會登上一面波狀沙丘，從現在的風速和風力來看，前方已經有一個新月沙丘成型了，我們先到那裡躲避伏擊。」

幾十分鐘後，他們便來到一座十點三七公尺高的新月沙丘，先在新月背面立好探測遠紅外線望遠鏡，將武器準備好之後，便伏下不動。

琉璃自靴子甩出兩只彎刀，那是她的武器——銀月，指尖彈挑一下刀鋒，傳來冷空氣在刀鋒之間共鳴震動的聲響，蒼穹中一懸掛著一只彎月，冷冷的清輝撒在銀色彎刀上，映著她的面容忽明忽滅，穹廬中的星子閃耀如金幣，而其中最為閃爍，抬頭四十五度角左右，便可看見北斗七星中的天樞星，那是亞法龍的對應星，因為泰瑞比西亞的地理位置離七大城邦中的亞法龍最近，也因此不時便遭受亞法龍軍隊的進擊。

「隊長，我偵測到軍隊來了。」凱斯道，這是他第一次加入戰鬥，因此內心有些緊張，以前，他只有在與隆老師教練過招時、或是模擬機中的模擬戰鬥有機會磨練武藝，他就是因為希望有一天能有機會將學習到的各種武藝實地演練，追求格鬥的最高境界，因此他主動請纓來前線，希望可以在戰場上大展身手。

猶記得他方到夜鶯小組報到時，琉璃老師問過他的問題：「凱斯，你覺得戰場上最需具備的攻擊力是什麼呢？」

「爆發力和速度。」當時他回答道：「還有一擊必殺的快狠準，不能給予敵人一點喘息空間。」

「很好，凱斯，看的出來在平常的格鬥中你下了許多功夫，但我要問你的是，你真的有辦法『殺人』嗎？當敵人眼神閃過一絲恐懼、害怕、求饒時，你真能讓你的雙刀完美的割斷他的喉嚨，像中止電腦程式似的，中止一個人的生命嗎？」

「會的，我可以。」

凱斯沒殺過人。

以往，他僅有幾次零星的救援行動，出入槍林彈雨之中，但他並未真的與敵人短兵相接，親手槍斃人的腦袋、割斷頸部動脈。

琉璃老師並未再多說什麼，一切只留予他自己思考，但私底下他仍不時自問自答，自己，在戰場上，他真的能親手取人性命嗎？

此時他心臟不斷狂舞著，感覺掌心滲出溼黏汗水，風吹一陣後化為冷汗迅速蒸發。

耳機暗號聲傳來，敵人即將靠近十公尺之內，他趕緊握住手中雙刃。

這是他的武器——大馬士革鎢鋼刀，約一公尺之長，據說殺人不沾血跡，這是他離開蟻墟時，費森先生送給他的禮物，費森先生喜歡收集各地不同的武器，當時他讓凱斯挑選，待他挑到最上手的武器後便可帶走。「武器與武鬥家的關係就如同樂器與演奏家一般，只有最出色的武者，才能將武器給發揮到極致。」費森先生說。

一瞬間巨大的燈光一閃，那是閃光彈，當敵人靠近時癱瘓敵人的視覺，接著凱斯大喊：「不准動，放下你們的武器。」敵人以一陣子彈回應他們聲響，只見琉璃凌空跳躍，如同一只夜鶯似的盤旋下降，雙手閃耀出兩圈耀眼銀光，降落之際一個飛踢，一腳踢在一名士兵喉嚨之上，通常頸部是不會有任何盔甲保護，兩手一砍，削斷槍管。

凱斯也和其他士兵衝了出來，他面對一名身形高壯的敵軍，他看起來比他高了一個頭，他拿起雙刃劃了兩個銀圈，鏗！鏗！冷空氣中閃出金屬擦撞的火光，他瞬間倒退兩步，感覺虎口一陣痠麻，左腳陷入沙堆之中，看來這士兵的力量比他想像的還大，他在同袍中算力氣大的了，但與這名敵軍相比，還有些不足。

咻咻刀聲傳來，敵軍連續砍了好幾刀，反射神經直接下達命令，他向右一連串翻滾，右手抓一把沙子向前撒去，方才狼狽起身，就要應戰之時，突然，感覺背後一陣冷風，他迅速彎腰，另一名敵軍正拿著刺刀，只差一點點便擦過他的頸動脈，他大力喘著氣，內心一陣緊張，但越是緊張他便越是鎮定，他調整好呼吸，將大馬士革刀舞成兩道劍花，護住前後要害，接著一個深呼吸，眼觀鼻、鼻觀心，只見原先那士兵又拿著一柄彎刀劈來，這次他學了乖轉身不攖其鋒，而是緩過身橫劈，中！右手的刀鋒劃破敵人的肚腸，接著再補上一刀，正要把左手刀鋒切入敵人腹部時，只見彎刀從上而下劈來，這風聲、猛勢絲毫沒有減弱之勢。

「可惡，他們都不怕痛的嗎？」

他內心不禁一陣思索，手腕一轉擋住敵人的彎刀，這一勢簡直有雷霆萬鈞之勢，一陣電光石火閃來，他直挺挺的承受這一擊，瞬間彎刀被震飛。正好，他內心一陣狂喜，接著兩手成交叉狀趁勢穿過敵人肩胛，像是標本般將他釘在鬆軟的沙地裡。

血如同沙漠噴泉般汩汩流出，右手抽起刀刃又是一刀，將頸部一分為二，終於成功了，首次，經由他的手中止一個人的生命了。

害怕、嘔吐、興奮、狂喜……各種混亂的情感還來不及統整，一陣兵刃破空之勢而來，他趕緊翻身，只見一個流星錘流星趕月襲來，砸在方才那名士兵臉上，濺出大面積的血液與脂肪，或許還有一點點的腦漿，他正要反擊之際才發現他來不及拿武器，現在是空手。

深吸一口氣，他直接飛撲上去，趁敵人還未將武器取出之時，這是他最擅長的戰鬥方式，近身搏擊，童年在蟻墟時他便常常用這種模式和同伴打鬥為戲，比賽誰可以將對方壓制在地板上。

敵人一個翻身將他扭倒在地，感覺整個頭正要沒入鬆軟的沙地裡，細沙將臉龐逐漸淹沒，耳朵、眼睛最後到鼻孔，他奮力起身，只覺得像是被釘在十字架上一點也動不了，身體完全被壓制在底下，他用力抬頭，一撞，一陣眼冒金星，敵人的頭還真硬，他一陣昏頭敵人卻什麼事情也沒有，但敵兵似乎被激怒了，兩隻手鐵鉗似的掐緊他的脖子，呼吸，他大力的吸氣，細沙如同小蟲逐漸淹沒他小丘似的鼻翼，麵粉似的沙土鑽進鼻腔嗆的他難受，可惡，難道他就要死了嗎？銀色月華下，敵軍臉龐逐漸靠近他的臉，那是一張蠟黃、無生氣的臉，眼睛卻像兩團火球似燃燒，右方眼角之處瞥見一具割喉扭曲的屍體，身上的服裝依稀也是夜鶯小組的一員，難道大部分的同袍都被殲滅了嗎？

當呼吸幾乎要暫停的一刻，瞬間所有的力量完全消逝，只見一個矯健的黑影躍來，隨著手中銀刀的指畫，脖子被劃了一條長口子，接著那人把敵軍屍體往後拉，但他的手指仍牢牢的握住他的喉嚨，那是臨死前的肌肉僵硬所造成的，她又輕巧一揮，十根手指整齊切落，彷彿胸膛就要爆炸一般，凱斯迅速起身，讓冷空氣迅速湧入肺裡。

「謝謝你，琉璃老師。」待休息一下起身，凱斯道。

休息了半晌他才爬起，眼前，所有的戰鬥已然結束，沙漠上屍體倒臥橫陳，在清點一下人數後，敵軍全部殲滅，而他所屬的夜鶯部隊三人死亡，兩人輕傷。

不大對勁，一開始他們便掌握了地形優勢，應當瞬間便勝負已分才對，竟然纏鬥了如此久，而且敵方竟無一人逃亡。

檢查一下屍體後，琉璃緩緩道：「凱斯，你看，他們被注射了肌肉興奮劑和疼痛減緩劑，所以感受不到任何的疼痛。」

「什麼？」難怪在打鬥時感覺他們力大無窮，但動作卻有些莫名的遲鈍與不協調。

看著一具腦袋被擊碎，眼球爆出的屍首，琉璃緩緩道：「他們是傭兵，應當跟以前的你一樣，是來自蟻墟。」

空洞的感覺，像一塊真空卡在凱斯胸口，第一次上陣殺敵沒有任何一點快感，只有如鯁在喉的不快，琉璃又道：「雖然說是傭兵，但更有可能是逃亡至亞法龍的非法勞工，像以前的你和蒼穹一樣，被捕獲後面臨遣返坐牢的命運，因此選擇作為傭兵。」

「蟻墟現在？還是像我們以前那個樣子嗎？」

「我……不知道，自從費森死掉之後，那裡似乎成了無政府狀態，我也無法像以前一樣輕易的從那裡得知任何消息，費森他，雖然表面上是亞法龍的爪牙，但私底下他真做了不少好事，其實，這些我一直都知道的……」琉璃抑制著語氣裡的感傷，做為一個標準的戰士，在未下戰場之前是不宜表露太多個人情感在其中的。

此時，感覺腰間傳來一陣聲響，她將腰包的微電腦眼鏡取來，開啟視窗以淡定的語氣道：「防護罩西北西十五公里之處已經截獲敵軍，戰鬥之後敵方已全部殲滅。」

只見隆一雙刀眉鎖的更緊道：「先別說這個，你快到北北東之處，我等一下會將畫面和地圖傳去給你，那邊碰到亞法龍的突襲，二十分鐘前派去的獵豹小組陷入膠著之中，我估計那裡應當才是敵軍地面部隊的主力，你快去支援。」

「是！」關掉視訊後一秒鐘，再度傳來視訊的畫面，以指尖開啟後，琉璃不禁微微蹙眉道：「凱斯，夜鶯小組裡還有多少人？」

「留在要塞裡還有十人。」

「留下兩人照顧傷者，其餘迅速隨我前往。」

「老師，是發生了什麼事情了嗎？」

琉璃沒說話，只是將螢幕放大給他看，只見在紅外線的螢幕下，數十群光點跳躍閃爍，一簇一簇的，看起來數量起碼有幾百個。

「這也是注射了藥劑的傭兵嗎？」要他一次對付那麼多肌肉強化的鋼鐵人，他可沒這勝算。

琉璃搖搖頭道：「應該不是，如果是的話可能問題還簡單輕鬆的多。」

一刻鐘後，駕駛著沙艇，琉璃帶著一行人迅速滑起一樓高沙浪，來到敵軍攻擊的地點，下了沙艇拿起遠紅外線望遠鏡一看，凱斯不禁倒抽了一口涼氣。

這是一批基改生物大軍，混合了獅子的利爪、狼的尖牙和花豹的速度，對著敵軍狺狺猛吠，牠們的眼瞳如同藍色幽冥的火炬，像是冥界的三頭犬，跟方才決鬥的地方相比，此刻的血腥屠戮幾乎是小巫見大巫了，沙地上觸目所及殘斷的屍骸，一名野獸叼著一名士兵半截的屍首為戲，仔細一看，這獸牙起碼有一寸長，利的可以畫開任何防護軟甲。

可惡，這才是亞法龍的主戰場，方才不過是聲東擊西而已。凱斯暗恨道。

「凱斯，用白熾彈和石榴彈。」琉璃喊道。

凱斯聽言趕緊將手放在腰間皮囊中，方才出發之際，每一名夜鶯小組都配備了十顆白熾彈和二十顆石榴彈。這兩種都是質輕卻威力十足的炸彈，白熾彈只要拉開活栓，拋擲而出，便會瞬間閃出閃光，癱瘓敵人的視覺，對付這些夜行性基改生物是再好也不過了，而石榴彈則是一種爆炸力強大的彈藥，一顆不過指尖大小，就能把一棟樓房炸毀。

一隻野獸朝他撲越而來，他趕緊丟擲出一發白熾彈，帶著夜視用戶目鏡他將雙刀成十字形劈開，察覺這野獸還有生機，再將石榴彈丟到牠口中後向後一個飛躍，方還在喘氣，緊接著一陣颯颯風聲，那是另一隻野獸從背後襲來，他趕緊轉身一劈，一刀劈在猛獸的鼻樑上，不論人類或動物，鼻梁都是要害，一旦受傷會暈眩個幾分鐘方能恢復神智，他趕緊乘勝補上一刀，刀刃穿過咽喉。

方將刀刃抽回之際，本來以為已經成功殺死這頭猛獸，這龐然大物瞬間有一個爆衝，他趕緊揮刀，咔！刀刃卡在頸椎，他再用力一劈才鋸下這頭顱，得手之際不禁冷汗涔涔而下，這群基改生物有絕佳的體力和肌耐力，又有迅捷的行動力，比方才的傭兵難對付多了，況且牠們極有默契似的，彷彿會聽號令分兵突襲、在戰場上互相掩護、牽制，他瞥見好幾個被撕裂的肝腸寸斷的肉身，若不小心一點，等一下自己也落得這樣的下場了。

此時，他才感覺到似乎有一段細微低頻的哨聲，規律而整齊，像是在指揮著這些野獸似的。這時他瞥見琉璃老師，獨自佇立在沙丘的峰頂，帶著微電腦眼鏡往一點鐘方向看去，她的周圍倒臥著數十具野獸的殘肢，有些支離破碎，但手爪仍死而不僵，突然，她整個人像是被電擊似的，不可置信的看著前方。

軍方的總部，此時，隆亦不可置信的盯著螢幕看，他道：「伊恩，把螢幕中的人放大。」螢幕瞬間放大，只見黑夜之中，一人身著長披風，兩手都是改裝後的機械鎧，帶著那熟悉的黑墨鏡，此時，他聽見伊恩驚訝道：「那不是費森先生嗎？」

來到琉璃身邊，順著她的視線，凱斯亦發現了費森的身影，他在戰場上洗練自如的戰鬥，如一片落葉輕巧穿梭在野獸和士兵之間，不時吹著口中的短哨，發出一些低微聲響，就是他在操縱這些野獸的，他想，但他怎麼會還活著呢？當初離開亞法龍之際，費森不是為了救他們，自經於防護罩外了嗎？

只聽一陣馬達引擎的聲響，感覺援軍已到，凱斯不禁鬆了一口氣，雖然他好鬥，但卻不喜屠戮，要真和這群人不像人的野獸搏鬥下去，他也沒多少勝算，接著好幾輛中型沙艇駛上沙丘上，每一台都是配備充足，一只砲筒型的探照燈，瞬間照出強烈的光幅，給予這群夜行性族裔一個迎頭痛擊，此時他聽到一陣低頻的哨笛聲響，短而持續，只見這些變種野獸豕奔狼突，消失在沙丘盡頭，那是一只亞法龍的巡艦。

「費森，是我！我是琉璃呀！」只見一只飛梭緩緩下降，費森拉住梯子後往上飛昇，琉璃幾乎要奮不顧身的衝到前線去了，凱斯趕緊從後頭抱住她，先不論這人是否真為費森本人，光攔截在兩軍之間的幾百隻變種野獸，它們幾吋長的利爪和犬齒，就足以將人給開膛剖肚、四分五裂了。

「放開我，凱斯。」琉璃大喊。

凱斯一整個坐立難安，現在敵人已經撤退，究竟要追擊還是撤退，他還在等待命令，但眼下琉璃老師卻失控了，他究竟該怎麼辦才好。

此時一陣短音響起，那是琉璃臉上的微電腦眼鏡，琉璃道：「凱斯，放手。」接著打開螢幕只見隆的半身被投影沙漠虛空中，半透明的影像依稀可見到背後巡艦與飛艇的撤退，隆以冷冽的聲音道：「琉璃，檢察一下戰場的生還人士，然後退回內城。」

「隆，你方才看到了吧！那是費森，你不驚訝嗎？」

「是『疑似』費森的人物，琉璃，我們不知道亞法龍究竟準備多少基改生物，萬一追上去可能會中埋伏。」

「不管『疑似』也好、真實也罷，我要去一探究竟才能知道。」

「不行，這是命令，方才特首親自下達了命令，所有部隊立即回到防護罩之內以守代攻，不得有誤。」

「如果我不從呢！」

「那就依法處置。」

「好了，我知道了。」

凱斯可以從這口氣聽出極度的心不甘、情不願。琉璃將視訊關掉道：「凱斯，分別清點一下死者和傷者，我們要撤退了。」

二、琉璃：跳躍的玫瑰石

夜半星斗參差，走下玻璃罩的長廊，一邊是垂直的落地窗，可以看見幽靜的潺潺流水，另一面卻是向內傾斜的豎琴式屏幕，那是一片無垠的豐草綠縟，春季時分會吐露一簇一簇小皇冠般的花，伊恩告訴她這花的名字叫瑪格莉特，她很喜歡這個名字，就像公主的名字似的。

只是現在已是半夜，因此視線僅能穿透一尺左右的黑幕，看不清這些清純的小花。微微抬頭，眼前星光縱橫，水鑽般高懸在如髮的黑夜，她不禁想讓自己沉湎在清澈的星光裡，就在此時，她聽見背後一陣叫喊：「茹比。」

配上一串鞋跟清脆的踢踏聲響，她轉頭，只見一長髮女子走來，那是絲葉，她已經是兩個孩子的媽媽了，但體態仍是和少女時無異，依舊纖瘦窈窕，看著絲葉笑著朝她走來道：「真好，戰鬥已經結束了，我們終於可以回到家了。」

看著絲葉一臉疲憊、卻滿足的神情，她不禁道：「絲葉，真羨慕你呢！」

「我，我現在有什麼好？瞧我每天累的和什麼似的，下班後還得應付家裡那兩個小魔頭，連喝咖啡、逛街的時間也沒有。」

方來到泰瑞比西亞，絲葉便產下第一胎，一年後又產下第二胎，她與蒼穹商量後決定將第二個孩子取名為史考特，用來紀念幼年在野百合之家生長，卻不幸死於雷克斯手下的同伴，前兩年是絲葉在家當全職保母，專心餵養這兩個孩子，接下來換蒼穹。泰瑞比西亞有全薪的育嬰假，鼓勵父母親雙方輪流申請，等到孩子到四歲後，可以到每個社區附屬的育兒園，這是當初在制定法令時琉璃老師和其他女性主義者積極爭取的，這樣女人才不會受制於子宮，琉璃老師說：如果女人要能享有和男人一樣平等的受教權、工作權和政權，必須男女雙方都平等且積極的投入孩子的教養權。

接著絲葉開始連珠炮似的絮聒孩子們失控的「豐功偉業」，將馬鈴薯濃湯和蘋果泥弄的地板都是，當費森啼哭不止時史考特卻拉肚子了……雖然是一堆令人頭疼的麻煩事，但在絲葉的口中，卻夾雜了一點幸福且充實的感覺，一點點酸甜的醋意湧入茹比心田，從童稚時期，絲葉和蒼穹兩人便一直膩在一塊，兩個人很早便視對方為自己靈魂的伴侶了，她不禁回想自己，最近，伊恩和她求婚了，但她沒答應，因為當時他心底想起另一人的身影，他總是在技競場裡揮汗如雨的練習各項武藝，鮮少利用空暇時間跑來與她聊天，但在總部分配配給包裹時，逕自將她那一份搬到她的宿舍前，不發一語。

他是凱斯。

絲葉與蒼穹從以前就十分確定彼此是對方此生的摯愛，但她不是，當她想一個人的時候，就會同時升起另一個人的身影，當她想把另一個人的影子給丟棄時，就會發現他縈繞心頭，無法抹除。

說著說著，已經來到電梯裡，電梯前的一幕上顯示著紅橙黃綠藍紫的路線，這是運用磁力作為能源的飛梭，上頭顯示三十秒後綠線即將進站，那是絲葉回家的車子，接著門一開，絲葉走向車廂，回首和她微笑互道再見後離去，細細的影子投來，瞬間被車門一刀兩斷。

當飛梭開啟一個瞬間以每分六十公里的速率前進，一秒鐘後所有的影像、聲音和光線全都被吞食在黑暗的甬道裡，那是聲音的真空狀態，所有的聲音像是瞬間被抽走似的。橘線的車廂五分鐘後才會來，茹比一人站在一旁，四周闃無人聲，只有自己的呼吸聲與腳步聲清楚可聞，交叉一下兩腳站立的姿勢，感覺一點痠疼，此時，她聽見一點窸窣的聲響，像摩擦砂紙般的觸感，她轉頭。

緩緩往豎琴般流洩的玻璃斜幕移動，只見草叢緩緩蠕動著，不一會兒，草叢探出一個小小灰色的頭顱，有長長的耳，那是一隻灰色的野兔，正睜著漆黑如墨的眼瞳凝視著她。她忍不住蹲下身，好奇逗弄這個小巧的生物，隔著玻璃看著抖動著自己的耳朵，就在此時，突然一陣警報聲響，玻璃壁上閃出一列黃色警報，她心中一緊，向來，紅色警報出現便表示所有不論留下或是離開的軍隊人員，都得迅速回總部待命，若是黃色警報則是尚未離開的人員回去待命，幸虧絲葉已經回去了，否則此刻她應當是掛念家中的孩子心急如焚吧！

可是究竟發生了什麼事情？

她迅速轉身往回走去，隨著警報忽大忽小催促，路上遇見許多和她一樣尚未離去的同僚，彼此紛紛點頭致意，接著她瞥見一個高壯的身影，那是凱斯，從右方通道走來與她打了一個照面，他已經從戰地退回來了，看他步履輕盈，應當是沒有受傷才是，不知外城戰鬥狀況如何？

正要詢問之際，左方有人喊她道：「茹比。」

她轉頭，那是伊恩，只見他道：「還沒回去？」

她搖搖頭道：「還沒，你知道發生了什麼事嗎？」

他聳聳肩道：「誰知道呢？難道是亞法龍又奇襲了，凱斯你覺得呢？」

話才說完已經來到會議室，自動門一開，他們便魚貫入列，分就八角形的桌子坐下，隆老師已坐在前方，他閉上雙眼、眉頭緊鎖，彷彿在壓抑什麼似的，他的左側坐著一人，銀灰色的頭髮，容貌瘦削、眼神銳利，那是霍華將軍，指揮中心的最高將領，等到大家一一坐下後，他緩緩道：「諸位，雖然和亞法龍的戰鬥已經結束了，但方才卻逼不得以以緊急召集命令召大家回來，是因為發生了一件嚴重的事，那是自泰瑞比西亞建國前便極力禁止的事情。」

沒有人發言，當霍華在說話時向來都是如此，接著，他緩緩道：「琉璃上尉她，叛變了。」

什麼？茹比心中不禁一驚，瞥見伊恩與凱斯的雙眼，兩者皆十分驚訝，雖知這不符合軍中規矩，在長官還未詢問發言時，是不可擅自開口的，但她還是忍不住道：「這是真的嗎？會不會是一場誤會……」

霍華蹙眉看了她一眼，沒有責備她的唐突，只是道：「子夜十五分我下達夜鶯退至內城的命令，三十分後所有人員到會議中心集合，報告戰鬥狀況，就在這短暫的十五分鐘，琉璃消失了。」說完點選桌面的屏幕道：「這是琉璃最後的身影。」螢幕放大，只見琉璃老師矯健的背影，背景是一大片銅綠色的金屬，上頭用紅字寫著B12區。

「琉璃擅自駕駛一架飛艇離去，監測站的警衛人員上前盤問，但被她制服了。調動好幾個衛星監視器拍攝下她最後的身影，在東北東一百公里處她破壞一小部分防護罩，離開泰瑞比西亞。」說完，他緩緩道：「有誰要先發言？」

伊恩舉手道：「會不會這件事只是一場誤會，琉璃老師有她的原因。」

霍華挑眉道：「誤會？在命令尚未下達前便離開指揮中心，並且在敵軍動向未明之際擅自離開防護罩區域，這不是叛變是什麼？」接著道：「這是自開國以來重大的維安危機，我已經通報特首——尼爾森閣下了，琉璃熟知我們國防部所有的密碼與軍隊守備，更何況，就在她離開之前，監視器拍下了一個畫面。」說完，霍華按了一下按鍵，只見琉璃黑色的身影停駐在一道銀色的力場前，旁邊的標誌顯示ＯＺ。

霍華解釋道：「這是總部地下一樓的機密武器儲藏室，除了研發人員外平時禁止外人進入，裡頭儲存了許多正在開發，未來準備要投入戰場的新武器，琉璃離開後，我調閱監視器看到這個畫面，接著立刻派人清點裡頭的庫存，結果發現我們正在研發的核武——閻王星不見了，如果她真的叛變的話，將會陷泰瑞比西亞於極大的危險中，因此，尼爾森閣下下令派一小組追緝琉璃上尉的下落，迅速將她抓回交由軍事法庭審問，他還下了格殺令，若是拒捕的話必要時可以就地正法，好了，我現在要挑選三個人成立追緝小組，有誰自願。」

「將軍，我自願。」茹比舉手道：「琉璃上尉不知去了何方，我想，我可以透過我的電腦去搜尋她可能會前往的幾個點。」

凱斯也舉手道：「還有我，將軍，對不起，這件事情我也有一些責任，在戰場時琉璃上尉的神色便有些不對勁，對不起，我應該早點通報的。」

伊恩見狀也趕緊道：「我也自願，將軍，請你給我這個機會。」

話才說完，只見隆睜開一雙鷹目，以低沉的聲音道：「伊恩，你退下，第三個人讓我去。」

「隆，我覺得你不適合這個任務，我不是懷疑你，但畢竟，以你過去和琉璃長久下來的夥伴關係來看，你應該退出。」

「就是因為我知道琉璃的許多過去，因此，我才是這個任務的不二人選，除了我之外，沒有人比我更適合去追捕她，如果你派其他人去，是無法成功達成任務的，相信我，不論是死是活，我都會將她帶回泰瑞比西亞。」

「我拒絕你的請求。」霍華挑眉道。

「拜託，將軍閣下，請您相信我，給我兩個月，不，只要一個月就好，要是無法順利完成任務，我甘願受軍法審判。」隆起身，一個九十度鞠躬道。

「隆，你一向是一個冷靜的軍人，我不希望你做下錯誤的判斷，更何況你離開之後，我們國防將會出現缺漏。」

「你放心，我會挑選合適的人選來代替我，相信我，琉璃是戰鬥和隱匿的高手，泰瑞比西亞中除了我，沒有人曾經深入的和她相處過，你派遣其他人去，到最後會徒勞無功，萬一閱王星落入亞法龍手中，那才是無法彌補的損失。」

思考了半晌，霍華道：「好吧！如果你願意的話，那我給你一個半月的時間，時間一到你沒有完成任務，你就等著受軍法審判吧！」

「多謝你，閣下。」隆一個鞠躬道。

一架紡錘形狀的超導飛艇以時速八十公里滑行過沙丘，如果能從上方往下看，會看到一只銀色水滴畫過層層的沙浪，在沙丘之間跳躍，飛艇上頭如同水鑽般，在銀月照射下反射出千億道銀白色的光芒，那是鍍上一層釔鋇銅氧製作出的超導體，能將白日吸收的熱能轉化為動能，做為再生能源，只需運用三分之一的石化燃料，便可高速飛行，不一會兒飛艇停止，停靠在一只新月沙丘的背面，裡頭走出兩男一女，那是凱斯、茹比和隆。

後方有一只小綠洲，那是茹比方才用衛星搜索到的地點，雖然上層水源已經乾涸，但估計底層應當還有一些囤積的地下水，上頭還生長著多肉的仙人掌與棘刺植物，茹比先去收集一些乾枯的枝葉做為生火的材料，這個工作並不難，她很快便收集了一束，沙地上生長著一些地衣植物，蹲下身撿拾枯枝時，她從寬大葉片底下發現野生的瓜果，這真是太幸運了，她在文獻上看過這種瓜類，甘甜且富含水分，雖然因為沒有施肥除草長的不夠漂亮圓潤，但已足夠作為旅行的補給品，她摘了幾個小心捧在懷裡，回頭只見凱斯已經將防水毯給鋪好，並擺放好不鏽鋼餐具，接著手中拿起一個鐵製水壺道：

「你有看到水源嗎？」

「可以右前方灌木叢後面的後面找找看，我經過那裡有聽到潺潺水聲。」

茹比先尋了個空曠背風的沙地，將樹枝給堆成小山的形狀後，接著摩擦生火，不一會兒淡白色的青煙冉冉上升，此時凱斯也提了一壺水回來，她將水倒入鐵鍋之中開始煮沸，此時隆走來，將一包乾燥麵條丟入鐵鍋中，不一會兒便傳來蒸騰四溢的香氣。

隆老師將亞麻仔和燕麥、無花果乾作的雜糧棒分給他們，由於現在不是作戰時期，因此無須擔心燃燒的火焰會被敵人給發現，因此她們便放心朵頤著熱騰騰的湯麵，分享方摘取的瓜果，從隆老師一坐下來，他們便安靜的埋首於食物之中，專心致志在咀嚼這個動作裡，茹比偶而抬頭用眼尾逡巡著兩人，一旦查覺有人抬頭，立刻低垂螓首，耳邊傳來一陣火焰的嗶剝聲響，感覺空氣橫亙著一種無言沉默似的，令人喑啞無語。

除此之外便是凱斯囫圇吞棗的吃飯聲，他吃飯向來就是這樣的大喇喇不加修飾，逕自將麵條混著湯大口大口的灌到喉嚨裡去，還伴隨著湯匙敲打鐵碗的砰砰聲響，感覺他大力的吸盡最後一口湯之後，將鋼碗放下。

接著他們分工將餐具洗淨、收納，接著圍坐在熊熊菁火前，那空白與不安仍舊如白堊紀時的層積岩沉默且堅硬，此時，如同寶劍出鞘劈開岩石，凱斯打破沉默道：「隆老師，請問，我們真的要與琉璃老師為敵嗎？」

此時，茹比也抬頭看著隆，這也是她放在心底不知該如何啟齒的問題，帶點不安的，此時她也注視著隆老師，只見他仍是低頭撥弄著營火，眉毛緊蹙不發一語，無法從他深鎖的眉毛之中讀出什麼來？

過了一會兒，他才抬起頭道：「凱斯，我問你，我們兩個對戰不下數百次，你贏了幾次？」

「兩次。」凱思明快道：「第一次是老師你讓我三招，另一次是我剛好研發出新招式，一開始出奇制勝，但之後還是被你破解、擊敗了。」

閉上眼睛揚起頭，隆緩緩道：「兩次呀！你知道我和琉璃對戰這麼久，我贏過幾次嗎？」

凱斯搖搖頭，茹比也好奇望向隆的眼睛，他道：「一次都沒有，妳們兩人加上我三人，都不是琉璃的對手，琉璃她是我見過最厲害的武者，她是天生的武鬥家，有最佳的肌耐力、彈跳力和直覺，你們現在想的都是我們真的要和琉璃老師對打嗎？但其實，你們要想的應該是，憑我們三人，打得贏她嗎？」

一隻鬣蜥鑽出頭來，齜牙咧嘴一番後跳躍離去，火光嗶剝一聲映照隆老師的容顏，一雙刀眉彷彿在思索什麼似的。

「妳們應該還不知道我是從哪裡來的吧！」隆道：「我來自的城邦叫鼠窩，那裡的女人過得很悲慘，連牲畜都不如，如果丈夫死去還得自焚殉夫，我在那裡目睹了童女遭受割禮、孩童被丟入河川餵鱷魚祭祀，你知道什麼是割禮嗎？就是用剃刀將女人的陰脣、陰蒂給割下來，因為傳統認為女人的陰部是不潔、罪惡的，在我的城邦，當女人長到十歲左右，就會有負責祭禮的祭司在執行這項任務，他們把女人的四肢用麻繩綑綁起來，在沒有任何消毒和麻醉的狀況，將她們的陰部割除，接著再用針線將陰部縫合只留一小洞，在割禮的過程中有不少人甚至會因為掙扎而手腳脫臼，接著有三分之二會當場因劇痛昏厥、失血過多或引發敗血症而死，剩下的即使能存活，也會在一年後因連續高熱、傷口感染病毒而死，能存活下來的人，不到五分之一，之後即使性命殘存下來，也會飽受長期的經痛與如廁的困擾。而那些死亡的人便會被視為惡靈附身的結果。」

茹比驚駭的抬頭，望著隆，身為女性她完全無法想像這是什麼樣噬人的痛楚，光是應付月月必來的月事，就足以讓她精神一整個陷入萎靡不振，更何況此時她正處於小腹潮汐洶湧的狀態，得運用熱敷來幫助子宮收縮，才能有效舒緩疼痛，她曾好奇的問過絲葉，生產是什麼樣的感覺，絲葉告訴她：「約莫是經痛的一千倍吧！彷彿是子宮爆裂開來的感覺，肢體心脊無一處不疼痛的。」

光想像就讓她一整個背脊發冷。

隆老師繼續道：「我的妹妹——柔依就是死在割禮儀式裡，我還記得她有著一頭淡黑色的短髮，圓而有點塌的鼻子，紅紅的蘋果臉，她總喜歡跟在我身後當跟屁蟲，但有一天，半夜醒來我發現她不在了，我坐在床上感覺到一陣陣的不安，幾乎是清晨之際，我還記得那天的天空是牛奶色的白，我看見母親抱著柔依回來了，她裙子的下襬都是血，嘴唇青紫色，我抱著她，輕輕唱著歌，想著她會不會睜開黑黑亮亮的眼睛對我笑，但她沒有，她的身體已經冷了，靈魂已經抽離，只剩下空空的皮囊而已。我後來才知道，原來除了她之外，我還有兩個姐姐也是死於割禮。」

當隆在訴說這段過去時，不帶任何的情感，只是平淡的敘述一件事情而已，接著他道：「我曾經憤怒的質問父親和母親，為什麼要用這樣殘酷的方式對待女性，但我得到的答案是我瘋了，我不該有這樣的想法，背離傳統的人是大逆不道，我不斷不斷去質問他人，甚至當執行割禮的祭司接近時，我會用盡方法驅趕他們離去，最後他們判定我被惡魔附身了，於是我被綁在木樁上，經歷聖火焚燒，那時，我十二歲。

當火把點燃浸漬焦油的木柴時，我看見一個女子淩空飛越而來，她揮舞著一雙銀色的彎刀，瞬間，我以為我看到的是伸展雙翼的勝利女神，她切斷綁縛的繩索帶我離開，她當時告訴我：『割禮是殘酷且不人道的陋習，應當廢止，如果你希望不再有其他的犧牲者成為祭品的話，就一起反抗戰鬥吧！』

琉璃，她和我認識所有的女人都不一樣，是她將我從鼠窩給帶出來的，無論如何，我都欠琉璃一個人情。」

一隻玫瑰色的蛾飛來圍著熒熒篝火來回旋繞，火光映照著翅翼上鱗粉的閃閃發亮，蛾的翅翼上有著銅鈴大的眼睛，乍看是如此的令人驚懼又炫目，這是絲蘭蛾，飛蛾撲火似的耽溺在火光的引逗中，明知危險又不肯離去。

「好了，也該休息了，我們分成三班守夜，一次三個小時，誰先？」

「我先好了，隆老師。」凱斯舉手道。

「那就麻煩你了。」隆道。

茹比和隆分別回到沙艇的內艙之中，蹲踞在熒熒篝火旁，此時營火已經熄滅，只剩下微微的星星之火仍在燃燒著，望著天空低垂的星斗，不禁令他想起茹比那雙星瞳，但她此時應當沉睡了吧！他不禁自嘲了一下，下意識一個轉頭，卻只見自窗戶中，茹比也睜著一雙妙目，幽幽向他投射而來。

獨坐在十坪大小的辦公室內，當夜如深濃的美式咖啡在視網膜蔓延，那是純粹苦澀的黑，不帶一點的奶味與甜味，他知道，所謂的黑並不是沒有顏色，只是所有的光子都被物質吸收殆盡，任何一點自窗外照射進來的人造光線，不論是散射或折射，完完全全被吸收得一乾二淨，只有一點細微的光進入水晶體來到視網膜，對比出「黑」的概念。

一天工作結束後，明克便喜歡坐在這裡觀覽窗外夜景，靜靜一個人，只有巴哈的無伴奏大提琴在冷肅的空調裡流淌，充滿冷靜、哲學與形而上的琴弓來回滑動，彷彿邏輯進行理智的運作與操控，那是純然的理性與絕對，正如同他此時啜飲的這杯濃醇黑咖啡一般，他一向偏愛此味。

眼前燦爛的鐵塔矗立其中，從大面落地窗外照來，依稀可見地面上大理石的紋路，在一旁則是幾顆大小不等的懸浮鐵球，透過磁力漂浮在一尺高的半空中，下面是磁力來源，一只地圖，金屬刻痕刻劃出七大城邦的地理位置，而上方鐵球便代表七大天空城邦。

那多出來的新城邦——泰瑞比西亞並不在其中。

原本依照星宿的位置，所規畫的七大城邦是多麼好的構想呀！但這個新興的城邦——泰瑞比西亞卻破壞了這個規矩，明克討厭破壞規矩，他希望一切都是處與井然有序的和諧之中，如同巴哈的無伴奏大提琴一樣，簡潔的新古典主義。

順著光線的甬道，也可依稀看到明克一手托著下巴，他的皮膚深黑，有黑豹般緊緻的雙頷和流線型的下顎，他的眼球是橢圓的，有些微外凸，鼻梁短而寬，此時，他一隻手正握著淡灰色的瓷杯，另一手正要放到桌上，就在此時，那雙黑豹似的眼球動了一下，只見一人倒吊在他面前，如瀑黑髮瞬間將閃爍的鐵塔光線遮蔽，黑布遮蓋住這人一半的臉，隔著黑墨鏡只能見到部分的五官，從下巴形狀依稀可以看出是個女子，她手中握著一只彎刀，離他的脖子僅有〇點一公分的距離，她緩緩道：「如果我是你，絕對不會把手靠近桌底下的警報裝置。」

「兩手舉起來。」

明克依言將兩手平舉至視線的高度，接著那女子將兩個半圓環自腰內掏出，套在他手腕上，這是電磁性手銬，兩端一但銬住會形成一個電磁性力場，除了限制兩手行動外，也可以阻隔周圍一尺外的通訊設備，避免犯人操縱電子設備趁機逃脫。

這女人翻身一躍，將臉上帶的微電腦眼鏡拿下，一看到這熟悉的東西明克便了然於心了，無須追問這女子是如何通過從入口大門廳堂到一百五十樓當中錯綜如微血管的電眼，那眼鏡自動說明一切，那是三號生前帶的眼鏡，裡頭想必鉅細靡遺的儲存了大樓內所有的路徑。

三號是他的複製人，名字就是費森。

墨鏡反映他的身影，以及背後這偌大無人的辦公室，透過背後建築物的ＬＥＤ燈閃光，可以看出她的眼睛如銀月的清輝般美麗，但此時她的眼神卻冷肅不帶一絲雜質，猛然一個重擊，她一拳擊在明克的左下腹，瞬間強烈的痛楚如閃電襲來，一陣巨大的白光占據了視網膜的神經，好痛！他連喊都喊不出來，只能發出一點嗯哼的聲響，這一拳擊中他的肝臟，接著，他聽到這人緩緩對他道：「等一下我問你任何話，你都要誠實回答，不然，你就會受到跟剛才一樣的酷刑，你手上的電子手銬還有感測脈搏的功能，只要你有心跳加速、瞳孔放大的說謊現象，就會發出嗶嗶響，知道的話就點一下頭。」

明克快速點一下頭，他仍是將頭埋在兩膝之間，看起來寬廣的肩胛仍微微抖動，像是忍受巨大痛楚一般，但實際上這只是一種偽裝，方才一拳痛擊一開始雖令他痛不欲生，但接著拳頭下墜的力道卻稍微緩解，他內心稍稍鬆了一口氣，畢竟是女人，女人就是軟弱，在關鍵時刻不夠狠辣，但雖如此，他仍不敢將輕忽表情顯示在臉上，只是故意發出一連串語意呢喃的聲響，假裝自己仍是疼痛異常。

「第一個問題，昨日你派遣軍隊去突襲泰瑞比西亞，是嗎？」

他點點頭。

「率領軍隊的人是誰？他是費森，還是你的其他複製人？」

「那是六號，我的複製人，我將DNA冷凍儲存，以便需要時可以隨時運用。」

「那些DNA儲存在哪裡？」

凝視那雙神祕的綠瞳，腦中瞬間一個電光石火，明克道：「我知道你是誰。」他一字一句道：「你是跳躍的玫瑰石。」

眼前這黑衣女子的眼睛依舊是不起波瀾的，方才的話語像是丟進深潭的小石子，激不起半點漣漪，他沒有回答她的問題，但這女子卻沒有施予重擊，看來，他說對了，接著他開口道：「妳們是苜蓿花叛變事件中的鐵三角：亞芒是慓冽的電氣石、三號我的複製人是沉鬱的黑曜岩，而你是琉璃，他們叫你跳躍的玫瑰石，是吧！」

琉璃緩緩把臉上的黑布拿下，從她的表情可以看到微微的不悅，明克也察覺到了，他改口道：「三號，不，費森他是我的複製人中最出色的一個，只是他後來為了掩護你而陣亡了，費森一直很喜歡妳，我猜得出來，真可惜，如果他能夠更聽命令、更能控制情感的話，他還能為我做更多事情，但他選擇為妳犧牲了，沒有辦法，我只好緊急啟動我的冷凍複製胚胎，當初我在製造複製胚胎時，一共製造了六個，放在培養皿中進行無性生殖時，有兩個後來萎縮死亡，因此我一共留有四個複製胚胎，而費森是這些胚胎中發育最好的一個，因此我把他送入苜蓿山城中訓練。」

「其他的複製胚胎儲藏在何處？」

「在這棟大樓的一百零五樓的一〇五三七室，有一個生殖中心，裡頭的冷凍室儲存了我、還有其他亞法龍重要人士的複製胚胎。」

那女子拿起墨鏡輸入，虛空中出現生殖中心的畫面與路徑，接著她按了儲存鍵，從她的眼神可以隱約猜測她接下來的作為，她是要去破壞那裡吧！他知道她和費森的關係，相信她不能忍受費森的複製人不斷出現，但他可不能讓她去做這件事，那裡還藏有不能為人所知的機密，他得怎麼做呢？突然一個念頭一閃，如同奶精流入漆黑苦澀的咖啡中，一點異質的想法產生，明克道：「等等，我跟你作一個交易，如何？你想要懷費森的孩子嗎？」

如他所預期的，琉璃的眉毛高高的挑了起來，像一只八分之一音符，很好，這正是他要的表情，在成為亞法龍特首之前，他是一個商人，商人最擅長的便是交易，他明確清楚知道該怎麼做，他接著道：「當初在培養三號時，我刻意留下他的精子冷凍起來，以備不時之需，這件事情連費森自己也不知道，而他的精子便與胚胎儲存在同樣地方，費森已經死了，從任何方面而言，他都不可能復生，即使之後製造出來的五號、六號能夠複製出外貌與基因排列與他相同的人，但組成人格最重要的要素，回憶，卻無法複製，他們沒有和你相處的回憶，他們也不會像三號一樣為你犧牲自毀，從這個層面來看，無論如何，三號都是不可能復生於人間的。」

「每個女人在出生之際，卵巢內都會居住著一百萬到兩百萬之間的卵子，當初潮後，便以每個月一次的速率固地排卵，當卵子發育到二公分左右的大小後，便會自濾泡中排出，這個動作稱之為破卵，破卵之後成熟的卵子約有十二個小時到一天的壽命，如果等不到精子出現成為受精卵，卵子便會死亡。此生永遠無法與心愛的人結合，那該是多麼悲傷的一件事情，但是透過生技技術，可以成功的解決這項問題，你，可以擁有三號，不，費森的後代。」吞了一口口水，他繼續道：「你能想像和他做愛，你能夠受孕，產下一個混合著你與他DNA的孩子，當然，你會想，如果費森是我的複製人的話，那如何證明這冷凍精子是費森的，不是我的呢？」

「事實上，你應當懷疑，如果你用的是我的精子的話，那不就等於和我做愛了嗎？那可是失之毫釐，差之千里的事情，不過你可以放心，我保證你所拿到的冷凍精子，絕對是費森的，上頭的試管有M3的字樣，我只有留下他的冷凍精子，沒辦法，誰叫他是我最喜歡的複製人呢！我不會欺騙你，因為我根本來不及作手腳，而且你最應當相信我的原因是，我已經絕育了。」

琉璃的另一只眉毛挑的老高，明克繼續道：「事實上，在七年前我就動了結紮手術，原因無他，在亞法龍實行嚴格的人口控制，所有三十歲以上的女性，與四十歲以上的男性都要透過手術結紮輸卵管與輸精管，這樣才能確保每一個人口的誕生都是經由健康有活力的精子與卵子而來，每個男子一次便可製造出幾百萬隻精蟲，雖然其中只有一隻被應許的，能夠游入卵子之中成為受精卵，我沒有留下任何精子，因為沒有這個必要，我已經有自己的後代，和自己的複製人了，當然，你可以選擇不相信我，也可以選擇摧毀這項協定，但只要你同意，我便告訴你三號精子的儲藏地點與密碼，你可以自由決定是否帶走。」

電子手銬沒有響，這代表他說的都是肺腑之言，雖然他是個說謊成性的政客，但方才的言語卻是真實無妄，原因無他，因為他覺得很有趣，三號是他很喜歡的複製人，被弄壞之後他真感覺人生少了點樂趣，如果這女人能按照他的計畫的話，他真好奇接下來會有什麼樣翻天覆地的發展。琉璃沒有說話，她的模樣像是在思索，但她的眼神看不出任何一點波瀾，只有他厚重的呼吸聲在空曠的空調中迴響。

「告訴我地點與密碼。」琉璃緩緩道。

明克依言將資料輸入她的微電腦之中，但琉璃卻沒有離開的意思，仍是以幾乎要使人發冷的眼睛望著他道：「最後一個問題，告訴我，你認識尼爾森．克勞伊嗎？」

如果聲音可已化為重量的存在，他感覺自己彷彿聽到這幾個字落在地面上的回音。

三、隆：歡迎來到一九八四年

當回到房間的瞬間，琉璃迅速向後一個翻身，憑藉著在數百場大小不同的戰役累積而來的直覺，一股無可阻遏的殺氣襲來，方後退，只覺一道銳利的刀風撲向面門，向後迴旋雙腳還沒站穩，她一個往後仰，兩手向下一揮往上時隨即多出兩道閃亮的銀弧，她抽出銀月應戰。

「琉璃老師，對不起。」凱斯雖然口氣歉疚，但手腳攻勢仍是凌厲不已，一點也沒有減緩之勢，接著一個橫劈下墜，琉璃橫起彎刀一檔，順勢一個飛躍如虛空中昂揚的弦月，一腳踢中凱斯右腕，凱斯手一麻，險握不住手中的刀刃，但他先機已失，只見脖子一涼緊接著一道刺眼的白光衝撞視網膜，感覺後腦的神經元受到重擊，那是刀背撞擊頸部與後腦交間之處的疼痛，如果方才是刀鋒，他已經死了。

雖然瞬間解決了凱斯，但緊接著一陣充滿壓迫性的刃風席捲她的後腦，幾乎是下意識的反應，憑著直覺她一個側身，聽風勢這應當是鐵鎚或斧鉞一類的武器，大而笨重，只有身型魁梧，充滿天生膂力者才能運轉如風，因此她沒用銀月與之正面相抗，而是接連兩個後退，那是隆，手中正揮舞著一只板斧。

她微皺了一下眉頭，雖然，隆不是她的對手，但要擊敗他至少也需要幾十分鐘的時間，更何況還有凱斯，她方才的攻擊大約只能癱瘓他幾分鐘而已，要是兩人一起聯手，情況應當只會更棘手。

不過如果要爭取機會逃走，這樣的時間應當就夠了，她還有未竟的任務尚未完成，可不能在這裡便被帶回泰瑞比西亞，此時，泰瑞比西亞中等待她的，除卻監牢與軍法審判之外，別無其他，她可不能讓自己陷於這樣的命運。

何況現在的她，可不是自己一個人呢！

深吸一口氣，她往左邊一躍，那裡有一只一呎半的窗戶，從那邊正巧可以跳躍到毗鄰一棟大樓樓頂，隆趕緊一個橫劈，不料琉璃的動作只是誘敵之計，使用這種重型武器的特色便是動作不夠靈巧自由，她足間一躍跳到板斧之上借力使力，一腳踢中隆的面門，接著如飛鳶輕巧一躍而下。

「茹比，開啟。」隆按住鼻梁用盡力氣道。

此時她才發現在她四周東西南北各個角落中，各有四個掌心大小的金屬圓球，突然一起飛升起來發出四道光芒交錯，那是電磁黃金矩陣，瞬間形成一個力場將她困住。

「琉璃，你身手變慢了。」在地上蹲了半晌，隆才起身緩緩道。

「琉璃老師，對不起。」一旁的茹比自黑暗角落中起身，她竟沒有發現她在那裡，那是她向來驕傲的學生，但如果發現她能怎麼辦，預先結果了她，琉璃自然不可能做這樣的事情，她本來也有一些預感，泰瑞比西亞不會這麼快放過她的，但沒有想到那麼快速。

「隆，是霍華派你來的嗎？除了你、茹比還有凱斯，你以為憑你們三人，就可以困住我了嗎？」

「沒錯，我們三個加起來應當也不是你的對手，所以我才用了這個方法，你周圍一公尺左右的四個金屬球會發出電磁波，一碰便會有三百伏特的電流通過，只要被二百二十伏特的電壓通過心臟，便會造成心律不整，你如果不想受傷的話，就不要輕易移動。」

接著隆起身，以炯炯的鷹目注視她道：「現在，請你回答我的問題。」

這真是諷刺呀！數週前，她才以幾乎相同威迫的方式，從明克口中要到自己需要的資訊，沒想到那麼快面臨現世報了，但這可不是重點，她抬頭，昂然問道：「你怎麼知道我在這裡？」

沒有拒絕她的疑問，隆道：「三個原因，第一、我問過凱斯你在戰場上的反應了，以你的個性，一定會親自來到亞法龍驗證個明白；其二、你所帶走的武器——閻王星中，有一種放射性元素——鉉，我透過電腦追蹤鎖定哪裡有微量的鉉元素？但電腦顯示的地方有二十多處，最後，茹比她記得費森先生帶在身上的那只微電腦眼鏡，你一直不離身，那眼鏡的材質上有一種極為少見的金屬——鉓，只有兩個地點是鉉元素與鉓反應重疊的，而這裡離中央政府又比較近，因此追蹤到這裡。」

此時，茹比也緊張道：「老師，請你趕快回來吧！隆老師和我、凱斯就是擔心你才追出來的，霍華將軍已經下了格殺令，如果你不回去解釋清楚的話，會有危險的，而隆老師他也會因此受罰的。」

「很抱歉，在我要做的事情還沒有完成前，我是不能回去的。」琉璃斬釘截鐵道。

「琉璃老師，你究竟有什麼理由呢？」凱斯也問道。

「沒有理由。」琉璃將雙手負後道。

「那沒有辦法，我們只能用強硬的方式送你回去了。」隆道。

「你們以為這些武器，就能奈何了了我嗎？」突然，力場瞬間扭曲，四顆金屬圓球閃了幾下後一顆掉落，原來方才琉璃一直負手於身後，便是因為她要利用手腕上的微電腦手錶入侵，四方瞬間開了一個出口，她迅速往前一躍，她看見凱斯也衝向前了，可是她毫無所懼，擊敗他或許需要十分鐘，但閃過攻擊只需三秒。

就在此時，她聽見身後大喊：「琉璃老師，請你住手，不然，我要破壞這只眼鏡了。」當她站立在窗檯旁，準備縱身一躍時，聽見茹比的聲音。

「不，不要毀壞那只眼鏡。」琉璃大喊，那眼鏡是什麼時候掉的呢？一進來或是方才的戰鬥，她實在太大意了，怎麼會讓這麼重要的東西掉落下來呢？但她絕對不能讓這眼鏡有任何的損傷，這是費森遺留給她的重要東西，雖然她現在有了更重要的東西要去守護。

「琉璃，回來，不要再想逃跑，我們好好談一談，請你不要逼我。」隆看著她道。

「是的，琉璃老師，是不是有什麼逼不得已的事情，還是你發現了什麼祕密，我們都知道你絕對不會是叛國的人，但是你這樣一走，就吃定了叛徒的罪名了。」茹比道。

琉璃走回道：「好，我答應我留下來，先把眼鏡還給我。」

茹比有些猶豫，望了隆一眼，隆道：「沒關係，妳還給她吧！她不是出爾反爾之人。」

以纏綿的眼神接過眼鏡，琉璃緩緩道：「會選擇離開我們一手建立的泰瑞比西亞，真的是有不得已的理由，有不可知的真相被隱藏了，我得去尋找，但這尋找的過程中或許伴隨著極大的兇險，我真的不想讓你們捲進來。」

「是什麼事情，妳說？」

「你是真心想知道？如果你真心要知曉我所追查的祕密的話，那麼，請你答應我的請求。」猶豫了半晌，琉璃下定決心道。

「什麼請求？」

「請你跟我結婚。」當琉璃老師開口時，茹比瞬間把眼睛睜的杏仁一般大，凱斯更是下巴掉下來一整個合不攏，只有隆依舊淡定、不動如山道：「這是命令，還是任務？」

「這是任務，不過，如果你不願意加入這個任務的話，我不勉強你。」

「任務的目的是什麼呢？」

「有兩個原因，第一，因為我已經懷孕了，現在是妊娠的第四週，我查閱資料知道到懷孕後期，整個動作會變得非常笨重，而生產之後會有將近一個月的時候體質仍十分虛弱，需要安靜調養，無法戰鬥和工作，因此我需要有人在這段時間暫時當我孩子的父親，給與我和孩子經濟無虞和安全的保護。」

「你肚子裡的孩子是誰的？」

「你真的想知道？」琉璃問道。

「當然。」

「是費森的。」

「你說什麼？」隆的口氣有點奇怪。

「我沒有騙你，我知道，現在你所想的一定是費森不是已經死了嗎？沒錯，他已經死了，為了確認這點，我去找明克了，從他的口中我確定一件事情，我們上次在戰鬥中見到的那人是明克的第六號複製人，但是，在逼問他的過程中，他對我提了一個交換條件，他擁有費森的冷凍精子，將費森的精子交給我，讓我有機會懷他的寶寶。」

「你瘋了嗎？」

「沒有，隆，這是我唯一的機會，我已經不可能和他在一起了，可是我還有機會，透過明克的方法，我可以和他生一個孩子，這是我唯一能為他做的，這對我來說太重要了，我不能放棄這樣千載難逢的機會。」

「你知道這是多麼瘋狂的計畫嗎？我相信費森要是在世，他絕對不會贊成你做這樣愚蠢的行為。」

「拜託你，隆，請你幫我，而且在真相尚未釐清之際，我絕對不能回泰瑞比西亞。」話才方說完，只見琉璃突然彎身，隆瞬間警戒起來，她是要將銀月抽出嗎？但她卻俯身往前方一奔，以迅雷不及掩耳的速度扣住一個垃圾桶，接著發出一陣嘔吐聲，隨之而來的是酸敗的氣味。

此時隆緊皺著眉頭，他沒碰過這種情況，根本不知該如何處理，倒是茹比貼心的遞上紙手帕，一邊解釋道：「我聽絲葉說懷孕初期都會有不舒服的狀況，孕吐就是其中之一，琉璃老師，你應當是方才動作太激烈了，你應當休息一下的，事實上懷孕初期子宮內膜仍不穩定，一不小心，胚胎便有可能自子宮內膜剝離，一定要小心。」

接著她用眼睛瞟了一下凱斯，他趕緊會意抱了一張椅子來，讓琉璃老師坐下。接著她又道：「我記得隨著女性年齡的增長，子宮承受胎兒的功能會變弱，因此更要小心，不能隨便從事劇烈活動，琉璃老師，如果你懷孕了更不該單獨行動，還是和我們回泰瑞比西亞吧！」

「是呀！琉璃老師，你堅持不回去的理由是什麼呢？」凱斯也道。

靠坐在椅背上休息了半晌，像是若有所思道：「你知道《一九八四》嗎？」

「喬治・歐威爾的政治寓言，人類一旦從被壓迫者成為既得利益者，便會重演壓迫他人的老路，開始腐化。」隆道。

「沒錯，這就是我要離開泰瑞比西亞的原因，在泰瑞比西亞裡的所有人，上至政府官員，下至平民百姓都遭到了監聽，透過無孔不入的電話線、網路線和房間的視訊系統，尼爾森可以隨時開啟任何一戶屋舍進行監聽，執行這項工作的是一個地下組織——魅影。因此我才要偷走閻王星，因為我知道你一定會追出來，只有離開那裡，我們才能放心說話。接下來我要給你看的是費森留給我的資料，這些資料，我至今都沒有給任何人看過。」說完，琉璃按了一下眼鏡，虛空中出現一個等身大小的幻影，那是費森，他穿著黑披風但未戴上墨鏡，逕自露出額前的翠綠晶片，如生前一般道：「琉璃，如果你看到現在的影像，表示我已經不在人世了，我不知道你會不會為我悲傷，畢竟，我活著的時候總是做些令你失望、傷心的事情，但我真的有不得已的苦衷，因此，請你仔細聽我接下來說的話，在成為明克走狗的這段時間，聽從指示蒐集了許多資料，包含亞法龍之外的六大天空之城，我將部分資料刪改、修訂給他後，留下一些機密部分，因為，我知道這些資料在未來一定會有用處的一天。現在，我先問你一個問題，你有想過這七大城邦是怎麼來的呢？為什麼會有七大城邦的存在呢？當初究竟是發生了什麼事情，產生了空白的歷史之後，設計出七大城邦的藍圖，而七大城邦彼此之間又有什麼關連呢？我相信這些資料你非常有興趣，因為，你的個性就是深富好奇且喜歡追根究柢，因此我預先先分門別類，以方便你檢索。」

說完，下方出現幾個漂浮的標題，那是七大城邦和其下影子城邦的動態文字，最後一則文字串是尼爾森・克勞伊。

琉璃手一點，像個空氣指揮家，選取尼爾森的選項後，畫面瞬間閃動一下，接著出現費森道：「尼爾森，紫錐花會的主心骨之一，最初紫錐花會是怎麼來的呢？我想，關於這點，你應當也不知道，最初是由七名被稱為長老會的知識分子所成立的，他們分別來自不同的城邦，其中以尼爾森的出身最為撲朔迷離，我查到他年輕時受業於香格里拉城邦中的一名有先知身分的人，他被稱為X老頭，X代表的是未知，接下來，琉璃，請妳注意我接下來要跟你說的每句話，我在為明克工作的時刻攔截到一組無線通訊，我下載後將其複製下來，並將電碼還原，我發現那是明克和尼爾森的通訊，由於你們紫錐花會時常遷徙，因此追蹤不易，但我發現每一次尼爾森都傳遞了某些關鍵字。」

當琉璃按下暫停鍵，「你相信費森所說的話嗎？」隆道。

「隆，為什麼至今你還是懷疑他？如果我能夠多相信他一點，如果我能早點聽他的話，那他應該也不會……」

「琉璃，你先不要激動，你這個人就是這個脾氣，我只是疑問，並不是質疑。」

「我百分之百相信他，費森他……」琉璃閉上了眼睛，接著才開口道：「我想，你一定是覺得我失去了理智吧！不過，隆，請你仔細的想想，自從泰瑞比西亞成立之後，現在的政府運作真的是跟我們當初所預期的方向一模一樣嗎？原本民主制衡的政治一開始便成了多頭馬車，各個政黨領導人互相傾軋攻擊對方，效率之差，令人詬病，也是因為如此，當尼爾森以強人之姿異軍突起之際，雖然一開始未被看好，但隨著首次與亞法龍交戰於沙漠的布果大捷，其以五千多名機甲兵與三百輛戰車，利用夜襲殲滅亞法龍的鬣狗部隊，據說有一萬多名機甲兵、裝甲衛士與變種野獸，這個數字尚不包含戰車與飛艇，經此一役，尼爾森聲名大噪，之後與亞法龍交戰每戰皆捷，創下了常勝的美名，當他以此彪炳的戰功入主國會時，以壓倒性的選票贏得勝利，而當他集軍權、政權於一身時，便通過戒嚴法，由原本經由民眾投票選舉四年一輪，只得連選連任一次，改為戒嚴時期得以無限期連任，一開始雖招致不少反對聲浪，當奇怪的是只要一出現杯葛聲浪，亞法龍便會恰好在此時發動攻擊，接著尼爾森便會在此時披掛上陣，然後以雷霆萬鈞之勢凱旋歸來，每次尼爾森回國之際都會有一群名為同濟會的組織給予熱烈的支持，費森在影片中告訴我，這同濟會的首領便是魅影這一組織的領導人，而在議會中反對尼爾森的人，不是遭受意外便是失蹤。」

「琉璃，你知道你現在在說什麼嗎？你確定，你的頭腦是正常的嗎？」

「我知道，我現在要告訴你的真相，是足以摧毀你心中最讚許的偉人，我知道你一直很欣賞尼爾森・克勞伊，因為他真的戰功彪炳，立下無數汗馬功勞，而且每次都是以身為鐵壁護翼了泰瑞比西亞的安危，使我們能與七大城邦鼎足而立，但隆，請聽我說，如果這一切豐功偉業的背後都只是一場陰謀呢！其實他早就和亞法龍暗通聲息，其實他只是明克有意扶持的一枚棋子。」

「這樣做，明克有什麼好處？」

「我問了明克一些尼爾森的問題，我看的出來他的瞳孔瞬間放大了一秒鐘，那是被看穿的神情，但隨即他就恢復鎮定，開始閃爍其詞，我想要繼續逼問他，但時間不夠，雖然我用電子手銬控制了明克，並以電子電波阻隔他暗中發送訊號，但我沒發現他身上的晶片會自動傳送電波訊號，一但訊號消失，他身邊的隨扈就會發現，那表示他遭到危險、或是被脅持，那時我遠遠聽到一陣聲響，離我約莫還有一百公尺，腳步細碎卻低沉，那是受過專業訓練的人才會有的步伐，明克是知道的，從他的表情中我清楚可見，他在拖延時間，於是我當機立斷，給予明克一個重擊，趁他昏死之際迅速離開。」

接著，琉璃走到費森的影像之前，茹比發現她的眼神似乎流露著一股深層的眷戀與纏綿，瞳中小小的反光像是揚著白帆的小船，她不禁有點驚訝，這不像是她熟悉的琉璃老師，愛情會人變得如此不同嗎？她想要再仔細確認，但不到一秒鐘便一閃而逝，取而代之的是冷冽與果斷的神色，她將螢幕快速前進後播放，按下播放鍵，螢幕上的費森開始道：「我持續追蹤這個訊號將近一年，發現他們除了彼此通訊外，還分別將發送訊號至另一個地方，約莫是南緯六十六度的極地附近，據我們目前所知，那裡是一片人跡罕至的荒原，然而，卻有建有某種高科技通訊設備收發訊號，這些訊號都是由低頻的波長所組構，必須經由幾千公尺高的天線才能夠發送，我懷疑那裡至少有一個設備精良的實驗室，說不定，那就是神祕的第九號城邦，我暫時稱它為影之城。」

琉璃按下暫停鍵道：「看過費森給我的資料後，我有一個假設，我認為不論是明克、或是尼爾森，甚至是八大城邦的特首，他們都是某個人的棋子，被某個人給扶植起來，以便那個人控制這個世界。」

「這不過是假設罷了！」

琉璃挑眉道：「假設？沒錯，大膽假設，小心求證，這就是我一貫的風格，可是，隆，你不感到奇怪嗎？自從尼爾森上任以來，泰瑞比西亞就逐漸背離民主的道路，每當有人提出質疑時，尼爾森便以恐懼壓抑的輿論，告訴我們處在極為危險的境地，所以我們必須全民皆兵，如此才能保衛自己，在如此狀況底下，國土安全大過於民意指數，更何況，監聽與特務如同天羅地網將我們圍繞，尼爾森鼓吹國會發展核武——閱王，這鷹派的論點便是我們得有自己的武器才不至遭侵略，但不覺得奇怪，閱王是一個可以瞬間毀滅到一個城邦的核武，若真的發展起來，如何確保尼爾森不做為黨同伐異的利器？」

「反之，若落在你身上也是會有相同的可能。」

「沒錯，所以我決定摧毀它。」琉璃道：「隆，你還記得我們紫錐花會最初的信仰嗎？武器會造成環境破壞與生態浩劫，因此，我們要以和平、柔性的方式做為抗爭。我從費森給我的資料看到了空白的歷史前，就是有兩大國家爭相發展核武，軍備競爭的結果，後來，有一個神祕的幕後組織操縱機密，發生了核武工廠爆炸，滿目瘡痍的結果，因此人類只好放棄地面的生活，來到天空，紫錐花會最初的信仰，就是要成為和平的鴿派，絕對不要成為以暴易暴的鷹派，你記得嗎？我們的武器不是子彈與刀劍，而是書本和紙張，我們擁有最強大的武器是理性和思想，而沒有比思想改造更可怕的武器了，要透過教育開啟民智、使每個人都有平等教育與工作的權力，只有當人們有足夠的思考，才能真正的判斷出何者為是、何者為非？」最後，琉璃緩緩道：「依賴武器來對抗未知的恐懼，還不如以思想啟迪那些受壓迫的人們，那麼，才真的可以建立一個真正平等的社會，不是嗎？」

「接下來你的計畫是什麼呢？」

「我打算去費森說的地方看一看，或許到了那裡，一切的疑問都可以水落石出，而且，應該也只有在那個地方可以和平的拆毀閻王，而不必擔心造成無謂的犧牲與損傷，隆，你願意加入我的計畫嗎？」

「琉璃，你太瘋狂了。」隆雙眉緊蹙道。

「我知道，但我還是希望你能和我一起去南極做見證，相信我，等從南極回來之後不論結果如何，我都會和你回泰瑞比西亞，不論是監獄或軍法審判我都甘之如飴。」

「我憑什麼相信你？」

「隆，我求你，如果你要捉我回去，我一定會想辦法脫逃，不管多少次都一樣，可是隆，我真的不想與你們為敵。」

「我也是，你想想看我是為了什麼，才向霍華自動請纓前來追捕你，琉璃，你要知道我和霍華簽訂的時間僅有一個半月，一個半月後若沒逮捕你回泰瑞比西亞，我也會受罰的。」

「我並不想連累你，如果你擔心會受罰的話，那就盡早回去吧！」琉璃柔聲道。

「混帳，連累，你說的是什麼話？早在妳擅自離開泰瑞比西亞，就該想到這種結果才是，如果是其他人，十個、二十個來，你孤身一人有自信可以對付他們嗎？更何況你還懷孕了。」隆以極為不悅的語氣高亢道。

「我……」

見此，茹比趕緊道：「琉璃老師，我們都很關心你，尤其是隆老師，我們並不是只擔心自身安危，更擔心你的狀況。」

「擔心我……」琉璃輕輕一笑道：「一離開泰瑞比西亞，我就有了覺悟了，自從十幾年前逃離苜蓿山城之後，在七大城邦四處遊走，我從沒有害怕過，我不害怕死亡，只害怕死的沒有意義，一離開泰瑞比西亞我就知道我會被定位為一名叛逃者，之後，就是不明不白的死在獄中，沒有審判與上訴的機會，隆，如果你真的關心我的話，那請你想想接下來我的處境，這樣對我真的是好的嗎？」

皺了一下眉頭，隆道：「你說的沒錯，但我們又能怎麼辦呢？」

「這個問題，我也不知道，但我絕對要摧毀閻王。你願意幫助我嗎？」

「我有別的選擇嗎？」閉上了眼睛，隆一雙鷹目仍舊緊湊道。

「你可以選擇為、與不為？」

隆的雙眉皺的更深了，他閉上雙眼仰視，感覺那皺紋顯得更加深邃清晰了，像一條永遠也無法跨越的海溝，茹比想，不知思索了多久，此時，他聽見隆一字一句道：「好，我幫妳，因為我欠你一個人情。」

「謝謝你。」

茹比幾乎要歡欣鼓舞了，感覺凱斯也深深的鬆了一口氣，但琉璃老師的表情還是那樣的平靜。

「那我們接下來的計畫是什麼呢？」茹比問。

「我們去南極，費森將實驗室的座標輸入在這只眼鏡電腦中，茹比，麻煩你把它輸入到飛艇中，我們休息一下，明天就前往。」

「琉璃，你把閱王藏在哪裡呢？」隆問。

「我藏在這裡。」琉璃走到房內，在木製地板上敲了幾下，把一只木片給撬起，拿出一只鐵盒，就要看到傳說中的武器——閱王了，茹比原本以為那會是很巨大的殺傷型武器，沒想到看起來應該只有掌中大小，琉璃將眼鏡戴在臉上，按出一道雷射光掃描了一下，盒子開啟，裡頭是一只發著藍色磷火的瓶子。

琉璃道：「這是閱王的粒子反應爐，裡頭存放的是一種少見的放射元素——鈦，這種元素在地殼存量幾乎微乎其微，只有在實驗室中才能製造出來，而他外殼的開關則是一組阿法波的電子束，當電子束撞擊鈦的中子時會產生大量伽瑪射線，這個過程被稱為湮滅。我一得到閱王之後就找個空曠的地方獨自拆解，將零件分散在不同地方，地點用座標記錄在費森的眼鏡裡，為了隨身攜帶方便，我把最重要的粒子反應爐帶在身邊，這可是閱王的心臟，裝在可以阻擋放射線的金屬合金裡，只是應該是當初在拆彈時還殘留一些鈦元素在身上，才會被你們追蹤到。」說完，她將盒子蓋起。

「琉璃老師，雖然有以金屬隔絕放射線，可是核子反應爐還是會釋放微量的放射線，放在你身邊對寶寶不太好，你還是交給隆老師保管吧！」茹比道。

「這……好吧！隆，那就麻煩你了。」微皺了一下蛾眉，琉璃道。

「那我們就各自休息吧！明天，還要出發趕路呢！」一手接過鐵盒，依舊是皮肉不動的，隆道。

四、茹比：華萊士線

寧靜的子夜，月光柔軟的貓足如同蔦羅與長春藤的化身，軟溜溜的自雪紡紗的窗簾躡來後，攀延上琉璃老師的眼簾，此時，她躺在奶蜜色的單人床上，茹比棲臥在米色沙發上，長髮流瀉下來像是柔軟的海藻，隆背倚著牆面閉眼小憩，一雙挺直的鼻梁如弓，沉穩的吸吐氣，而凱斯則蹲踞在在門邊，睜著大眼炯炯凝視周遭一切。

除了這裡是出口之外，客廳走道的盡頭上尚有一間四坪大的臥房，配有一扇雙面窗戶，還有客廳左手邊的廚房也有一面落地窗，外頭是零點八尺寬的陽臺，這兩個點都是適合逃走的動線，也是敵人入侵所在，因此他得睜大了眼睛盯緊這兩個通道，畢竟現在他們可是身在亞法龍，敵人的巢穴，誰曉得一進入這裡是不是就被追蹤了，一切可得戰戰兢兢，如履薄冰。

他看著眼前的隆老師，與琉璃老師躺臥的位置，呈犄角之勢，這兩個人都是歷經沙場的高手，也是熟知彼此弱點的夥伴，一旦真的開打，沒有一時半刻很難分出勝負，方才討論守夜時，隆老師便神祕對他道：「雖然目前我已經和琉璃達成了協定，但是我擔心她出爾反爾，之後趁夜逃走，雖然現在鈦粒子反應爐在我手上，但其餘被拆解的部分只有她知道而已，你守夜時可要盯緊她，不能出一點差錯。」

但琉璃老師也對他道：「凱斯，我拜託你，雖然目前隆老師已經願意加入我的計畫，但我擔心這只是他使的緩兵之計，隆這個人向來很服膺體制，要我完全相信他，我真的很難做到，更何況現在閻王在他手上，萬一他將閻王帶回泰瑞比西亞，恐怕會對我們的同伴造成傷害，凱斯，拜託你，請你幫我守著他，千萬不可讓他逃脫。」

他不禁啞然一笑，他這兩個老師，果然都不是簡單人物呀！而他只是一個小卒，竟然被捲入這樣大的漩渦，到底該怎麼辦呢？

此時，一陣細微的聲響，輕輕的撞擊在窗面上。

那是一隻迷途的天蠶蛾，分不清玻璃與空氣的差別，露出一對深邃、漆黑、帶有威嚇性的上下翅，在玻面上撲翅、拍打著。

輕盈的聲響，像是一道流銀的滑音，他轉頭，看見琉璃瞬間站立，抽出銀月。

此時隆也改為蹲踞，一手握著板斧。

「怎麼了嗎？凱斯？」隆道：

「沒事，只是蛾罷了。」

意味深長的看了琉璃一眼道：「那就好，我們睡吧！」

隔天早晨，用過餐，換裝完畢後，隆道：「我們應當可以出發了，茹比，根據你電腦的計算，到達南極的目的地要多少時間呢？」

滑動電腦茹比道：「如果沒有特殊意外的話，大概二十天左右就可以到了，但問題是自從空白的歷史過後，南極那邊的地貌環境改變相當大，我這裡並沒有南極現在的資訊，連沿途到那裡的氣候、土壤是否安全無毒適合人類生存，我並不確定，而空中的路線也蒙昧不清，但……」

「說下去，茹比……」隆道。

「問題是燃料不夠，雖然飛艇外觀全部採用太陽能板，透過吸收太陽光子並將之轉換為電能，但也僅能供應十公里左右動力的飛行，而且這還是在無逆風的順利狀況，從這裡到南極，我預計還需要至少三萬噸的石化燃料，才可以到達目的地。」

「那要怎麼樣才能取得足夠的燃料呢？要直接從亞法龍的能源庫取得嗎？」當琉璃說這話時眼眉不知覺挑了一下，茹比明白，大部分琉璃老師說的取得就是「不告而取」。

「這樣會有些冒險，畢竟我們現在的人數可說是勢單力薄……」隆道。

「難道要回泰瑞比西亞？」琉璃質疑道。

「琉璃老師，我有一個想法，不如，我們先到北緯三十度左右的海域，那裡是被稱為副熱帶高壓的地方。那裡的海水蘊藏豐富甲烷水合物，甲烷是一種氣體，多半分布在海水淺水海域的沉積層，因為地層深處的氣體遷徙，深層水流與低溫作用的結果而被嵌入水晶格中，這種燃料可以做為飛艇的動力來源，如果有足夠的甲烷水合物做為動能的話，我想應該足以應付我們至南極來回的能源。」

「好吧！茹比，請你將地圖點選出來，我要來規劃路線。」

茹比將電腦中影像投影至半空道：「在空白歷史前地球上共有五大洲，但經歷南北極冰層融解、海水增溫、溫室效應……地球上陸地僅存空白歷史前的五分之三，後經過數百年的地貌改變，加上各大城邦建立後彼此之間並未完全連繫，因此現在地貌環境和幾百年前的紀錄可說截然不同，我擁有的電腦並沒有完整的地理和氣候數據，而電腦所能搜索地形的範圍最多只有方圓一百公里，考量我們在路上可能會碰上各種不同的狀況，我建議到達定點後，我會派出設定的電子信鴿，透過飛行將附近的地形氣候傳輸回來，整理在電腦中，以得出之後前進的路徑，但我擔心是另一件事……」接著只見畫面上出現三個正方形的視窗，茹比道：「到達南極之前，我們會經過三座天空之城的領空範圍，分別是：泰坦、永無島和烏托邦。這三座天空之城都擁有自己的武力和絕對領空的勢力範圍，雖然兩點之間是直線最短，但為了避免不必要的麻煩……」茹比按掉視窗直接將地圖點選放大道：「我建議航線採取S形的路線，先沿著婆羅洲和西里柏斯島之間的海峽，向西跳島至加拉巴哥群島，南向延伸到峇里島和龍目島間的間隙，今晚我們預定駐紮在加拉巴哥群島，如何？」

「華萊士線！」琉璃道。

「琉璃老師，什麼是華萊士線呢？」茹比問。

「聽過華萊士嗎？他是空白歷史前一名富有冒險精神、且實際探查的博物學家，透過實地探查中發現隨著島嶼隔絕度的不同，每座孤立的島嶼都有獨特生態性，有些相近的島嶼生態截然不同，但有些相聚遙遠的島嶼卻有著相連的物種生態性，後來他得出的結論是海峽，那些具有生態相關的島嶼在百萬年前曾經有陸橋相連，反之者則是深層的海峽阻隔物種的交流，他最早在馬來群島做研究並在期刊發表文章，為了紀念他的發現，便將地理上生態物種截然不同的兩區稱之為華萊士線。但華萊士最重要的貢獻是透過島嶼生態的研究，他和達爾文共同發表震古鑠今的演化學說，只可惜他聲名為達爾文所掩，多數人只之有達爾文，而不知有華萊士，可以說是一名孤獨的先行者、落拓的英才。」琉璃話語中帶點唏噓之情，是巧合嗎？茹比忍不住想，事實上她們這四人此時要做的事情不也是如此嗎？帶著毀滅性的武器——閻王叛逃，泰瑞比西亞的同伴，絲葉、蒼穹、伊恩會怎麼評斷她們呢？叛徒、奸細……歷史一向是由掌權者所書寫，權力及真相，說不定他們為泰瑞比西亞所做的種種努力，最終只會被掩埋在歷史的灰燼中，沒有真相、也沒有平反，只有不斷重複的媚俗罷了。

「就這條路線吧！隆？你呢？」正在思索之際，她聽見琉璃老師道。

「我沒有意見。」隆簡潔道。

「那好，我們出發吧！」

當飛艇降落在加拉巴哥島的沙岸時，電腦的舊資料顯示島嶼上擁有一公頃平方左右的林地、圍繞群島周圍的溼地約莫三點五平方公頃，島上林相豐富，除了集中在岸邊的橉柳外，還有無花果樹、椰子樹。

但當他們從艙門走出後，卻只看到連綿不絕的礁岩地形，地上生長的乃是藤蔓類的耐旱、耐鹽植物，還有一些蕨類和苔蘚植物，交織成一小片地毯似的形狀，蕨類和苔蘚真是生命力極端旺盛的植物，不論是多雨少光的雨林，或是乾旱無雨的漠地，都可見到它們的蹤跡。

「我去探查一下地形，順便取些獵物，當今晚的晚餐。」隆道。

「凱斯，你也跟著去吧！這裡有我和茹比就夠了。」琉璃道。

「好的。」凱斯立即轉身道，隆老師走的很快，以至凱斯必須用稍微跑步的步伐，才能追上他。

茹比和琉璃自附近分別取來一些乾燥的柴薪，但沙灘附近顯然沒有太多木本植物的殘骸，僅有一些枯乾的葉子與藤蔓而已，琉璃道：「看來這個島嶼生態十分貧乏，茹比，還是請你回飛艇去取能量炭，我們用那個來升火好了。」

茹比依言回飛艇取來兩塊手掌大小、正方形形狀的能量炭，這種能量炭是以大量木柴燃燒後高溫高壓擠壓而成的，一塊便可燃燒三個多小時，是野外宿營時必備的物品之一。

透過一些手爪般大小、乾掉的葉子為引，能量炭很快就點燃了，此時酡紅夕陽高懸於海面，背著夕陽琉璃坐下，傍晚的陽光將她的頭髮沾染上蜜釀一般柔美的光澤，此時茹比注意到她腰間懸著一個瑪瑙珠的小墜飾，上頭打了七大二小的繩結。

不一會兒，隆與凱斯回到沙岸上。

「這個島的生態十分貧瘠，大部分都是裸露的岩石地形，我沒有看到電腦中原本記錄的林地，只有看到一簇簇高大、叢生的雜草而已，我還找到一些莓類的果實，茹比，你等一下用電腦檢查一下有沒有毒，另外在凱斯設下陷阱中我們捕捉幾隻鼠類，但除此之外，連一隻蜥蜴也沒有經過。」

「像極了李維史陀所描述的《憂鬱的熱帶》。」琉璃道，她看起來似乎有些不耐煩，斜靠在一面岩石邊，一手輕托下顎眺望遠方，伸著長長的指尖敲打岩面，時而快、時而慢。

「在空白的歷史之前，曾經有一個生物學家跟著一艘名為小獵犬的船隻航行，當他到達每個島嶼時，曾經對每個島嶼不同的生態物種感到驚奇，其中，這裡有一個名為加拉巴哥象龜的物種，牠體型極大，行動笨重，但自從人類發明各種煨海龜肉的方法後，牠們的災難就開始了，航行的船員將之作為糧食，在那個乾糧與冰庫還不發達的時代，大量的象龜被運往船上，有些甚至被倒立在船上以免妨礙船員行動，象龜是一種忍耐性很高又很耐活的生物，能夠不喝水也不進食數月，但彼時這種優點反而成了夢魘，大批象龜就這樣進了彼時航海員的胃裡，活動場所僅存環境狹小的船艙、或甲板上。」

「這……太殘忍了吧！」茹比驚訝道，但說完她就後悔了，什麼是殘忍，活在這個世界上有誰能不殺生而能存活呢？食用鼠類、馴服的家畜難道不殘忍嗎？比起人類殘殺同類動輒發動的戰爭，巨龜的滅絕在人類發展史上也不過是星星之火罷了，又算得了什麼呢？

「人類作為一種物種，顯然比其他物種擁有更多的優勢與幾乎是扭轉地貌的能力，事實上在地理大發現以來，人類就開始陸陸續續引進外來物種，引發了許多生態圈物種的重新洗牌，有些人類來不及記錄的物種，就永久的消失在歷史之中。」

「沒辦法，作為一種物種，人類太容易繁衍又不容易死去……」隆仍是一貫冷靜、不帶一絲感情道。

一隻小灰蝶在枯乾的碎葉間飛繞徘徊，但當停下之際卻呈現兩翅平展的姿態，這究竟是弄蝶屬還蛾屬昆蟲呢？茹比注意到它的翅翼上有一個淡黑色的眼紋，它是什麼時候飛來的，而島嶼上看起來沒有多少開花植物，牠又是如何生存並尋找自己的蜜源植物呢？

「茹比，我們還剩下多少淡水呢？」

「一千加侖，扣除燃料所需和清潔盥洗，大概只夠三天飲用。」

「那這樣不夠。」隆皺眉道。

「沒關係，飛艇上有海水淡化的儀器，只要蒐集海水，透過淡化和淨化就可以提煉出可飲用的RO水了。」

「那好，我去飛艇上拿水桶，凱斯，跟我去取水。」

「茹比，我們下一座停駐的島嶼為何呢？」琉璃問。

「我看一下電腦，合適的地方應該是模里西斯島。」

趁著隆去取水桶的空檔，琉璃來到凱斯身邊，對他低聲道：「凱斯，我有話要問你？今天傍晚巡視島嶼時，你和隆有單獨分開過嗎？」

聞言凱斯十分猶豫，當來到島嶼的背脊之際，隆老師突然道：「我去西邊那裡巡視，你去東邊那裡看吧！」隨即大步離開，但當凱斯繞了島嶼半圈，來到島上最高點的山巒，卻意外見到隆老師站在背風處，他一手拿著像是黑色通訊機的東西，但一查覺到身後有人時，便把手放到身後。

而且，當快到營地之際，隆老師突然對他道：「回去如果琉璃老師問你我們有沒有分頭行動，千萬要說沒有。」當時他感到驚訝，但不等他詢問，隆老師便自顧自的向前走了，此時他忐忑的是他不想說謊，但他又不想違背和隆老師的約定，該怎麼辦呢？

「凱斯，不要騙我，隆有離開你單獨行動吧！大概多久？」

「這……」就在此時，他聽見隆老師走來的聲音，「凱斯，我把水桶取來了，茹比已經在熱機了，走吧！」

「是嗎？我知道了。」望了琉璃老師一眼，凱斯轉頭小跑步道。

五、琉璃：所有動物都是平等，但平等之中仍有不平等

當飛艇降落在模里西斯島時，這個由珊瑚礁與花岡岩構成的小島，從飛艇窗戶往外看，可以看到上方一簇三公頃多的林地正發出蓊鬱的色澤，最高峰的火山口噴出白色的煙霧。

一降落到島嶼上，茹比便等不及和凱斯一同去島上探查，經過三個小時候他們回來，飛艇附近已經升起一小堆營火，而琉璃老師似乎是在處理一些兩棲類、也有可能是爬蟲類的屍體，做為晚餐，而隆老師正用力搧著營火，企圖讓白煙快速消散。

「這……真是太神奇了，這座島嶼雖然我才粗略逛了一圈，卻已經至少發現三十多種文獻上未見過的植物，包含開花植物、蕨類和裸子植物……這是怎麼回事呢？我方才只匆匆收集了一下，拍下照片存檔，還來不及觀察昆蟲和鳥類其他動物。」

「看來模里西斯島在減少人為干預後，已經開始走向自己的演化之路了。」琉璃道：「事實上孤立與隔絕，某種程度是演化的開端，甚至我們可以說，隔絕促進了物種形成。」

「是嗎？」茹比道。

「沒錯，對萬物而言，這可真是一件值得慶幸的好事，在空白歷史以前，模里西斯島除了大如熊般的巨龜外，這裡也曾經居住過一種體型龐大、不善飛行的鳥類，彼時人稱為多多鳥，島嶼由於環境單純，阻隔了大部分的天敵，因此這種鳥得以繁衍，不同一般的鳥類將巢築在樹上，在土壤磽薄、以灌木為主的島嶼上，牠們將鳥巢築在地上，以當時的生態環境來看，這是一項得宜的舉動，方便養育後代。

後來，他們滅絕了，理由於加拉巴哥群島的象龜一樣，由於人類的捕獵，還有人類引進猴、和豬這些外來物種，多多鳥築在地面的蛋成了這些動物獵取最美味的佳餚，可惜久處在安逸無天敵環境的多多鳥，從未面臨此種現象，最終只能一鞠躬自地球舞台謝幕，從此消失在地球生態中。而那時人類還來不及為多多鳥留下完整的標本或是記錄。

如果說多多鳥事件對人類有什麼影響的話，那是第一次，人類意識到自己的作為可能會對其他物種帶來滅絕的命運，事實上做為物種之一，人類應當有責任去注意、並且克制自己的所作所為，不應當對其他物種造成威脅。」

「你太敏感了，琉璃，這不是適者生存嗎？事實上自地球誕生以來，生命就不斷朝演化與滅絕邁進，總會有些不適合生存的物種被淘汰，這就是適者生存的天擇，不是嗎？」隆道。

琉璃顯然很不認同這個論點，立即回予一個白眼道：「既然如此，我們就等著看當所有物種陸續消失後，人類這個驕傲的物種可以留存多久吧！以地球史的角度來看，地球曾經經歷過五次的生物大滅絕，事實上，地球並不需要人類，相反的是人類應該為了讓我們的環境更適合生存一些，有必要好好遵守生物倫理，天擇說後來被帝國主義扭曲為侵略的思想武器，那是絕對扭曲的，事實上，彼時歐洲人的那種傲慢不單只是對島嶼上不同的物種，包含對其他膚色的人類，叱之為比人類低等的猿類、畜類，最有名的便是黑色維那斯。」

「琉璃老師，什麼是黑色維納斯呢？」

「黑色維那斯，她是一名非裔黑人女性——莎拉巴特曼，只知道因為她身軀生的較矮小、臀部較寬且擁有大片、下垂如圍裙的陰脣，因此當白人發現她時，認為掌握了非裔黑人比白人低等的證據，半哄半騙將她帶往歐洲，一開始穿著半裸的服裝、帶著部落的頭飾供民眾娛樂，當她終於不堪疲累死去後，將屍體和陰戶製作成標本，供人類學者研究，他們將她歸類於人類與類人猿之間的過渡，可笑的是究竟誰比較野蠻呢！是那些生性單純被奴役的人、還是那些自視高等取笑他人的人。」

「沒辦法，人類歷史中總是充滿相似的事件，所有動物都是平等的，但平等之中還是有不平等。」隆道。

「《動物農莊》裡喬治・歐威爾的名言，但我只認同你的前句，還好後人終於還給莎拉・巴特曼公道，讓她的屍體標本得以運回南非，以國葬的規格，葬在她生前始終回不了的故鄉，我們所能做的，就是盡量不要去重複過去人類的錯誤而已。」琉璃道。

當享用完兩棲類與爬蟲類大餐後，這裡的蛙類看起來雖然僅手掌大小，但是脂肪卻頗多，啃起來別有一番風味，但最幸運的是這些物種並沒有毒，事實上有許多兩棲類和爬蟲類在皮膚上都具備神經毒，以躲避天敵。

抹了抹嘴角的油脂，此時琉璃感覺下身有些痲癢，大概是行走時沙子跑進裡頭了吧！太多天未淋浴應該也是原因之一，畢竟飛艇上淡水不足，盥洗僅能擦澡。

此時茹比靠過來輕聲道：「琉璃老師，我告訴你一個祕密喔！請跟我來。」

殘碎的月光像一片碎裂的刀刃，但光線卻十分柔和，像是幽禁於高塔的貴族女子指尖不經意落下的針尖一般，順著茅草叢生的小徑，在低窪處琉璃看見一處五公尺平方大小的水窪，上頭懸浮著淡綠色的藻荇，看起來應該是下雨累積而成的吧！最幸運的是看得出來是淡水。

「琉璃老師，方才我發現這裡時真的超開心的，那時我就想一定要找你一起來洗澡，我們倆都好多天沒洗澡，身子臭死了呢！」一面說，茹比立即大喇喇的挽起頭髮，一面寬衣解帶，只留下身上的貼身襯衣。

見狀，琉璃忍不住莞爾一笑，道：「說的也是，真的好久沒痛痛快快洗了一個澡呢！」

說完，她將銀月放置一旁，先將上身黑衣外套卸下，露出裡頭的緊身衣，這是一種排汗力強、不容易產生異味的材質，上衣脫下後，上身僅存一件黑色緊身內衣，此時茹比注意到她腰間的流蘇上綁著四大五小的繩結。

「琉璃老師，我可以摸摸看你的肚子嗎？」望向琉璃老師的腹部，此時妊娠十週，從外觀看起來還十分平坦，看不出有太明顯的曲線，這裡頭真的藏有一個小寶寶嗎？想到此，茹比忍不住好奇了起來。

「可以呀！」琉璃道。

「琉璃老師，肚子裡有一個寶寶究竟是什麼樣的感覺呀！雖然我聽絲葉形容過，但我還是好難想像喔！肚子裡頭居然藏有這樣一個小東西，那感覺真是太奇怪了。」

「我……我不知道……」安靜了半晌，琉璃緩緩道：「事實上，我到現在還沒有任何成為母親的感覺，或許是因為，我是複製人，而複製人是沒有母親的。」

剎時茹比安靜，不知該說什麼，琉璃老師是複製人，這是所有紫錐花會都知道、卻不言說的祕密，琉璃自己不提，別人也未曾在她面前提過，但此時她卻自己說出，她真不知該如何回應才好。

「琉璃老師，其實，再來到野百合之家前，我是有媽媽的，大概是三歲、還是四歲前吧！我還有一點點糖果碎片般媽媽的記憶，我記得以前我老是哭哭啼啼的，媽媽就會把我抱在懷裡一邊用手輕輕拍背，一邊唱歌給我聽，媽媽的身體很溫暖，每次我聽了，就慢慢不哭了，可是，後來媽媽就不在了，到底發生了什麼事情我真的不知道，只是有一天媽媽帶我來到野百合之家，之後就再也沒看過她了，她到底是去了哪裡呢？死了嗎？我不知道，媽媽是不是不要我了，剛開始我想到這點都忍不住淅哩嘩啦哭個不停，但是沒辦法，再怎麼哭媽媽也不會回來，而且問了野百合之家其他人的遭遇，至少我還有過媽媽，和她們相比，我算幸運很多了，而且後來我會這樣想，媽媽是因為生病了，所以逼不得已才把我送去那裡，這樣想，我心裡就舒服多了，也會覺得就算媽媽變成了星星，也會在天上不停看著我呢！

對了，琉璃老師，我聽說寶寶十週就會發育出聽覺了，我唱一首歌給你聽好不好，你可以唱給寶寶聽，我記得以前媽媽就是抱著我唱這首歌的，你也唱這首歌，相信寶寶一定會很喜歡的。」

說完，茹比就唱道：「一閃一閃亮晶晶，滿天都是小星星，掛在天上放光明，好像許多小眼睛……」

茹比的歌聲有一種稚氣未脫的感覺，就像小孩扯著喉嚨用力歌唱一般，又像山雀稚嫩啁啾的叫聲，琉璃忍不住微笑了。

「琉璃老師，你也唱唱看……」

就在此時，琉璃突然迅速將上衣披上，一手抓住銀月往後一躍叱道：「誰。」

拉起衣服茹比趕緊跑去，月光沾染著朦朧且蜜釀般的茅草高原，此時，她卻看見一幕哭笑不得的場景。

一隻半人高的大鳥，嘴喙長的寬大如湯匙，翅翼卻像發育不良般的瘦小，毛色灰白黑錯雜著，走起路來一搖一擺，看起來真令人發噱。

「這……是多多鳥嗎？」茹比驚訝道。

「應該不是，空白的歷史後人類總人口數折損十之八九，大部分的人類遷居到高科技的天空之城，或是殘存於地面重汙染的影子城邦，當人為干預減少後，將孤立的島嶼還給自然，總是有些生物會努力突破藩籬，盡情生長，生命會為自己尋找出路，這是不變的真理，根據研究多多鳥的遠祖是一種善於飛行的鴿類，當這些鴿類降落到某些地面，為了適應不同環境而產生演化，這叫適應輻射，有趣的是這些飛行力強、富有冒險開創精神的鴿類一旦降落之後，適應演化的結果卻成了不會飛翔的陸生鳥類，正如我們眼前所見的這個生物。」

茹比好奇向前幾步，這鳥顯得不怕人，扯著喉嚨大叫了幾聲，牠的聲音聽起來像某種火雞的叫聲，但又更圓潤、稚氣一些，茹比忍不住撫摸了牠兩下：「真是了不起呢！生命會自己去尋找出路。」

「誰！」就在此時，琉璃突然大叱一聲，以一種更嚴峻的聲響大喊，接著連茹比也沒瞧清楚，她是怎麼的霹靂向後一個翻轉，抄著銀月往後奔去，但從月光照著幾乎要泛白的白茅尖端中，她清楚的瞧見一個深褐色橢圓形的後腦。

那是隆老師的背影。

「隆，你要去哪裡？」琉璃大喊。

然而一陣霹靂銀光迎面而來，那是自隆老師腳下所踩的輕速飛碟，茹比認得，她們飛艇一共配備兩架，是當飛艇有狀況時緊急逃生專用的，但此時隆老師正踩著這架噴射飛碟咻一個飛昇便飛揚至上空。

「隆，回來。」琉璃將銀月一甩，半空中如同閃耀的銀虹迴旋一圈到她手上，但隆卻早已成了一個小小的光點消失在幽暗的星際。

坐在營地裡，凱斯正揉著發暈的腦袋，還沒回神，就見琉璃老師一張慄冽的面容迎面而來，冷然道：「凱斯，發生了什麼事？」

「我……我也不清楚，原本我在營火邊休息，那時看見隆老師往飛艇走去，我還沒多想，沒想到他扛著噴射飛碟出來，我本來還想問他需不需要幫忙，但他突然一拳正中我眉間，正當我眼冒金星時，就看見他飛上天的身影了……」

話才說完，凱斯突然意識到自己的處境，自己正處於一種尷尬的情境，他緊張道：「琉璃老師，請相信我，我絕對不是故意和隆老師串通好，故意讓他離開的。」

說完，茹比也趕緊澄清道：「我也是，我絕對不是故意引開您，以讓隆老師安然脫身的。」

「走，我們上飛艇看看……」抿著嘴，琉璃喊道。

一入飛艇之中，只見隨身物品散亂一地，琉璃蹙眉道：「茹比，你保管的粒子反應爐還在嗎？」

「不……不在了！」茹比驚慌道：「我只看到裝反應爐的盒子，但是，但是……裡頭東西不見了……是隆老師拿走的嗎？」

「明知故問。」琉璃老師留下這句顯然極為不悅的話，隨即轉身離開，只剩茹比與凱斯兩人顯然不知所措，「茹比……」凱斯聲音壓得很低，一面擠眉弄眼的示意茹比向琉璃老師破冰並輸誠，猶豫了半晌，茹比向前道：「琉璃老師，我知道你現在的心情真的很不好，但是總要想辦法解決，你猜的到隆老師下一步會去哪裡嗎？」

帶上費森那只黑墨鏡，琉璃將螢幕投影出來道：「無需懷疑一定是這裡，閻王其餘零件之所。」

六、琉璃：老大哥正在看著你

當隆乘著輕速飛碟降落之際，彼時海平面正呈現鯨魚的肚腹一般，靛藍與濁白交織而成的霧氣，當降落地面之際，他發現一尾水青色長尾蛾停駐上頭，以二分之一音符節奏，緩緩擺動翅翼。

一揮手，蛾隨即飛起，但此時他卻未移動分毫，只將右手靠近腰間板斧，氣深沉呼吸吐納降於丹田，因為當敵人出現時，任何一點輕舉妄動可都會錯失先機，露出身上空門要害。

無須回頭，他也知道此時，琉璃就在他身後。

「隆，我對你太失望了。」還是琉璃先開口。

「琉璃，你不要怪我，畢竟人各有志。」隆道。

「你是為了什麼？名利、權勢、地位，霍華用什麼條件跟你交換？」

「不管是什麼？不都是你無法給予的嗎？」露出一點嘲諷的語氣，隆道。

「那沒有辦法了，隆，事到如今，為了奪回閱王，我們只好打一場了，轉身，隆，像個戰士，今日不是你死、就是我亡，要是我死了，閱王就給你帶回去，換取你所需的功名利祿吧！但是，請注意，我絕對不會讓你稱心如意。」

轉身，只見琉璃此時手擒銀月，放於胸前，這個動作隆再熟悉不過了，那是銀月的起手式，她身後是兩個焦急萬分的身影，茹比和凱斯。

「茹比、凱斯，你們要幫誰？」隆道。

「我……」凱斯還沒說完，茹比打斷道：「我們誰都不幫，但是，隆老師、琉璃老師，請你停手，你們都是我們的偶像，我真的不願意看到你們任何一個人受傷，更何況……琉璃老師她現在身子不便，萬一有什麼閃失，那要怎麼辦？」

「你怕了嗎？」隆看了琉璃一眼。

「儘管放馬過來吧！」

隆將板斧平舉，一般而言，像這樣笨重的武器通常都是高高舉起，利用本身重量再加上重力加速度，足以將敵人攔腰砍成兩半，但隆卻不同，凱斯認得出來，這招式叫雷神，她只在教場上看過起手式，但究竟如何施展，他還未看過。

「喝！」還是隆先出招，板斧平平一推，以雷霆萬鈞之勢往前揮去，琉璃迅速一個後退，翻了筋斗躲避這強大攻勢，但第二招速度卻極為緩慢，感覺周圍的時空都因為強大的氣流而扭曲、擠壓一般，產生一個半封閉的力場。

就在此刻，感覺琉璃的黑髮首先像是被某種引力給牽引、拉扯，但當她整個身軀即將要貼近之際，刀刃瞬間呈現三百六十度的迴轉，纏著斧柄一圈直刺隆的面門。

「天呀！琉璃老師這招我是第一次見過，這可是及防守與攻擊於一體的極致武鬥，難怪人稱一吋長、一吋強，也只有銀月這樣長的武器才能做到這樣的招式，啊！隆老師又出招了……」

當凱斯看得正忘我之際，茹比卻狠狠的給了一只白眼道：「先別說這個了，你不覺得琉璃老師好像越來越喘，招式也越來越凌亂，在這樣下去要是傷害到小寶寶怎麼辦呢？不行了，凱斯，你往前衝去，一定要將他倆人分開。」

「但該怎麼做呢？」

「你以前不是學過一種古老的近身搏擊，叫摔跤嗎？我數到三，你從下方滑入，藉由撞擊力將隆老師彈開。」

「這……好吧！」聞言，凱斯瞬間起了一身冷汗，不知道自己上身是否承受得了雷神的斧劈，或背部能否抵擋了銀月的擊刺。

當他用盡全力往前撲去，本以為銀月鋒利的刀刃將會劃破他的背脊，但沒有，一陣不能再輕、飛花落葉般的氣流觸感滑過他的後頸，他抬頭，只見不知何時，琉璃已經躍至他面前，將銀月揮灑如銀河，閃亮刀鋒釘入蛾的擬態翅翼時。

「老大哥正在看著你。」琉璃道。此時她屈膝蹲踞，從呼吸聲可以感覺到微微喘息，呼吸不順，這可是武者的大忌，如果這時敵人突然逆襲或是反撲，那琉璃老師可就危險了，這怎麼回事？她可不是會露出如此大破綻之人，莫非妊娠如此不容易，會讓女性成為道地的弱者，凱斯忍不住質疑道。

像一片枯葉，至輕也至重，那長尾水青蛾落下之際，露出小小的晶片反光，接著整個起火，瞬間消失殆盡。

「很抱歉，凱斯、茹比，為了真正引出亞法龍的追蹤者，我和隆連你們兩人都隱瞞了，就是為了擔心走漏任何一點消息。」呼吸調整完畢後，琉璃起身，站立。

凱斯張口結舌了半晌，才吐出道：「所以，你們沒有決裂、也沒有背叛，一切都是……演戲？」這是怎麼一回事，這十幾天他們天天生活在一起，從來沒看過老師有密談過呀！但老師們究竟是何時達成協議呢？

還是茹比先開口了，「琉璃老師，你是何時發現我們被追蹤鎖定的呢！」

「殺氣，雖然一開始若有似無，只有經歷過數百次大小戰役的人，才能以直覺隱微感受，打從一進入亞法龍我就有被監視之感，像是整齊交響曲背後出現的不穩定雜音，遇見你們初始，我本來還以為是你們散發出來的，但又不大一樣，我猜測可能是泰瑞比西亞不相信隆會遵守命令，前來逮捕我，因此暗中設定追蹤，因此我決定和隆假裝內鬨，讓隆帶著閱王的核心反應爐前往其他被拆解下來的武器之所，想趁機引出埋伏的敵人。」

「琉璃老師，你所謂的雜音是什麼呢？」

「是昆蟲，從第一隻不屬於島嶼的蝴蝶開始，因為發現這些昆蟲遠離了屬於自己的生態環境，理論上昆蟲受限於環境，沒有太大的遷徙能力，可以凌駕於千里的海洋遷徙到另一座島嶼，因此每一座島嶼都保有其獨特的生態性，但是，我卻在加拉巴哥島上看見應當不會有的蝴蝶，當時我想只有兩種可能，一種是因為人類任意的將各種動植物移植的後果，另一種是它隨我們而來。我猜測他們應該是在昆蟲身上裝置微型攝影機，這些應該是基改昆蟲，腦中被植入細小晶片，可以被遠端電腦操控，不然一開始我也陷入疑惑中，明明就感覺到依稀的殺氣，但卻找不到來源所在，一直到……來到加拉巴哥島之後，我才真的確定問題所在。」

「那你們又是何時共同擬訂了這個計畫，而不讓我們知悉呢！」

「暗號，我和隆搭檔多年，彼此之間已經累積了一定的默契，我們早就說好一些密碼，這是我們紫錐花會成立最初幾個人共同研究而成，除了我和隆之外，只有亞契不超過六個人知道，這個密碼最初是來自空白歷史前，一個叫中國的古老國家所留傳的古書——《易經》。裡頭記載兩種符號，一個是長條，被稱為陽，另一個是中間斷裂的兩短條，被稱為陰，透過陰陽兩種符號六十四種不同的變化，我們便根據這六十四種做出不同暗語，我腰間打的繩結就是暗號，再透過指尖的長音、短音的變化，代表九之二，這個暗語是「潛龍勿用」，因此我們決定按兵不動，來個反追蹤，而當我們最終確定追蹤來源為何時？我便將暗號改為九之五：飛龍在天。表示是時候了。我們只是考慮要不要告訴你們，因為擔心被敵人發現我們的計畫，而且考慮到萬一你們的反應露出了破綻，便功虧一簣了，因此決定一起瞞住你們，如此，才能達到欺敵必先自欺的最佳境界，只是對妳們有些虧欠，不過說真的，茹比、凱斯，你們的反應真的讓我們很窩心呢！」

「那這些追蹤者是來自何處呢？是亞法龍、抑或泰瑞比西亞」茹比問。

「我想，你可以問問那些不請自來的殺手，但他們應該不會告訴你答案。」看著後方，隆冷冷道。

七、阿道斯：狼與羊之歌

十三個穿著銀衣的殺手一字排開，手中拿著玻璃般透明的鐮刀。凱斯與茹比分別面對兩名對手，茹比臨敵經驗不足，瞬間陷入苦戰，凱斯趕緊靠在她身後與她背對背應戰，而隆一人則獨自面對四名對手，從眼角瞥見他將板斧揮灑如意、虎虎生風，她向來是很了解他的，敵人越強、他鬥志越是高昂，短時間要擊敗他，可沒那麼容易，接著，她應該可以專心考量眼前敵人了！

五名銀衣殺手立於前方，還未出手，便可以感覺到一點細微內斂的殺氣，冷冽卻不張揚，隱隱約約，形成一個封閉的氣場，他們的身分是什麼？複製人、傭兵、生化人……是否有配備機械鎧呢？銀翼，她忍不住從口中吐出這著詞彙，她從費森遺留給她的資料中知道這是一批埋伏在黑夜中的地下特務，不知受控於何人，專門誅殺政治異己。

她一個跳躍，側身，本擬一腳會正中敵方鼻梁，但沒有，一點點微妙的差距影響她的攻擊，這是怎麼回事？是她太慢還是敵方太快，當她飛踢時她也同時感覺到有隻小小的腳在內部踢她，俯身，半透明刀間滑過頭髮時，她聽見一點細微的嘶嘶聲，伴隨頭髮上飄的觸感，那應該是通電的武器，當被擊中的一刻，至少五百伏特的電流會瞬間電擊全身。

琉璃昂然抬起頭，但此時她卻感到一陣腹痛，感覺一種扭攪、不可名狀的痙攣，在她的下腹子宮深處撞擊，她，琉璃，經過大大小小數十項戰役，從來沒有輸過，但此時她卻有些喘不過氣來，最強的堡壘乃是由內部崩壞，她，注定不敗於任何人，只能輸給自己。

當刀間墜落一刻，銀翼的動作卻突然靜止了。

琉璃抬頭，卻發現不只眼前這人的動作，連周圍所有人的進擊都跟著緩慢起來，像是有人按下慢速定格鍵，凱斯、茹比和其他銀翼紛紛倒地，只有久經戰鬥的隆似乎不受影響，但仍忍不住單膝著地成跪姿，空間似乎有了什麼變化，像是有人伸出看不見的手，將空間氣流像毛巾般扭攪起來，琉璃起身，她一手扶住肚子，頭髮還沾黏在她的眼睫毛上，順著隆的眼神，前方五百公尺處，一個若無其事的男人也往這望，像是溢出畫框外的風景。

但他是何時出現在這裡的呢？

「你是亞芒嗎？」琉璃盡力克制，不讓自己聲音顫抖。

看著眼前這名男子，淡白月光色頭髮，化石似雙眸，像她記憶中的亞芒卻又不像，她還記得亞芒嗎？那已經是十幾年前的事情了，那年苜蓿花城事變，一切都毀了，人能活著離開就幾乎是個奇蹟了，她什麼都沒有帶走，除了孑然一身外，連以為會鐫刻在腦中灰質永恆不滅的回憶，竟然也似照片般一點、一點斑駁、脫落。

「我是，也不是。」男人一面說，一面朝這走來，他在銀翼肩上輕拍一下，像是某種指令鍵，接著他們就像電腦關機一般全部倒臥，靜定不動的，但卻死了。

「好了，沒事了，大家都可以起來了。」像是電腦的命令字元，瞬間扭曲的空間逐漸舒展，恢復原先的狀態。

她疑惑眨一下雙眼，但身邊的隆可是充滿警戒，誰知道這個人又是誰？泰瑞比西亞的特務？從出逃到現在，他們不知在路上已經故布疑陣以躲避多少特務監視，甚至方才，他們才大開殺戒，殲滅了數十名敵人。

「你叫我阿道斯好了，這是我的本名。」這男子道：「三年前，一個和我幾乎長得一模一樣的男人來找我，將一只晶片和我神經相連結，並且告訴我，等到時間到的一刻，我將會明白許多真相，此後，每次的夢境中我便開始斷斷續續接收許多片段訊息，但一晚的深夜時分，一道熾白光侵襲我眼底，一堆資訊瞬間湧來，像是創世紀一樣，那時，我真有種爆炸的感覺，但也同時我知道了許多事，包括我是你口中亞芒的第三十六個複製人，你所說的那人，應該在死前就知道一些真相，所以發明了一種儲存晶片，預先將所有的知識和記憶、能力質都儲存起來，傳遞給下一個複製人，在傳遞過程中，我們逐漸凝聚共同的意識，我們要保護同一個女子，並且合力對抗那個人。」

琉璃瞬間蹲下來，此時她的腹部又疼痛一下，逼得她屈伸如弓蹲坐，但另一種更強烈的感覺卻襲上心頭，她忍不住摀住眼，不讓淚水流出指尖，原來亞芒一直用這種方式愛她，她完全都不知道，但如果她知道，又能怎麼樣呢？她向來不輕意示弱，更不輕易流淚，可是自從她選擇做為一個母親之後，她越來越脆弱，也遠離自己崇信的戰士之路，此時她幾乎無法自己，只能深深的將螓首深埋在雙膝中。

還是隆依舊冷靜，道：「你說的那人是誰？」

「我們的宿主。那個人的名字是不能說的祕密，我們姑且稱他為X，第九城邦的城主，也是八大城邦的建立者兼幕後操控人。」

「謝謝您救了我們，但請問您，剛剛做了甚麼事情呢？」凱斯問。

「精神攻擊，或許是累積了三十六個人的人格和記憶的關係，我可以入侵到任何人的腦中，直接對他的大腦提取、修改資料，並且下命令。」

「所以你剛才給他們的命令是死亡嗎？」隆問。

「不是，我只是要他們暫停而已。」阿道斯道：「但銀翼很特別，他們似乎自幼受了某種剝離情感的訓練，當收到被控制的指令時，他的大腦會自動切換為關機，因此死亡，我之前第十五號複製人曾經偷偷潛入銀翼的訓練所，發現研究人員將初生孩子集中起來，每個孩子都配有擬人化的電子母親，噴射乳汁給孩子以養育他們，但當嬰兒成長到會對母親產生依戀時，便不時的讓母親噴射出鐵釘、水柱或是電擊，以讓他們痛苦、最後麻木。」

「在施予情感依附的過程中，又讓他飽受背叛之苦，因此最終變得不信任任何人，是嗎？」琉璃道，此時，她內心不禁有一種相似的殘影在腦中浮光掠影而過，卻像水面上的倒影，但要擁抱之際卻只有破滅的水花而已，那種相似的感覺，究竟是什麼呢？

「你知道事情真多，那銀翼是誰設置的呢？」隆問。

「尼爾森．克勞伊。」

隆聳聳肩，這個答案一點也不令他意外。倒是琉璃道：「你能多告訴我一點關於亞芒的事嗎？」

「你說的亞芒，是我們第一個複製人，老實說第一個複製人給我們的影響是最深的，但是記憶卻是最淺的，人類的大腦中有許多褶葉，在儲存記憶區塊上，細胞也會老死、衰弱，尤其當有新的記憶覆蓋上去之時，就像你開啟抽屜一樣，人類通常只能讀取最新、最上頭的資訊而已，因此很抱歉，我們對亞芒印象恐怕也和你一樣，已經十分稀薄了。」

「你是怎麼找到我們的呢？」茹比也好奇道。

「追蹤。」阿道斯道：「正確來說是追蹤銀翼，我追蹤有某種低頻的電波，傳遞給銀翼，在追蹤電波的過程我發現他們最新的任務是追擊兩男兩女逃逸的自由分子，我的運氣不錯，就這樣，我找到了你、還有你們。」

此時，琉璃忍不住有一種迷惑的感覺，阿道斯說這話的神情像極了她記憶中的亞芒卻又不像，但究竟是哪裡不同，她也說不上來，但人本來就會逐漸轉變的，兩百天到十年間，人類全身上下細胞就會代謝殆盡，某種定義而言這就是一個全「新」的人了，但就算不論這點，就連她自己，也應當和十年前苜蓿花城的模樣、性格、思想有所不同才是，因此，她怎能肯定亞芒要是還活著，會是目前這個樣貌呢？

人所存在的依憑，究竟是記憶、還是人格，抑或以上皆是？

彷彿看清她心底的疑惑，阿道斯道：「不過，我對你的印象卻很深，有一段時間，我常常在夢中夢見自己和一個深栗色長髮女子走在充滿書本的存在之所，那裡的天花板是透明的玻璃，一本本書像是森林裡的樹木高高林立，發出古老又安靜的氣息，知識與我們所知的自然一樣古老，隨便深吸的每一瞬空氣都飽含時光幽幽的氣息，那個人應該就是你吧！亞芒他真的很喜歡你。」

一點點溼潤的感覺，漫漶了她的眼角，她是這樣善感嗎？琉璃自己也不知道，她記得自己以前不是這麼常流淚的，是從什麼時候開始呢？亞芒、費森死後，還是有了孩子之後。

沉默了半晌，她才道：「謝謝你告訴我這些事情。」

一道鼻血緩緩由阿道斯鼻腔流出，像是胭脂蟲的屍體，鮮豔而慘烈，擁有超乎常人的記憶是一件好事嗎？此時，茹比內心不禁懷疑起來，阿道斯看起來有些步履不穩，他踉蹌了一下，凱斯趕緊上前攙扶，緩緩讓他席地而坐，按壓了腦中太陽穴半晌，阿道斯道：「我沒事了，謝謝，孩子。」

「你看起來很不好。」隆道。

「我是第三十六個複製人，我擁有以精神控制他人的能力，但此外，我的肉體也變得異常衰弱，太多人的意識、精神和記憶加諸在一個個體身上，腦細胞過度開發的結果，我的壽命預估無法超過三十。」

「那你是否要趕快找到第三十七個複製人，將你的生命力灌注到他身上嗎？」茹比也好奇道。

「沒有了，我是最後一個複製人。」阿道斯道：「因此我身上就要結束一切，這場名為基因的戰爭。」

充滿喜感的喜羊羊跳躍而出：「羊呀羊呀！我們是一群快樂的羊，住在無憂草原上。」他們圍著圈圈唱著快樂的歌，但是羊群生長快速吃掉了草原上的每一株草，於是草開始哭泣。「羊的數量太多了，我們都沒法兒生存了。」上帝聽見草的祈禱，於是他將草原分為兩半，一半交由一隻狼統治，另一半交由兩隻獅子統治。「你們可以任意的選擇要居住的草場。」上帝意味深長的笑一下。

「一隻狼總比兩隻獅子好吧！」多數的羊都這樣覺得，只有少部分選擇住在兩隻獅子的草場。

「但是兩隻獅子中只有一隻會留在草場喔！一隻會被上帝帶回去天堂，直到期限到來，才會帶回人間，交由羊兒投票選擇。」

「至少我們可以投票讓自己死在誰的嘴下喔！」喜羊羊開心的跳跳跳，這就是民主，這就是自由，而身後的獅子不時堆滿笑臉討好羊，卻偷偷涎著一行唾液。

當吃完用燕麥、裸麥和果乾製作的雜糧棒，茹比分送之前在島嶼上獵捕用爬蟲類製作的肉乾，此時，她看見阿道斯正操縱掌心大小的電腦，看著這則動畫，他記得這是泰瑞比西亞的最大社群網站——英格蘭之歌，這是近日流行的一段影片，作者署名雪球。

影片下方則出現一張尼爾森．克勞伊的照片，他正帶著黃色安全帽巡視垂直農場，身後跟著一群顧問。

「在民主政治中政策無分好壞善惡，一切都以選票為考量，只要可以獲取人民選票，管他撒旦提出毒藥還是良藥，政客都會買單。」看見她好奇的神色，阿道斯解釋道。

「這是你做的影片嗎？」琉璃問。

「是，也不是。」阿道斯道：「我們的第五號複製人，他的名字叫亞歷，一個媒體工作者，用漫畫的方式諷刺政治，而第七號複製人安培是個超級駭客，負責將這些漫畫駭入各大網站，我擁有他們的記憶和知識，當他們意外身亡後，繼續未完的理念。」

「很幽默的諷刺，狼代表君主專制，而獅子則是象徵民主社會的政客，而人類，就像羊群一樣，從眾且人云亦云。」琉璃緩緩道。

「公平與正義向來都是不存在的，唯一確定無誤的是利益分配的不均，以及權力上下的不對等。因此人類需要革命，這是我們共同的想法，這是為了未來世界、未來的孩子。」阿道斯道。

「你們要如何革命呢？」隆道。

「透過網路資訊戰的方式，以駭客侵入到各大城邦網站中，在網站首頁如插下海盜旗的視訊，喚醒一些人。對了，另外，我有個想法，一旦尼爾森·克勞伊知道銀翼被滅的消息，有可能又會派人來追殺你們，你們還是將閻王交給我好了，讓我帶到南極，我會找機會利用他炸毀X的實驗室。」阿道斯道。

「隆，可以嗎？」

「你同意我就沒問題。」隆道。

「另外，關於影之城的資料我知道的有限，你有更多的資料，可以和我分享嗎？」

「費森曾經去過影之城邦，他墨鏡所遺留下來三千多條的檢索資訊中，有一個資料夾便是影之城，裡面記錄了他去南極的路線，以及必須小心的事項。」琉璃說完，後退幾步，四處尋了一面較平坦的山壁上，將眼鏡投影至前方，費森巍峨的身型便出現了。

「要前往南極，首先，你得準備足夠的防毒面具和安全設備才行，在空白的歷史前，那裡還是第七大陸，終年被零下三十度左右的低溫給籠罩，但是自從大量燃燒石化燃料後，歷經兩百多年的漫長升溫，冰層溶解，億萬年前便存於南極地底的永凍土裸露在空氣中，其中散發大量的沼氣以及甲烷水合物擴散開來，於是這裡變成了高溫與致命毒氣的高原，行來此處，你得攜帶足夠的純氧，若要離開飛艇之外，一定要穿著帶有恆溫系統的隔離衣。」費森道。

接著畫面轉為昏暗，感覺眼前是能見度不到一公尺的，費森道：「這裡就是我發現八大城邦暗中發電信的最終地點，雖然目前政府宣稱這裡是無人居住之所，但我卻在其中探查到幾許人類活動的痕跡，而且，一些地表上矗立的地形也不像是自然景致，而是人為建物。」

說完，畫面轉為一片丘陵地，站在緩坡上，此時費森已經離開飛艇之外，他穿著防護衣，帶著面罩，緩緩的往坡下移動，一旁傳來他的聲音道：「琉璃，我在這裡待了十多天，晝伏夜出，便是尋找電訊發送之所，雖然信號十分微弱，但隱隱約約，我的電腦還是攔截到訊號，現在我準備要進去。」

接著畫面切換到一個較平坦的地下巖穴中，奇怪的是這裡竟然有光線，約莫清晨時分、蛋白色的能見光縈繞在周遭五公尺左右的距離，此時螢幕中的費森已經卸下防護衣，下方的時間顯示經過一小時三十七分鐘，這裡是進入影之城的通道嗎？看起來空氣與溫度都已達到正常指標。

一陣青金色的雷射刀刃破空而來，像是擊中費森的身體，瞬間畫面閃爍跳躍。

充滿雜訊的畫面中，盡頭可以看見一只高大鎧甲兵高高戰立，左手看來是微型的電弧發射器，可以阻擋離子光束攻擊，而右手便是一支三呎長的光刃．身軀是由陶瓷一般光潔閃爍的弧型面板所構組而成，依稀可見費森的倒影，他一隻眼睛受了傷，卻沒有流血，他一手護在胸前，此時他右手的機械鎧尖端是一只尖銳的矛。

「天呀！他沒事吧！」茹比驚訝道。

「費森似乎為自己裝上了機械義眼，他沒有受傷。」隆道。

從視訊畫面中，感覺機械甲兵並沒有攻擊的意思，隆道：「看來這具甲兵的設定程式應該只是守衛，並不包含主動攻擊。」

接著，只見費森的倒影逐漸縮小，像是後退，突然，機械甲兵迅速舉起光刃，一抹碧綠色的光波再度擊射而出。

「不好，應該是中央控制者改變甲兵的內建程式，現在轉為戰鬥模式。」隆道。

轉為戰鬥模式，那表示此處的管理者已經發現費森的入侵了，與眼前的甲兵相比，凱斯更擔心的是他能否全身而退。

只見費森身影逐漸加大，一個飛奔，重力加速動整個人飛踢過去，單手矛插入機甲嵌合之處，像是切開紙片一樣，整個攻擊乾淨俐落，沒有一絲多餘的空隙，凱斯忍不住叫了聲好。

「這是一種古老的戰技，我曾經在書中看過，先後退，接著藉由地勢以重力加速度居高臨下劈砍攻擊，似乎是叫做……」隆道。

「狼突！」一旁琉璃緩緩道。

一抹細細長長的血，滴落在光潔的機甲上，倒映著費森的面容，一道細長的刀口鐫刻在臉頰之上，一隻受傷的右眼半閉半張，突然一陣低頻子彈聲響，費森身子緩緩倒臥，畫面消失。

「怎麼回事，他死了嗎？」方說完，茹比就覺得自己失言了，如果費森這時就死了，那他怎麼會活到之後，為了護送他們離開，自爆於亞法龍防護罩外圍呢！

但她更擔心的是它似乎勾起琉璃老師痛苦的回憶了，她忍不住偷偷瞄了琉璃老師一眼，但後者此時仍舊淡定，她將螢幕關閉，墨鏡收至懷裡，以平靜的語調道：「費森已經將前進南極影之城的路線給整理好，記錄在微電腦中，如果沒有問題的話，我想，明天一早我們就出發，只有到那裡，才能知道被隱藏的真相。」

空曠的山壁，一旁矗立著一座荒廢蟻巢，那突兀在高原間，參差錯落、櫛比鱗次的蟻穴，從微物角度來看，可以算的上是昆蟲世界裡的巴別塔，如果以一隻蟲子的大小，行經這裡，也會被眼前斷岸千尺、山高月小的景色給震懾不已，更遑論裡頭紆曲複雜卻井然有序的通道和蟻室，整齊劃分成食物儲藏地、蟲卵儲存場、蚜蟲儲存室、蟻后繁殖所……即使和人類科技建立精密的地下城邦相比，這渾然天成的蟻巢，都令後者黯然失色。

但從人類角度，卻只是一個膝蓋左右的土堆而已。

一面平坦、玄武岩質的山壁上，正投影出費森的影像，此時電腦切換為無聲模式，少了音效加持，彷彿聽覺被關閉的感覺，只有費森炯炯的目光在山壁踩踏行進著。

手持微電腦墨鏡，琉璃緩緩看著眼前的影像，這影片她至少已經看過幾十次，才能在凱斯、茹比和隆等人面前平淡以對，不過度激動，此時，她趁著四下無人之際開啟影片，複習費森熟悉的身影，此時，她心中不免思索，費森究竟是什麼時候潛入影之城的呢？他生前留給她最後的訊息是明克在他腦中裝了炸彈，只要一離開亞法龍或蟻墟就自爆，那麼，此時是他還未被裝上炸彈的時刻了，那是什麼時候呢？是方逃離苜蓿山城的時候嗎？還是其實明克那裡握有一個開關，可以將費森腦中的炸彈給暫時關閉呢！

畫面出現機械甲兵時，她按了暫停鍵，畫面停留在他一手烏黑發亮的機械矛，和眼皮半張露出的機械眼球上，她記憶中離開山城時他還不是這個模樣，他何時才將身體換成機械鎧的呢？依稀中是第三次、還是第四次會面，那時是嚴寒的乾季，他們約在一棟廢棄千年、巴洛克風格的宮廷後院中，入口處站立著一尊上身斷裂的噴泉女神，古老卻乾枯的葛蔓緊緊糾結在牆垣碎石間，碎白的雪花紛紛從天井落下，空氣中不時可以聽見子彈般空曠、但其實是樹枝結凍迸裂後，擊落在地面凍土的聲響，冰雪落入他的機械鎧手中，凝成美麗的六角霜花。

記得她當時十分嗤之以鼻，對於他將身體換為機械鎧這件事，她覺得費森此舉是因為依附亞法龍後，為了炫耀武力罷了，記得那時，她的反應似乎有些令他受傷，那之後他便習慣戴上墨鏡，在每次與她會面時。她不知道原來他私底下受了那麼多的傷，一次又一次，隨著身上機械鎧部件的增加，都是每一個祕密探查後九死一生的結果。

原來他吃了那麼多的苦。

但是知道又如何呢？當時的她太驕傲，況且她心底總有一種想法，亞芒死了，他卻活著，不知怎麼她總有一種不能也不願原諒他的感覺，像是懲罰他一般，或許那時她就愛著他了，可是自己卻不知道！其實她想懲罰的對象是自己。

但知道又如何呢？

當畫面運轉到費森倒地的一刻，此時，她聽見身後有人，以極細、平穩的聲音道：「雖然沒有肉體上的傷害，但腦神經還是能感覺到『痛』的訊息。」

她轉頭，發現不知何時阿道斯站在她身後。

「曾經有科學家做過這樣實驗，將一些在戰爭中肢體殘障的軍人集合起來，讓他們從鏡中看見自己的鏡像，是肢體健全的，當科學家將冰塊放在裝設義肢上時，腦神經也會依據經驗產生冰冷的感覺。」

接著阿道斯道：「雖然身體已經換成機械鎧，但當受到重創時，心理和精神恐怕還是會受到極大的痛楚吧！」

他來這裡多久了呢！她對自己竟然沒有察覺他的靠近感到些微的驚訝，是因為她太熟悉亞芒的氣息了嗎？還是她太過耽溺在自己的情緒，如果原因是後者的話那可不好，表示她還不如自己想像的堅強，她半睜眼覷著他，道：「你有費森的記憶嗎？」

「有一些。」他道：「雖然也是有些模糊。」

「可以說給我聽聽嗎？」

阿道斯猶豫了一下，道：「恐怕不比你知道的多多少……」

「沒關係，多少我都想知道。」

「我曾經和他討論知識、哲學，不過，印象最深刻的一件事情，是一個藍月的夜晚，那天，我和約他在圖書館中庭之中，上方六邊型玻璃組成圓弧形穹頂，鈷藍彩繪玻璃中央是鏤空的眼睛形狀，那時正巧鑲著小小薄薄弦月，就像貓眼一般。」

「你說的是琴之森嗎？」琉璃忍不住回想，苜蓿山城中有一座極大的圖書館，周圍有八條通道可以進入裡頭，分別代表：文學、音樂、繪畫、體育、物理、化學、生物、數學各大領域，但各個甬道間卻又彼此交錯、相通，像是迷宮般可以通道各個學院，卻又自成體系。

中央的圖書館是三層樓高的圓弧穹頂，據建築學老師——艾伯特說過，那是運用文藝復興時期的幾何學運算出來的，過程沒有用到一條鋼筋和水泥，是純粹的和諧、力與美樂章的呈現，建築、繪畫、詩歌的三位一體，中間兩道樓梯分別向上、下進入正、倒玻璃金字塔的圖書館內部，艾伯特先生總笑著說這像極了女人的子宮，是知識與藝術的溫床。

老師真將他們當作無知卻健康的牲畜嗎？如果是這樣的話，那為什麼總是與他們談詩論藝呢！之前曖昧不清的殘影豁然浮出深水之上，原來她覺得複製人的命運就像銀翼一樣，給予溫暖和信任之後，得到的結果卻是電擊般背叛和欺騙。

阿道斯繼續道：「那時，我們似乎正在爭論一場即將死別的革命，內容是：如果，命運真的非在我們之中二擇一，只有一人，能活著離開苜蓿山城時，那人應該是誰？」

他們說的應該是發動複製人革命的前天夜晚吧！沒想到他們瞞著她，沒讓她知道彼此的密談，但目的又是什麼呢？她繼續問：「那後來呢？」

「我說，如果只有一人能活著，我希望是你，但費森覺得應該是我，理由是因為妳——琉璃，我記得費森當時的神情，他肯定道：『琉璃選了你。』」

「那最後呢！」

「最後我們協議，不論活著的人是誰，我們都要守護妳，以自己的方式。」

她的淚又滴了下來了。

她是這樣脆弱的人嗎？此時，她的心有一種疼痛的感覺，但是所謂的心痛只是一種情緒的感受罷了，並不是真正的痛覺，費森所受的才是真正的痛，那是經歷多少次子彈穿刺、高溫火焚、全身組織燒燙燒到真皮甚至皮下組織、失溫大出血……，由皮膚上突觸接收後，神經傳導到腦褶葉，真正撕心裂肺的痛，和他相比，她內心的痛根本不算什麼？

「可以問你一個問題嗎？」當她忍不住別過臉，讓一滴滴的眼淚落在沙土時，待有鹽分的液體瞬間吸收在乾燥的沙地上，她聽見阿道斯問。

「什麼問題？」

「我看出妳懷孕了，妳可以告訴我這個孩子是誰的呢？」

「是費森的孩子。」接著，琉璃稍加敘述她去找明克，之後交易的過程。

帶點猶豫的，阿道斯道：「老實說，我不認為這個孩子是來自費森的基因，因為我們複製人事實上只是宿主的棋子罷了，因為各種不同原因被製造出來的同一批『作品』，並不被允許擁有自己的子嗣。」

「胡說！」雖然如此，但琉璃心中卻忍不住一陣天崩地裂的忐忑，萬一他說得是對的呢！亞芒這人從不輕易打誑語，天呀！她怎麼能相信明克這個專職的大說謊家呢！但那蒼穹和絲葉是怎麼回事呢？

「可是不論這個孩子的基因來自於費森、或是明克，那又怎麼樣呢？只要妳將他當成費森的孩子，那就好了呀！」

「不，我不相信……」

「冷靜點，琉璃，聽我說…」阿道斯試圖安撫她道：「在接受精子的一刻，妳內心就應該已經決定好，要成為一個母親了，不是嗎？不論孩子的父親是誰，妳都是這個孩子的母親，而我，也會在這段時間盡可能的給妳幫助的，請妳不要害怕。」

「這是我們共同的目的，希望妳幸福。」阿道斯道。

畫面靜止在費森倒地的最後一刻，他是活著、還是死了呢！當方才茹比脫口而出時，其實也是琉璃內心的疑問，從畫面看來子彈應該是從後面射中肩部，或許再靠近一點射中頸動脈，雖然沒有當場死亡，但也絕對至少可以確定應該落入敵人之手，之後他究竟是怎麼逃脫的呢？又是否有遭遇刑求？

是否有甚麼她所不知道的經歷、受的痛苦，存在於時間和影像之外呢？

但這些現在都不得而知，過往經歷隨著他死亡不復存在，且死無對證，其實到頭人所仰賴的憑藉只有腦中記憶而已，人類依賴記憶對事物下定義，且獲得意義，一旦記憶湮滅，人格也將重新重組。

霏霏細雨均勻灑落，一隻有著長長、薄羽翅的白蟻飛落山壁上，接著羽翅脫落，在岩面上蠕動爬行，當它攀爬到費森臉部時，阿道斯道：「琉璃，請妳把畫面放大。」

依言將畫面放大到百分之兩百，阿道斯道：「妳是否覺得費森倒臥的姿勢有些奇怪呢？」

「你的意思是？」

「子彈是從後方射來的，擊中肩頸瞬間造成極大的痛楚，但他還是稍微扭過身軀，目的是什麼？或許他想看清楚攻擊他的人是誰？也有可能他是想讓別人、像是妳，看見誰是那個隱藏在黑暗中的人。」

阿道斯走向前，用手勢再度點選放大，畫面中，墨鏡反光中依稀可見一個坐著輪椅、淡金髮色、看不清年齡性別的倒影。他指墨鏡道：「或許這就是他想要傳達給妳的最後訊息，X的真相。」

這就是X真實的模樣嗎？琉璃靠過去，但是放大的影像顯然已是極限，再怎麼放大，也只有馬賽克般的粒子出現在眼前而已。

「妳知道嗎？在影像攝影技術被發明出來之前，人類只能透過詩歌和繪畫，將記憶中的風貌給紀錄下來，但所有的藝術再造都包含個人主觀的成分，自攝影機被發明後，人類才開始以客觀、趨近真實的方式，去記錄過去。」

阿道斯接著道：「攝影需要光，人類可以看見任何景象，也是因為有光的存在，順著光前進的路徑，我們就會找到希望。」

抬起頭，此時，冷空氣懸浮的天空中，月亮周圍正飄浮著一股奇特、淡藍的光暈。「人之所以為人的憑藉在於記憶，而記憶來自於人生經歷，沒有相同經歷，自然不可能產生相同的情感，雖然費森已經離妳遠去，但至少這些留下來的畫面，都是他眼睛看過、紀錄過，化成腦中海馬迴的影像，某種意義而言，過去的他，正穿梭時空，與妳相會。」阿道斯道。

如果真如阿道斯所說，那麼注視逝者留下影像，吐納於亡者踩踏過的行旅，也是將彼之記憶與己之人格雜糅同一處，共同「活」過的方式，琉璃想，雖然費森的過去她來不及參與，但至少未來……

望著穹頂藍月，琉璃緩緩道：「那麼我想去看看，費森曾經見過的風景。」

半夜時分感覺下腹子宮深處一陣緊縮，那應該是比骨盆腔更內在的膀胱之所，自深沉睡意中的馬里亞納海溝將她拉扯而出，自從懷孕二十周後，她時不時為頻尿所苦，這就是妊娠帶來的種種不便嗎？天哪！她從沒想到會這樣麻煩。

在飛艇停駐附近一百公尺之處，有一道彎曲的淺水灘，兩旁生著密密的蘆葦，月光正巧從烏雲中透亮出來，瑩白的露水在月光清輝下閃爍著點點透亮的光芒，一隻看來緩慢、失群的螢火蟲在蘆葦尖端上閃爍一明一滅的光彩，她彎腰凝視，卻從下腹感到一陣緊繃感，頂住上方的胃。

此時一群帶狀螢火蟲迢遞飛來，將那只落單的螢火蟲接引至其中，如同靈魂的行旅緩慢前進，望著一抹瀲灩在水中逐漸擴散的倒影，像迷離的詩，擺渡在塵世與彼岸間的夢境。

她指尖觸了一下水面，指尖訴說著微微的冷意，提醒她夢醒後，人生不可逆的恍若孤獨感。

不知怎麼，她突然想起苜蓿山城的最後一夜。

當她們三人約好要發動革命時，因探查逃生路徑行走在森林中，那一夜亞芒吻了她，這是第一次她感覺到真實、而不是文字意義上的吻，那吻冰冷而纏綿，像是夜半凝結在鐵欄柱上的露滴、又恍若蝴蝶翅膀的輕觸。

她不確定費森有沒有看見，但就算有，她也不大記得了。

此時她感覺肚子裡小小的輕踢，像是被初陽融化的露滴落在睡蓮葉子上，周匝一圈後落入水中緩緩旋出的漣漪。

就在此時，她聽見一陣腳步聲，迅速轉身，將身子隱沒在草叢後。

前面走來的是阿道斯，他的眼瞳帶著絕對零度的冷冽，但卻是深黑色的，他究竟是亞芒、還是阿道斯，記憶中亞芒的眼神是冷色的藍，因此才得了慄冽的電氣石稱號。人之為人的憑據究竟為何？是記憶抑或基因，如果沒有任何記憶，他是否還是那人。

之後的腳步有一種沉重卻堅毅的踩踏聲，不須抬眼她就知道，那是隆，她最熟悉的夥伴。

阿道斯背著她，面對隆道：「隆，如果可以的話，我想請你幫我一個忙？」

「你說？」

「請你注意琉璃的情況，某種程度而言，她過去並沒有學習到如何成為一個母親，我擔心她會像銀翼一樣，因為無法愛自己的孩子，因此將傷痛複製給下一代。」

「你說什麼？」琉璃從一旁走出，他沒料到她也會在這裡，怎麼辦，剛才的話她一定都聽見了。

「琉璃……」他走向前，試圖給予她一點安慰，但她快速撥開他的手：「走開。」她喊道。

說完，她突然一整個蹲下來，並且不可抑制的開始嘔吐起來，吐的整個臉都被眼淚鼻涕各種黏液沾滿，感覺整個子宮頂著橫膈胃腎臟一整個難受，怎麼回事，難道懷孕真的會讓人變得多愁善感而且克制不了自己的情緒，為什麼會這樣？難道都是可惡的荷爾蒙害的，害她沒有辦法保持理性的態度。

「琉璃，如果傷了妳的心，我很抱歉。」阿道斯走向前，屈身道。

她倔強的轉過頭，不看他的眼睛。

「琉璃，我本來是打算不告而別，在清晨前離開的，因為此行真的有太多太多的凶險，或許這一次是我們倆最後一次會面，或許下次妳看到我的時候，我已經化為塵土了，因為妳知道的，我的壽命不一定可以支撐到那個時候，因此，某種程度而言我只是在交代遺言而已，但是，請妳知道無論如何，我都要妳幸福。」

但她仍是瞥開眼睛，不看他的臉，僵持了十幾秒，他起身，準備離去，就在此時琉璃站起道：「等等。」

「不管如何，這次，都不准死。」琉璃道。

以不易察覺的姿態輕點一下頭，他道：「我在影之城等妳。」

八、歌悅：社群、同一、穩定

七大城邦中，烏托邦是最為神祕的一座城邦，它從未與其他城邦訂定任何盟約，也拒絕任何商業、經濟、文化形式的交流，用防護罩阻隔外界一切，一採取便是幾十年鎖國政策，它孤懸在天邊，猶如神祕的無人島，吸引人們無限好奇。

經歷了一次空間跳躍後，此時，已經是鈷藍色的深邃夜空了，天空與地平線交錯之處，則是一圈盈亮的光暈，而在穹頂的上方則懸浮著一只水滴形狀的城邦，襯著後方一彎金色的弦月，像命運女神的耳墜一般。

烏托邦這只天空之城懸掛在西南蒼穹，正巧對應在大熊星座的一等α星之下，當席捲地表的沙塵暴消失之際，便可見淡紫色波長的嵐氣交織的協奏曲，在防護罩籠罩下、隨著不同角度色彩瞬息萬變的天空之城。

每天早晨統一八點整，烏托邦中大小不同自鳴鐘同時響起，發出一連串鳴奏後，整齊有致吶喊：社群、穩定、統一，我們是完美的新人類，啊！這是多麼美麗的新世界。

歌曲以管弦樂在男高音重複播放後停止，彈一下手指牆上金鶯形狀的自鳴鐘，金鶯代表她的身分，被歸於藝術領域的人類，此外依照工作領域不同，電路板代表機械、房屋代表建築、書本代表語文……各個不同領域的人類，都有其相對應的代表物。

手上晶片登錄的ＩＤ是Aa39號，她的名字叫歌悅。

望向窗外，在烏托邦六角水晶體形狀的市中心，兀立巨大噴水池的中央，聳立了三只女神像，希臘神話中的命運三女神——阿特洛波斯、拉克西斯以及可羅索。

輝煌如交響曲般的斑斕白晝下，每隔三十分鐘，自動化精密的機械便會以音樂與七彩水柱交織成剎生剎滅的圓弧，灑向正中聳立著一百多尺高的命運女神，手中象徵基因的螺旋染色體在阿特洛波斯手中纏繞，經拉克西斯修補，再由可羅索縫綴成人。

不再扮演剪斷人類生命線的角色，可羅索可說是烏托邦最具體而微的象徵，正因科學家解開了可羅索基因之謎，才發展出完美的新人類。

烏托邦的居民都由Ａ到Ｚ編碼，後面的數字代表你是第幾號的複製人。

換言之，在歌悅誕生之前，至少有三十八個和歌悅長個一模一樣、擁有相同血型和ＤＮＡ的人，而之後，她則不知道還有多少與她有著相同基因譜系的人在培養皿中被複製。某種程度而言，這些人比她的姊妹還親，當然，前提是烏托邦裡的所有人都有手足這種存在，但她們卻像微塵一樣散布在烏托邦的周遭，與她了無牽涉，即使見了面，也只是如同行星般短暫的交會，友善微笑、離去。

而每一字母大類底下還有十五到二十六個左右的細項分類，烏托邦是個高度分工的精細社會，一開始籌備聯邦政府之際，政府便訂定一套井然有序又條理分明的作業系統，打從你一誕生在人造子宮，便按照不同輸送帶被運往不同的地方，學習你基因設計中相對應的職業，以完成城邦中不同需求的職業分工，使國家如同穩健的星辰軌道運轉不息。

A大類是藝術領域：而之後的a小類代表的是演員，因此a類型的人都具備頎長高挑的體型、絲絨般閃亮的歌喉、和柔軟如彈簧的身段，以便在音樂劇、歌劇、舞台劇演出都可得心應手，而b代表的則是音樂演奏，因此b小類的人民都有著細長而靈敏的手指和絕對音感，c小類代表繪畫，因此c小類的人都能瞬間分辨鵝黃和米黃色卡上的細微差異，且擁有過目不忘的動態視力與四色視覺，當一只振翅的蝴蝶飛來之際，能準確的用水晶體分辨出紫外光，以確認瞬息萬變的翅翼是小紫斑蝶、端紫斑蝶或斯氏紫斑蝶。

她曾經聽說b小類誕生出了一個音癡，當她被保母撫育到離開托育中心的年齡，仍無法分辨全音與半音，每次唱歌時總是走調，像是一群黃鶯中卻出現了一隻嘔啞嘲雜的烏鴉，音調和諧的蜂群卻闖入了一隻嗡鬧的蚱蜢。

後來這孩子怎麼了呢？聽說被回收了。

回收究竟是什麼一回事？她也不知道，有人說是死了，有人說是被外放到地下的灰洞去了。

正如光與闇，生與死一般，做為完美之城烏托邦底下，也有其對應的影城——灰洞，那是一個只存在在烏托邦的居民的口耳相傳中，如同細菌肉眼不可見卻確定的存在，究竟是一個什麼樣的地方呢？

在烏托邦中，所有居民到了一定年齡便可提出生育申請，經過精密醫療檢查後，國家基因局會提供篩選過的優良受精卵，先在培養槽溶液中以二的六次方成長，分裂生長為六十四顆一模一樣，有著相同DNA序號的受精卵，一對夫妻限定一胎，之後便進行結紮手術，私人的性行為絕對禁止，體內受精更會被處以重罪。

一個偶然的狀況，歌悅發現自己懷孕了。

她很難形容那次的突發狀況，事實上，連她本人事後回憶此事，都有一種柏拉圖式的神聖瘋狂。這天，因為排練普契尼的《波希米亞人》晚歸之際，原本順著既定路線回家的她，偶然看到了一隻雜色的虎斑貓，這隻貓咪一開始攤軟在屋頂上，蜜釀的陽光滴漏在音階似整齊的斑紋上，像是魯本斯畫作那樣的柔光滿溢。

不知怎麼，不是她日常熟悉暹羅貓、波斯貓、三毛貓抑或索馬利貓，烏托邦中家畜也是經過優良配種的，每一種都恍若古典畫作走出來那樣優雅且神祕，毛色柔軟且令人舒暢，但這隻貓卻與她日常所見不同，雜色的花紋猛然一看，像是好幾塊破布拼縫在一起的百衲布，但卻有康丁斯基畫作超現實莫名的拼貼感。

那貓靜定的姿態像是死了，只存皮毛的一件擺飾，然而，他卻突然動了起來，在歌悅覷著眼睛細盯的時候，回應一雙細長弦月般的貓瞳，豎起琴弓似的尾巴，八分音符的姿態一躍，以柴可夫斯基的小天鵝舞曲節奏，前進。

順著貓的節拍，歌悅發現自己迷途來到了城邦邊緣，在那裡，她看見一個左肩有刺青的黑衣男子，隱身在一片蔓生的蘆葦叢中，他閉緊雙目，乍看像是畫作中臨終的基督，歌悅不自覺擺出抹大拉瑪麗亞的姿勢。

這男子和她之前所有見過的人完全不同，在烏托邦，人們共分成二十六種不同形貌，只能依照髮型和服裝、年齡來判斷你遇見是不是同樣的人，但這個人卻完全不一樣，他的長相獨特，像是古典樂中變奏曲。

這個男人一點也不英俊，他的眼睛太小，身材也略為矮胖，略顯寬大的臉頰中央有個肉厚的蒜頭鼻，下巴也太寬而厚實了，但歌悅卻深深的被這個男人所吸引，彷彿在一叢芬芳修剪整齊的玫瑰花中，特立一只刺目的荊棘，這奇異違和感使他看來與眾不同。

在烏托邦中，所見的男性都有著挺直的鷹勾鼻、深邃藍色眼瞳，身體每一寸：從五官位置、頭與身體比例、手腳長度，都符合古希臘黃金比例，擁有雄健飽滿胴體，最初基因改造的工程師顯然是一個極端的形式主義者，深信只有符合某些規律才可創造出獨一無二完美的人類，並實踐在優生學中，正如米開朗基羅的名言：那些人物的姿態早已存在在大理石之中，他只是移除了多餘部分。而基因改造者宣稱他們只是移除了基因中存在的缺陷，讓完美裸裎。

男子說他來自於地下一個叫灰洞的地方，接著他敘述他居住的景象，對從未離開烏托邦的歌悅而言，每一字句都如同一千零一夜那樣引人好奇且驚嘆，在這樣的情況下，她違反烏托邦的禁令，私自帶陌生人回家照顧。

一個月之後，陌生人離去，但卻留下了後遺症，歌悅懷孕了。一開始她以為自己只是吃壞了肚子，起先她的身體極為不適，不斷嘔吐和昏沉，甚至無法登台演唱，好不容易漸漸調適過後，她卻發現自己小腹逐漸增大，在烏托邦所有現存網路與圖書館都找不到任何資訊，直到她聯想到自己可能懷孕了，那時，已經是孕期十二週。

在烏托邦未經健檢體內受精是要受罰的，但她最擔心的卻是健檢結果發現DNA不符合標準，必須人工流產，出於一種莫名的本能，她不希望這種情形發生。

而且，她還記得那名陌生人走後的言語：「等我，我會回來，帶妳到我的新世界。」

她曾經和一同表演的同伴——裴琳，討論懷孕這件事情。

「胎生？那是多麼噁心的一個辭彙呀！」裴琳露出非常誇張的表情道。

裴琳是她的夥伴，兩人曾經在舞台上演過聖母懷胎產子、聖女貞德等……，她演過瑪麗亞而她是耶穌，她是貞德而裴琳是查理七世，兩人當過母子、姊妹、異性同性情侶……

而真實生活中，裴琳也是一個充滿魅力的女性，熱情有活力且時常約會，她道：「妳知道嗎？我上次才和一個Dx約會，他那頭綠色的頭髮真是迷死人了。」

D是醫學類，所有D族的人都有細長靈敏的手指頭，事實上所有D類人都是綠髮，因為綠是最療癒的顏色，可使一群D類人在從事醫療開刀手術時，不被紅色血液給炫的目盲。

「我真慶幸我活在一個高科技現代的天上城邦，而不是落後的地下灰洞，一想到這裡，我真的慶幸我是從中央研究室的人造子宮誕生，透過透析營養液輸送各種養分長大。聽說灰洞裡的人都是直接被生出來的，然後再被胸前流出的液體餵養長大，哺乳類胎生……一想到胸部竟然會流出這種稀白色、還帶著騷味的液體，真讓人覺得噁心不已，喔！我的天呀！」裴琳以花腔女高音的高分貝聲響道。

「妳不好奇嗎？灰洞是什麼樣的地方？」歌悅問。

「或許吧！如果妳想看看的話，幾天後政府有特休，我們可以一起報名一日灰洞之旅，會有專人導覽帶我們參觀野人的生活模式，聽說全程都有會警衛守護，保證過程不會受到任何野人襲擊。」

說不出有哪裡不對，歌悅想，雖然她從未參加過官方主辦「一日之旅」，但從她認識的那名洞人，她完全看不出有任何「野蠻」的特質，他聲音好聽獨特、性格彬彬有禮。

「妳知道嗎？我上次認識那個Cx他就是在中央實驗室工作，負責的研究員，他說有空可帶我們去那裡參觀，我們真該一起看看，二的六次方個小孩，各自浸泡在淡藍色的血液透析液裡，每個月依照週數不同施放不同的營養劑，等到長成後統一放在大型的透析液中，每一個小孩睜著一樣的藍眼睛頸部套著游泳圈，音樂聲一響，最慢游離的小孩就送去無氧室，讓腦袋暫時缺氧，製造成低能兒，送到底下灰洞。」

「這樣那些孩子太可憐了吧！」歌悅吐一口氣道。

「沒辦法，這一切不是適者生存嗎？」

不知不覺，撫著微凸的肚子，像一個遷徙的花蜂，小心翼翼隱藏自己產下的卵，她拉高衣裳，不動聲色離開。

「B級警報，B級警報，所有烏托邦居民請注意……」離去之際，牆面上廣播系統打出黃色字樣，「哎呀！不好，有人入侵烏托邦了。」裴琳道，她迅速的點開牆面警示系統，歐威爾大道附近，一只紅色光點緩緩移動，她道：「看來這裡就是入侵者的所在了，不知這些人是從哪裡來的，該不會是底下的灰洞吧！我們得趕快疏散，最遲十分鐘，烏托邦的警備軍就會包圍那邊了……」話方說完，轉身，歌悅卻不知何時早已不見蹤影。

「糟糕！琉璃老師的狀況不好，在這樣顛簸下去我擔心她的子宮承受不住胎兒，我們得找地方停下來休息，不能再趕路了！」凝視著琉璃老師，茹比緊張道。

「可是我們距離南極還有幾千英哩，至少要在經歷過一次空間跳躍，我們才能到達。」

「沒有時間了，琉璃老師現在的狀況很危急，我們要立刻找一個地方讓她平躺安胎，本來以她現在的年齡，就不大適合懷孕，更何況懷孕越到後期，越要避免長途跋涉，當初在亞法龍時絲葉懷孕到四十週，快要臨盆之際我們去接她離開，也是有風險存在，為了考量孕婦安全，原本應當在妊娠的三十週左右便去接她的，但那時因為隆老師反對，為了安全考量，但現在真的沒有時間了，再不趕時間，這孩子可能就保不住了。」

「那該去哪裡呢？」

「我搜尋一下，座標上離我們最近的城邦是烏托邦。」

進入市區沒多久，隆便發現他們被鎖定追蹤了。

「茹比，這是怎麼一回事呢？」隆問道。

「我也不確定，或許是晶片，烏托邦的中央主端電腦應該可以追蹤到每一個熱源身上的晶片是否是合法許可的，一但有偷渡者或外來客，比對資料庫裡的晶片代碼便一清二楚，我原本想潛入烏托邦後，可以找到對琉璃老師有幫助的藥劑或是醫療儀器，但現在這個狀況看來，應該沒有辦法，我們只好趕快離開了，去烏托邦底下的影子，應該還來得及躲避追捕。」說完，又道：「琉璃老師現在的狀況真的很不好，應該是之前為了擊退銀翼的激烈戰鬥中，雖然沒有受傷，但是，太過頻繁、激烈的武鬥已經造成子宮的收縮和輕微出血，我方才用電腦的超音波檢視，結果出現宮縮頻繁的症狀，她現在一定非得找個地方迅速靜養不可，否則，我擔心她或是小孩會有危險。」

琉璃正斜躺在茹比身邊，她雙目緊閉，看似正忍受某種難言的疼痛，琴弓似的嘴角微微上翹，帶了點倔強不屈之感，此時，她微微睜開眼睛，碧綠色湖水一般的眼瞳，望向飛艇之外，伸出指頭指向外面街道，像是米開朗基羅創世紀亞當與上帝接觸的手勢。

自緩緩下降的水滴形狀飛艇中，一個玩偶狀的女人走了出來，她的頭髮是蓬鬆的紅色，往上梳成愛心的形狀，上頭有著金、銀色的小天使做裝飾，四肢瘦小五官卻大而立體，她穿著一襲桃紅薄紗寬鬆的小洋裝，對她們招手。

「她是來做什麼的呢？」茹比疑惑道。

此時，那女人撮著嘴道：「妳們是從外面來的吧？快跟我走，不然偵查隊就要到了。」眼前的情況著實有點滑稽，一個看似洋娃娃般的女孩搖頭晃腦道：「你一定很驚訝我怎麼找到你們的吧！只要有外人闖入烏托邦，政府就會發布B級警告，並用紅外線封鎖可疑人物出沒的區域，我只要上網查一下封閉的地方在哪裡，就會知道哪裡是外來者入侵的地方了，我的運氣真好，正好封鎖的地點就在我家附近，因此一下就找到你們了，你們最好快點跟我走，再不然，無人偵察隊就會出動，將你們逮捕。」

「我們憑什麼相信你呢！」隆道。

「隆老師，我們恐怕別無選擇，琉璃老師現在的狀況很不好，她急需一個僻靜的地方躺臥靜養。」茹比低聲道。

來到一叢彩蛋形狀的聚落，約有幾十個橢圓彩繪的建築物，下方都是由一根銀色柱子支撐聳立，上頭有截然不同的彩繪風格，突然，這雞蛋形狀的建築物自動開了一個口，讓她們飛入。一下飛艇後，只見那名女子自我介紹道：「啊！歡迎妳們來，我的名字叫歌悅，陌生人，請問妳們的名字呢？」

「我叫茹比，他是凱斯，另外一男一女是我的老師，隆和琉璃，歌悅小姐，請問妳可以讓我檢查一下妳的晶片嗎？」

歌悅依言往前，將右手腕內側朝上，露出一桃紅色愛心形狀的晶片，茹比先用表面的電腦掃過一遍後，隆問道：「茹比，妳有辦法修改晶片內的密碼？再入侵到烏托邦的中央電腦嗎？」

「我試試看，可能需要一點時間。」

「我有一個過期的晶片，你要試試看能不能破解嗎？」說完，歌悅翻了一下抽屜，取出一個一樣粉色愛心的晶片來。

「這晶片是怎麼來的呢？」茹比好奇問道。

「我之前曾經申請過一個小孩，但照顧不到三個月，有一天我起來發現她沒有了呼吸，我就送回去了。」

「我……很抱歉。」茹比有點不知該說什麼？

歌悅聳聳肩道：「沒關係……」

當茹比忙碌時，歌悅道：「妳們想要喝點什麼呢？玫瑰花茶、咖啡拿鐵、還是東方美人……」

「先說說為什麼妳要幫我們吧！妳到底想知道什麼？」隆道。

此時，敧臥在羽毛狀沙發椅上的琉璃抬起頭道：「妳懷孕了，是嗎？」

歌悅一雙眼睛睜得老大，接著點點頭：「妳也懷孕了，是吧！那時，我聽到電腦插播有外來的入侵者，要民眾多加防範時，我只是抱著姑且一試的心情，但我看到妳們時，尤其是妳，我發現妳也是一個孕婦，我就知道我運氣真好，我猜對了，妳們可以告訴我很多我想知道的事情，像外面情況、懷孕的事，對了，妳可以幫我檢查一下我的小孩嗎？」

「妳懷孕多久了？」琉璃問。

歌悅搖搖頭：「我不知道？可能是三個月、又好像是三個半月，我根本不敢上網查資料，身邊也沒有人可以問，一開始我還以為我吃壞了肚子，那一陣子一直嘔吐、連沒有吃食物時也一直乾嘔，剛開始肚子大了起來我還以為我變胖了，直到肚子裡感覺有東西在踢我，我才想到有可能是懷孕。」

隔著歌悅身後正巧鑲著一扇心形的落地窗，從這往外看，正巧可以看見市中心坐落的三女神像，身體的雕塑呈現希臘古典主義黃金比例的健美曲線，但五官卻是斧劈般冷硬，亨利．摩爾般的簡潔線條，且全都擁有一模一樣的五官，此時，室內傳來一陣強而有力的法國號，接著是一連串的重低音的定音鼓，搭配弦樂的合音，接著小調間奏，那是德佛札克的〈新世紀〉。

「這是誰演奏的呢？」琉璃問。

「沒有人演奏，這是電腦合成的音樂。」歌悅道。

「沒有人的演奏？」

「對，沒有人的演奏。」

傳送回晶片密碼後，茹比疑惑道：「妳們烏托邦裡的人都不懷孕的嗎？」

「我們大部分都是由人造子宮生出來的，國家健保有負擔這筆費用，只有少數人會選擇自己體驗懷孕的過程，但這種狀況極為少見，若排不到人造子宮也會求助灰洞的人來當代理孕母。」

「那孩子的父親是誰呢？」

歌悅的臉一下子變得緋紅，低下頭搖搖頭道：「他不在這裡。」

「他跟我們一樣是外來者嗎？」

歌悅點點頭，茹比又問：「妳想要把孩子生出來嗎？」

歌悅躊躇道：「我想，可是我害怕，你們有人知道生孩子是什麼樣的感覺嗎？」

茹比無奈的搖了頭，接著道：「妳有檢查過小孩嗎？」

她搖搖頭。

「那我幫妳檢查好了。」茹比道：「請妳先平躺下來，把衣服掀起來。」

「好癢呀！」歌悅呵呵笑道。聽了一下胎心音、檢查胎位、羊水量和體重，接著將超音波的畫面投影至上方的天花板上，對歌悅道：「歌悅小姐，我先說我並不是專業的醫生，只是依據資料判讀而言，這個孩子目前頭圍的發展似乎比一般比例還要大，羊水量也不大正常，我搜尋一下可能的原因，可能是水腦、染色體變異之類的，當然也有可能是電腦的誤判，不過，如果你想要生下這個孩子的話，我建議妳一定要去更精密的醫院詳細檢查。」

「那怎麼辦？在我們烏托邦如果被發現私下體內受精，是違法的，只要一到醫院，這個小孩就會被人工流產了。」她睜著一雙泫然欲泣的雙眼，無助道。

「孩子的父親是誰呢？你要不要和他商量。」茹比道。

歌悅將愛心形狀的大腦袋側向左邊道：「你們能帶我去灰洞嗎？去到那裡，我應該能找到他。」

「他是來自灰洞的人嗎？」茹比好奇道。

「嗯！他告訴我他是一個洞人，隱藏在灰洞邊緣的森林中，他離去之前將座標加密輸入在我的微型電腦裡，告訴我如果要找他，來到迷宮森林衛星定位後，延著茉莉小徑走個幾十公里，在母樹的附近的羊角可以找到他，他的名字叫做鹿人。」

當穿越三百公尺高的平流層，離地表尚餘一百多公尺的高度時，從飛艇之外，他們看見一層深濃的霧氣盤踞下方，像一個漩渦以逆時針方向緩慢旋繞，那是聚集大量的細懸浮微粒子造成的景象。

「這就是灰洞嗎？」歌悅從窗外看去，驚訝的問道。在烏托邦的世界中，大部分觸目所見都是鮮豔的粉，鮮少見過這樣大規模的灰。

「是的，歌悅小姐，妳來過灰洞嗎？」茹比問道。

歌悅搖搖頭。

茹比道：「據我所知，灰洞是一個以重工業為主的城邦，大部分土地都被重金屬汙染而無法耕種，目前居民是以附近煤礦為生，但是不斷開採與燃燒生煤的結果，卻使這個地方終年充滿這樣灰色的霾害，像是多芳環香烴、二氧化硫……歌悅小姐，我們這邊有準備攜帶式的純氧面罩，等一下妳出去時最好配戴起來，過多的PM2.5對寶寶不好。」

歌悅閉上眼睛，此時，她的腦中浮現鹿人曾經跟她說過的一段話：「在妳居住的烏托邦，所有人類都是培養到十分完美的境地，但是只要妳來一趟灰洞，就會發現這裡聚集所有畸形的生命，多重障礙、先天性白血病、免疫性功能缺乏、腦下垂體病變的、肌萎症、地中海型貧血以及唐氏症……甚至是原本基因改造後應當完美的嬰孩，卻不知出了什麼紕漏，出生後成了畸形兒，都被丟棄到這裡，自生自滅。

空白的歷史之前，有一名德國獨裁者主張優生學，為了貫徹此種主義，他淘汰了很多劣質基因，當然，所謂的淘汰就是屠殺，而他認為最低劣的基因便是一種名為猶太人的民族，於是在他的政策底下，數百萬猶太人被送入毒氣室集體屠殺，以一種合法、服膺體制的、充滿效率的方式，在整個社會上下充滿著集體麻木不仁的氛圍下，統一實踐。

當一切的惡被扭曲為常道時，屠殺遂成為日常生活的習以為常，在此種情況下，美德、良善與惻隱之心反而成了一種孤立的狀態。」鹿人結尾道。

處在廢棄、半倒塌的的建築物裡，四周裸露的鋼筋水泥像是被轟炸過的斷垣殘壁，但上頭已經蔓生了粗大如蟒蛇的藤蔓，從破敗的窗戶鑽入，這裡看起來像是建築物的內部，巨大的氣根植物占據了這裡，連結的女羅纏附在枝幹上參差披拂、蒙絡搖墜。

幾隻鋼架呈三角型交錯，上頭搭建著鐵皮，作為遮風避雨之所，厚厚的塑膠皮中可以看到其中居住的一些洞人，他們有的缺了手腳、有的皮膚癩痢潰爛、但也有些人似乎與常人無異，只是看起來癡癡呆呆的。她小心扶助琉璃老師，不被這滿地裸露的電線與瓦礫給絆倒，此時一陣細碎的陽光從樹葉的孔隙中輕盈篩落，伴隨悅耳動聽鋼琴聲傳來，那是帕海貝爾的〈卡農〉，充滿治癒性的舒緩節奏如同一杯甜甜的熱奶茶，本來神色還相當委頓的琉璃，睜開了眼睛。

音樂如同流動的光之甬道，指引人往廢墟深處前進，約莫走了三分多鐘，便見到一座鐵灰色鐵皮的臨時建築，音樂便是由這漆黑的縫隙中流出。

茹比好奇的往前逡巡，只見一個約莫七歲大小的孩子，一頭髒兮兮的紅髮如雜草，這張椅子顯得太高，他的雙腳構不到地面踢躂踢躂的晃動著，兩手張開於琴鍵，像是瑰麗又奇特的花，在黑白快速滑動，她輕輕往前移動，試著不發一點聲音，惟恐一不小心便會中止這美妙的音樂，這時，她才發現這是一個眼盲的孩子，眼睛已經發紅潰爛了。

「啊！」一陣尖叫傳來，只見出口出現一名中年女子，她頭髮異常蓬亂，像是數十種不同種的野草糾結在一起，眼皮下垂著，一張平板的大臉，她身上披著垮垮的百納被風衣，依稀是好幾塊桌巾或是窗簾拼湊而來的，手上籃子掉落。

從籃子裡爬出好多昆蟲，可能是蚱蜢、螳螂或蝗蟲，茹比尖叫了一下，有幾隻跳躍到她腳邊，她害怕的跳腳，但那女人卻衝來憤怒地瞪了她一眼後，將蟲子捉回籃子裡大喊：「不要亂動我的食物。」

這些蟲竟然是洞人的食物，她有沒有聽錯？

琴聲停了下來，她聽見身後傳來的聲音道：「瑪蒂法，你回來了？怎麼了呢？」這聲音稚嫩而柔軟，像一塊粉粉的方糖融在耳窩深處。

那女人問道：「你們是誰？是天上派下來的嗎？」

一般影子居民都把光之城邦的人稱為天上人，茹比趕緊道：「不是，我們是從外面進來的，不好意思，我們這裡有人身體虛弱，需要幫助。」

「瑪蒂法……」那孩子喊道：接著足間一落，鈍鈍的，他步履有些蹣跚、一跛一跛的，看得出他的右腳有點瘸，他直接抱住那女人道：「瑪蒂法，你放心，她們不是從天上來的，天上的人身上都不帶顏色，不然就是很淡很淡的顏色，但她們不是，她們身上的顏色舒服而明亮，我從來沒有看過這麼漂亮的顏色呢！」

顏色，人的身上有顏色，這種說法茹比第一次聽到，不禁有些驚訝，而她更驚訝的是這應當是一個眼盲的孩子才是，怎麼會看得到呢？

「這是妳的孩子嗎？」她試著詢問。

「不是，我們沒有任何血緣關係，他媽媽我認識，生了三胎之後發現得了梅毒引發多重器官衰竭死了，前兩個大了就自己謀生去了，只剩下這個孩子，他一出生就是瞎子看不見，不過動作卻很靈巧，剛好我也缺一個人作伴，就養了他。」

這說法就像是自野外撿回一隻流浪貓的口吻，茹比聽著有些不習慣，但這小男孩卻不以為忤，依戀在這名婦人身邊，而她也將那粗厚、看似油膩的大手搓揉他滿頭亂草的蓬髮。

「你叫什麼名字呢？」茹比蹲下身，輕柔問道。

「我叫尼法。」

「你既然看不見，你怎麼會說看的到顏色呢？」

「我看的見的。」尼法肯定道：「而且，我看的見妳們看不見的東西喔！我看得出來形狀和顏色，每個人都有不同的顏色，有的人身上還不只一種顏色，像我剛剛就看到妳們進來了，一共有七個人，對吧！」

「七個人？」茹比驚訝道。

「是呀！有兩個光特別小，可是很澄淨、很舒服，他就在這裡游泳著，聽，他還在唱歌呢！」尼法慢慢靠近歌悅，指著她的肚子道。

歌悅問向瑪蒂法道：「我想要去羊角，你可以帶我們去嗎？」

「妳們要去羊角做什麼呢？」瑪蒂法神色不善的道：「妳的模樣看起來是天上人吧！為什麼尊貴的天上人會來到這個地方呢？」

沒有察覺到瑪蒂法口中的敵意，歌悅道：「我要找一個人，他叫鹿人，他說他就隱藏在迷宮森林裡的羊角中。」

「瑪蒂法小姐，請相信我們，我們沒有惡意，只是這位歌悅小姐懷孕了，而孩子的父親自稱為鹿人，他說他來自母樹附近迷宮森林的羊角，他在歌悅小姐的電腦裡留下了衛星定位的地標，不相信您可以看看，只是叢林裡路徑複雜，我們需要一個熟悉森林的人帶我們前往。」茹比也道。

「你們要找Mama嗎？那沒問題，我帶你去森林找Mama好了。」此時尼法牽住歌悅的手，他的手小小軟軟的，像剛捏好的麵糰那樣柔軟舒服，又像水母的觸手一樣透明，她的心震動了一下，像電擊後小小的刺痲感。

而她肚子裡的這個孩子出生之後，也是這樣的柔軟芬芳惹人憐愛嗎？

「你是要帶我們去找你的媽媽嗎？」茹比道：她內心不禁有一點好奇，之前瑪蒂法不是才說尼法是個孤兒，那他口中的媽媽究竟是誰呢？

「尼法……」瑪蒂法制止了他一下，但語氣已柔緩許多，猶疑了半晌，才道：「羊角不只是一個地方，也是一個反抗天上烏托邦的組織名稱，而這個組織的首領被稱為羊男，而鹿人，則是反抗軍的將領，也是我們這裡唯一的醫生。」

離開蜂巢狀組織的鐵皮屋，約行了幾百步路，是一片巨大蓊鬱的原始森林，尼法像一隻輕快的野鹿跳上跳下，穿越過粗大如蚺的藤蔓，在枝幹交錯處側身前進，這裡的樹木非常粗大，大小幾乎都是一人合抱，偶而一陣風吹來落葉，葉子張開如五爪。

約走了幾十里路，只見前方有一棵十人合抱的樹木，枝幹交錯結了許多瘤，但樹身卻相當平滑，約莫五人高的距離整個枝幹如傘向外擴散，不知為何，第一眼見到這棵樹，內心就不由得興起一股神聖又肅穆的感覺，由上而下垂掛茂密的氣根，像是聖堂中高聳入雲的管風琴。

尼法走向前，小小的身軀貼著大樹輕聲細語，此時，感覺一陣風洗沐而來，像千百個細小的歌喉同時合唱，從林間到樹杪，流水一樣的聲響嘩啦啦流個不停，又彷彿千億片翠葉發出鐵片般的歌聲快樂共鳴著。

此時琉璃又聽見一陣稚嫩的歌聲，一開始不清晰，但漸漸地，如同小水滴逐漸匯聚成水晶似的小河，一陣玲瓏如流水的天籟輕飄飄的浮起，與樹聲、風聲相應和。

這是尼法在唱歌。

接著一瞬間，她們聽見一陣高亢柔軟、天鵝絨一般閃亮的滑音響起，像是數種華麗的珠寶各自輝映出不同的色澤與光芒：寶藍圓潤的高音、猩紅亮麗的連音、還有翡翠、瀲紫一般的水晶彈跳音，像一杯琥珀色的醇酒在日弦搖漾下擺盪出醺人的醉意，帶點魅惑的，那是海妖的呼喚，與尼法稚嫩的童音相和著，那是她們第一次聽見歌悅在唱歌，沒想到，歌悅這個烏托邦人竟然擁有這樣完美的歌喉，這是基因改造者的力量嗎？如此看來，基因改造真的有其必要之處了，但尼法的歌聲又是怎麼回事呢？他的歌聲乍聽之下音有些不準，但與歌悅那彷彿精雕細琢、一絲不苟陶瓷般滑順的美聲相比，雖然帶點顆粒感卻令人忍不住想要玩味再三，尤其他與歌悅的合音是如此的渾然天成，像是千百次演練過的那樣。

歌聲間歇，尼法轉過頭道：「我跟Mama講妳們是好人，是來幫助我們的。」

「為什麼這棵樹是你的Mama呢？」茹比忍不住好奇問。

「這棵樹不只是我的Mama，她還是整個森林所有樹木的Mama，Mama有一種力量，她可以透過她的氣根和地底下的根和其他的樹木聯繫，傳遞訊息和養分，Mama已經活了五千多個年輪了，她最喜歡聽我唱歌了，每次我唱完歌，她就會把果實搖落給我帶回去，但最近她身體不太好，我很擔心。」

「你的歌聲真好聽。」帶點驚訝的，歌悅走向前道：「我從沒有在Aa以外的人種中，聽到這樣好聽的歌聲，可是，這是為什麼呢？你並不是挑選過的人呀！」

「這棵樹是母樹。」琉璃道。

「什麼是母樹呢？」凱斯問道。

「事實上樹木並非像我們想的一樣，只會靜態的行光合作用，將空氣中的二樣化碳轉化成氧原子而已，事實上，一個龐大的森林是一個有機的生態系統，樹木之間會藉由底下的腐植質中的菌類進行交流，將釋放的碳和氮傳遞給其他的樹群，而這個由菌根所形成的網路十分巨大，中心點便是母樹。」琉璃又道：「森林中母樹扮演的角色十分重要，就像是大腦藉由神經元控管下面的細胞一樣，如果母樹遭難，整個森林便會失去平衡，造成生態危機。」

當她們進入羊角內部，原本，她們以為應當是更大、更精密的軍事中心，然而，進入其中，只見眼前仍舊是破敗的原始叢林中的廢墟。

半個小時前，一名偽裝色系的警衛拿著ＡＫ四十七步槍阻止他們前進，從外觀看來，他應當帶有先天性表皮分解水泡症、或是紅斑性狼瘡，身上纏滿了紗布，連步槍也被纏繞在手臂之上，裸露處則是發紅潰爛的傷口。

幾乎是下意識的，她們迅速將手往上舉，惟恐這名盡責的守衛會不小心擦槍走火，茹比首先道：「我們不是侵略者，我們是來這裡找一名被稱為鹿人的男子，我們這裡有人認識他，是他的……女朋友？」猶疑了半晌，她不知道該怎麼稱歌悅的身分，情人還是妻子？

「鹿人？」他重複了一次字句道。

「沒錯，這是他留給我的微型電腦，裡面有這裡的衛星定位，他還說，你們這裡的通關密語是『赫胥黎』，不過，我並不曉得那是什麼意思？」歌悅道。

「沒錯，我帶你們進入。」

穿越由樹叢交織的幽深甬道，來到一只空洞的樹洞之內，一名僅有一般人半身高的男子從暗處湧現，他坐在一只特殊的電製輪椅上，眾多電線如蛛網，與肌肉、後腦相連，末端則是一台微型電腦和一只晶片板裸露的機械手臂，當電動手臂動了一下，他們聽見齒輪與電線在電路板上細微的聲響，電子手臂扭曲了一個奇特、非常不符合人體工學的弧度，似乎是比擬打招呼示意。

當第一眼看到此人時，首先，你一定覺得上帝創造他之前電腦中的染色體發生了亂碼，他的臉乍看與常人相同，但自身體以下頸椎與軀幹相連之處，卻呈現幾乎九十度的旋扭，肩胛與脊椎出現四十度傾斜，軀幹之處彎曲如瘤瘤，但相對於這樣奇形怪狀的身軀，他卻有著一雙淡灰色、睿智、炯炯的雙眼，對她們道：「歡迎來到羊角，陌生人，我是這裡的首領——羊男。」

「請問，鹿人不在這裡嗎？」歌悅難掩失望道。

「他正好不在這裡，他現在在執行一件重要任務，到城邦以外的地區尋找反抗烏托邦的勢力，陌生人，就像妳們來自不同的城邦一樣，我們也知道，除了烏托邦之外，世界上尚存有其他天上城邦，而每個城邦之下，都有相對應的影子城邦，我們的目的就是要團結那些被壓迫的人們，才能改變現狀。

就像妳們所看到的，我有先天性肌萎症，像我這樣的人如果出生在烏托邦，一定是死刑，但我卻出生在灰洞這裡自由不受拘束的地方，自從我有意識以來，我並沒有感覺到自己是不同的，妳們知道嗎？因為我們這裡，相對烏托邦的『完美』，『特殊』反而是一個常態，這裡不是四肢健全、腦袋卻少了某些零件的傻子，我們稱他們為『羊人』，因為他們溫馴聽話，就是像我這樣四肢不全、或是帶有先天性疾病的殘疾人，我們平常就依照身體屬性的不同各自分工，有人做粗重活而有人負責動腦袋。

有一天，我們命運被改變了，我們意外發現羊角這地方，妳們猜這裡有什麼，幾萬卷藏書和數不清的水晶資料光碟，我們用垃圾堆裡找到的零件拼湊出讀取機，接著，便是一份份充滿奧義的美妙知識，我睜著大大眼睛不斷閱讀，那些知識雖然都已碎裂不全，但就像是釀過酒後的渣滓，馥郁香醇，一放口中便歡愉不已，我幾乎是沉浸其中不可自拔，終於脫離這有限的軀體，啊！陌生人，在妳們眼中我的身體如何？殘缺、奇特？事實上，你我的身體都是不自由，都是被禁錮的潛水鐘，但知識卻可以讓心靈如蝴蝶振翅般自由自在飛翔，每當我指間觸摸過一片片紙張，我彷彿又回到在夜間，仰望奧藍蒼穹下斑斕不已的星辰，啊！知識如銀河般漫長、點亮了萬般人生，而也是從那個時候開始，我和鹿人開始思考、質疑一切，為什麼？會有灰洞的存在。因此，我仿造了幾個晶片，偷偷運送一些人上天上的烏托邦去，他們之中有人被發現，因此犧牲了，但也有些人幸運的存活下來，得知了更多的真相，遇見了一些有著相似想法的人，就像是妳，歌悅小姐，第一眼看見妳，我就認出你來了，妳知道嗎？鹿人好幾次跟我提過妳。」

「我，是嗎？」歌悅帶點驚喜道。

「不像一般的天上人，單調、機械、缺乏變化，妳是他的謬思，為他帶來知識與光明，因為妳的掩護，使他有機會深入讀取烏托邦的核心電腦，那時，我們才知道原來烏托邦的存在，便是奠基對灰洞的榨取上，烏托邦將汙染與垃圾排放到灰洞之中，並從我們這裡開採重汙染的錫和鉬，獲取高額利益，而我們也發現一些驚人的內幕，等等有機會，妳就會見到我所說的那群『羊人』了，他們負責礦業開採，從事高危險工作，事實上，他們是被製造出來的，烏托邦刻意製作出一群低能的人，來豢養天上的富裕生活。」

「那麼，你們打算怎麼辦呢？」歌悅問道。

「我們需要革命，只有革命才能改善現狀，妳願意加入我們嗎？歌悅小姐，還有其他人？」一雙詩意的眼睛流眄過，還未開口，此時，她卻聽見一段低沉不已的聲響，彷彿自地底傳出，那是德佛札克的〈新世紀〉，像是古老的風吹過千株柳林一般，思想的母樹以氣根連結鬱綠的樹木、蒼苔與蕨類相互共鳴，敲打出優雅而神祕的節奏。

夜晚，住在瑪蒂法為他們搭建的小屋，尼法貼心的為兩位孕婦鋪上柔軟的毯子，一開始歌悅有些不大習慣睡在地面，但或許真的太疲累了，不一會兒，她便睡著了，尼法柔軟的腦袋斜敧在她微隆起的小丘肚子，鼻息均勻吞吐著。

「我頭上綁的髮帶不見了，能陪我去找找嗎？」當凱斯準備小憩時，茹比壓低聲音，對他道。

「灰洞主要的人口約有五十萬人，其中四肢健康、頭腦簡單的羊人佔了百分之六十，剩下百分之四十則是有各式疾病的基因缺陷者，有些是天生的，但據我所得的資料，有些是基因改造過程失敗的人，這些資料全都被銷毀，做為基因改造失敗的證據，他們也被流放到此處。

灰洞主要的營生以礦業為主，除了佔地四十多公頃的煤礦坑之外，再往西邊五公里處，生有一大片蓊鬱的原生林，事實上在空白的歷史三百年前，這裡分部大片的溫、熱帶針、闊葉混合林，但隨著人類開發與工廠的進駐，空白歷史前一百年間，森林周遭被開發殆盡，僅存原始林地的十分之一，不過隨著天上城邦建立，人口移居，原始森林逐漸有復甦的跡象，現存森林雖然不到以往三分之一規模，但是照這個速率，至少未來一百年左右可以逐漸復育到最初的生態……」一面走著，茹比腦中複習羊男對他們說的話。

羊男真是一個好老師呢！她忍不住想道，他的聲音平穩有力、學問也淵博的嚇人，記得結尾他道：「茹比小姐，或許你不了解森林對我們的意義，但森林不只是各種物種的生態圈、除了可以提供生存所需的糧食來源、對抗烏托邦的地下組織，同時也是人類沉思、冥想，聆聽上天聲音的所在。」

森林是這麼神奇的存在嗎？茹比想，她從小所生長的蟻墟附近都是沙漠，觸目所及，只有廣闊無邊際、單調無變化的黃土連接天際而已，像這樣巨大且高聳的森林，在她的經驗裡真是前所未見。森林地面十分柔軟，少了視覺阻礙，更容易感受到觸覺的突觸，隔著鞋底足尖依稀感覺地面上堆積厚厚一層落葉、苔蘚和溼土，柔軟且細碎，偶然一點點月光從林間篩落，伴隨細微的咕咕聲，和金龜子摩擦翅翼的聲響，像是角鴞的警告。

「茹比，妳知道髮帶掉在哪裡嗎？」

「抱歉，凱斯，我不確定，不過那是絲葉編給我的，如果找不到就算了，這裡這麼大。」

「不會，反正我想趁機偵查地形，畢竟我們不知道要在這裡待多久，多了解總是好的，所以沒關係，你不要介意。不過……」看了一下周圍，凱斯道：「茹比，你認得出這裡是哪裡嗎？」

牛奶似月光從上方微微篩漏，一點點螢白色的光參差滲漏在周圍林木間，視網膜依稀分辨出樹木不同的形貌，像是伸出利爪的怪物，難怪空白歷史前曾經有一個靠近黑森林的民族發展出有關森林的鬼怪傳說與童話，茹比不禁心底打了一下寒顫，森林真的是可以聆聽天籟的地方嗎？她深吸一口氣，將虛無的恐懼感驅趕出腦中。

「我……我不大確定。」傷腦筋，方才離開前忘了做記號，這樣一來真覺得四面八方看起來幾乎都是一樣的景致。

「那……該怎麼辦才好呢？」凱斯這下有些傷腦筋，要是太晚回到休息地，萬一有什麼意外，沒辦法保護琉璃老師，那才是他所擔心的。

「啊！不要緊，我有辦法了，我身上電腦有一個程式，可以依據人體體溫做熱源追蹤，現在休息地裡大約有四、五人，我將程式設定範圍一千公尺內的熱源數搜索，應該就能順利回去了。」茹比一面說，一邊飛快用指尖點選電腦，設定程式後道：「我搜索到了，在前方三百公尺左右，我們走吧！」

凱斯在前，茹比在後，他拿著手指大小藍光手電筒照射前進，當離熱源還剩五十公尺左右，突然，凱斯按掉手電筒，拉著茹比瞬間低伏，道：「安靜。」

茹比沒有回答，從小的訓練，使她知道生活周圍隨時都可能埋伏意想不到的敵人，此時她將自己的呼吸放輕，將自己隱藏於一叢灌木間，她感覺自己離凱斯好近，幾乎不到一個呼吸的距離。

眼前四、五個黑影，發出大喇喇的聲響。

當眼睛適應黑暗後，視網膜逐漸區分出淡灰至深黑不同的漸層，他們穿著深色、統一的工作服、臉上都掛著防護面罩，是從天上的烏托邦下來的吧！其中一人取出一指手掌大小的機械，放在樹上，接著發出淡藍色一明、一滅的光芒，瞬間發出一陣嗶波的規律低頻。

「那是檢測儀，他們像是在檢測樹，目的是什麼呢？我靠過去用我的電腦攔截程式，就知道了。」還來不及阻止，茹比便一逕靠過去，凱斯見狀趕緊跟隨在後，擔心茹比發出太大聲音被敵人發現。

靠近一棵樹齡約莫三百年的櫸樹附近，茹比將電腦靠近偵測儀，五指迅速按了一下驚訝道：「這種儀器會分泌一種酸液滲入到木質部的維管束之中，接著基部就會腐朽，之後等到驟雨樹木就會自然傾倒，怎麼回事，他們要砍樹？」最後一句話語結尾太過高昂，引來前方一人回頭，一道紅光照到她臉頰，那是紅外線槍嗎？「小心！」凱斯迅速撲倒茹比道。

緊接著他往前一撲，使出擒拿手法，出乎意料的，輕而易舉的立刻就將一人的手肘反縛，壓制在下，原本擔心的高科技武器只是普通手電筒罷了，接著他轉身用手肘一陣破空撞擊，正中敵人胸口，那人發出一陣咿唔不清的聲響，然而感覺後頭一陣風聲，是要襲擊他嗎？轉身，聽見茹比大叫：「凱斯，小心，那人要逃跑了。」

凱斯撲過去一個擒拿，將那人倒栽蔥往地面一撞，這一擊應該足以讓他腦袋空白五秒吧！轉頭只見茹比熟練拿出電子手銬，將四人合銬在一起，「你……你們這些野人，趕快把你們的髒手拿開。」其中一名烏托邦人發出尖細叫喊。

這應該是什麼種類的人呢？打開手電筒一照，眼前這幾個烏托邦人生的圓臉大耳，頭型乍看之下有點像是青蛙，每個都長的一模一樣，是建築類的G型人、還是植物學的E型……雖然這是被挑選過的人，但凱斯實在從他們身上看不出什麼智慧的基因，智慧是不可複製，只能從生活中實踐的吧！如果阿道斯在這裡，應該會這樣說吧！凱斯不禁莞爾一笑。

「一二三四，咦！還有一個呢？方才電腦熱源反應顯示是五個人呀！啊！凱斯，小心，你後面。」一聽見茹比的大喊，凱斯立即回頭，擺出迎戰的架式，但是什麼都沒有，只見一個身形高壯的男子將一名烏托邦人給壓制在下方，好俐落的動作，凱斯忍不住喊道：「好身手。」

「混帳、混帳……」顯然這名烏托邦人還要辱罵，但後者阻止了他，以一只破毛巾，當然，也有可能是隨手可得的滿地落葉。

「謝謝你的幫助，請問你是？」茹比彎腰謝道。

「我的名字叫鹿人。」

在鹿人的引領下，她們順利回到羊角西側的休息地。

在茹比眼中，每棵幾乎是一模一樣的樹，但對鹿人而言，卻一點照明也不需要，他彷彿有一雙夜行性動物的眼、偶蹄類動物的雙足，輕而易舉的踏過每一株山毛櫸橡樹栗樹檜木之間，茹比甚至不知道，他是依據視覺觸覺還是嗅覺辨認周遭景物的不同，這大概就是他被叫鹿人的由來吧！茹比想，聽羊男說最初這裡蘊藏了滿坑滿谷的麋鹿群，但現在卻幾乎絕跡了。

「謝謝你，你的視力真好，竟然能辨認出森林看起來幾乎一模一樣的路徑。」凱斯衷心道。

「不，事實上我視力並不好，我是基因缺陷者，先天性紅綠辨色力弱。」

「抱歉，那是什麼意思？」

「就是一般的紅綠色盲，像我這種人，如果在烏托邦這樣的城邦中便是基因缺陷者，但生活在這片森林之中卻令我如魚得水，因為無法區分光譜中的紅綠色，使我對森林中以『綠』為主的主色調非常敏銳，甚至光靠肉眼，我便能區分那些擬態保護色的生物。」

說完，鹿人彎腰，茹比本來以為他拾起一片鵝掌形的落葉，但彷彿是變魔術般，他一手卻露出拇指大小的樹蛙，只有赤紅色的眼球宣告他的與眾不同。

「有時我們以為的基因缺陷，其實只是祖先為了應付不同環境機制、儲存在細胞中的基因密碼而已。」鹿人道。

接到鹿人回來的消息，十分鐘後，所有幹部便集合在大廳，一只樹齡至少三千年、內部木質質部分都被蛀空的樹洞內，羊男親自出來迎接他。

「鹿人！」歌悅睜著大大的眼睛，看著他道。

鹿人走過去對她低語了幾句，她便服服貼貼站於一旁了，茹比實在很好奇，不知他究竟有什麼魔法，可以將這個聒噪的烏托邦人給馴伏，接著他逕自走到羊男面前，以一種從容不迫的氣息，凝視著這個灰眼的男子。

「久別了，我的兄弟，你從遙遠的地方回來，辛苦了。」羊男道。

「我帶了東西給你。」鹿人從懷裡拿出一只瓶子道：「這是你海上兄弟給你的訊息。」

羊男打開瓶子，從裡頭拿出一張泛黃的紙張，那看起來是羊皮紙，茹比以前曾經聽老師介紹過，一種比空白歷史再早幾千年前不易腐朽、可使用許久的紙張，曾經被游牧民族用來繕寫珍貴的經文。

此時茹比不禁有些好奇，誰是羊男的兄弟呢？而且還是在海上，他讀完後將紙張捲好放回瓶子裡，他的表情還是那樣的平靜，接著道：「鹿人，請你把抓到的那些人帶過來，我要親自審訊他們。」

沒多久五名烏托人便被捆成一束推向前，一名身患神經纖維瘤、臉上有著許多小肉瘤的男子持槍逼他們前進。

「你們來此的目的是什麼？」羊男問道。

其中一個看起來像是領導人的男子抬頭看了他一眼，藐視口吻道：「滾開，野蠻人……」隨即俯首不語了。

「我審問這些人，但他們始終閉口不言。」鹿人道：「不然就是要用刑了，看是要灌水、電擊、還是火刑，才能逼這些高傲的傢伙說實話。」

歌悅有些困惑，此時她感覺有些尷尬，雖然這些人她一個都不認識，但看著和自己來自相同地方的人遭受苦刑，總不是件令人愉快的經驗。

「還……還是不要好了，怎麼說呢？其實你們或許想不到，我們烏托邦人很習慣被電擊喔！小的時候，我曾經參觀過生殖中心，他們會把剛出生幾個月、還在爬的小朋友放在地上，當觸摸到花朵時便予以電擊，聽說是為了讓兒童在童年便對自然產生根深蒂固的反感，因此才會願意住在文明的都市裡……」

茹比忍不住笑了出來，她想，這個烏托邦女人的邏輯真的很有趣，就算她講的是事實好了，但似乎這也和這些人怕不怕電擊無關。

「不然讓我來好了，鹿人先生，您方才有搜出這些人的電腦不是嗎？讓我破解看看，或許可以用文明一點的方式。」茹比道。

「茹比是我們最強的電腦高手，若您不介意，請讓她一試。」凱斯道。

鹿人本來還有些猶疑，但他看了羊男的眼神後，便從身上取出一個黑色、方型的電腦。

茹比輕快點幾下道：「這電腦破解不難，只是裡頭有幾千筆資料，我檢索一下哪些是剛開啟的吧！啊！應該是這個，我剛查到一件開發計畫，他們目地是打算把這裡剷平，目標是開採稀土，還有種植罌粟……」接下來畫面出現一張圖片，眼前是一小試管的液體，裡頭髮著微弱的螢光藍，茹比有點驚訝，記憶中她只有童年時在蟻墟見過幾次，但已鮮久沒見了，倒是歌悅熟稔道：「這不是藍水嗎？我們常喝這個的喔！政府有統一配給，只要十毫升，快樂十倍。這是政府標語，如果有任何煩惱，或是太想渴求性愛的話，藉由藍水可以忘懷一切。」

「我們要把這片森林剷除，才能做更有效的運用，我們只是先來此探查，看一次要砍伐多少林地，要是識相的，趕快放我們離開。」突然五人組其中一人道。

羊男做了一個手勢，接著有人將這群人拉了下去。歌悅好奇道：「所以他們要將這片森林給剷除嗎？那有什麼不好嗎？」

「歌悅小姐……」羊男道：「烏托邦從我們這裡取走煤炭，留下重金屬汙染的土地，要淨化這片土地，只有靠這片現存的原始林，雖然在你們眼中森林只是不毛之地，卻是自己自足的生態圈，在我們這個霾害濃重的汙染地中，是唯一可以不戴防護面罩，自由出入的地方，也是我們心靈聖堂、更是我們許多經濟生活的來源，供養我們食衣住行。」

「沒錯，歌悅，這就是我跟你說的地方，這是我出生的地方，無論如何，我都不會讓人破壞這裡。」鹿人也道。

望向凱斯、茹比和隆，羊男道：「你們願意幫我嗎？陌生人，和鹿人一起，去連絡魚人，我解讀發射器資料，現在，他們在距離我們三千英哩外的海面上，如果單靠我們僅有的無動力船隻，要到達那裡至少得花十天半個月，還不包含迷路或是天候造成的損失，如果你們願意幫忙，連絡上會快速很多。」

「我想我應該可以，隆老師，您覺得呢？」凱斯道。

隆點點頭道：「我也可以去，人數不用多，應該兩個就夠了。」

茹比道：「那我留下來好了，可以照顧琉璃老師，順便觀察這個原生林。」

「你要前往的地點在哪裡呢？」隆問。

「那是永無島底下的影子城邦，位於馬緯度無風帶。一般稱為副熱帶高壓，在地球南北緯三十度，由赤道低壓帶上來的氣流，向兩極擴散，逐漸散失熱量，空氣冷卻收縮，密度增加下沉，因此此處風力微弱，空白的歷史前人類曾有一段時間迷戀海上航行，那時還是無動力帆船的時代，經過此無法前進，只好殺馬取食，因此得了這個名稱。魚人原本是一群生活在海島上的少數民族，但因海平面上升的關係，賴以維生的土地屋宇沉沒，正如其餘天空之城與影之城的關係一樣，權勢者飛升到天空，弱勢族群以塑膠管結成浮島，以傳統方式生存。」

九、阿道斯：永無島旋律

幾朵海葵似的雲在眼前緩慢飄浮，今天的雲朵特別靠近海面，從這裡可以清楚看見幾朵大型、蓬鬆的雲下方倒映的黑影，聽說在太陽瀲金色波光返照中，那一朵最大的雲上方，就是一個叫永無島的先進之城，上頭的人都生有黃金般柔白的翅翼，能飛翔於半空中。

「三十一隻飛魚、三十二……」百般聊賴的，書尼躺在船屋外頭，今天，牠已經數了一百個海膽、一百隻海星、還有一百隻章魚了，現在，牠正和弟弟比賽，挑戰誰先能數到飛魚一百隻。

第一回合書尼贏了，但緊接著第二回合弟弟就扳回成一成，雖然第三回合牠又贏了，但誰知道呢？畢竟輸了可是要被罰擦一個月的地呢！

書尼一出生就在海上生活，牠從來沒有看過陸地，自有記憶以來，每走一步都是漂浮不已，像站在大型半透明的果凍一樣上下晃動，書尼曾經以為全世界都是這個模樣，直到有人告訴牠世界上還有截然不同的領域，一個叫陸地、一個叫天空，陸地上有陸人生活，還有在天上生活的天上人，踩在雲端和泥土又是什麼感覺呢？牠實在想不透。

大部分魚人會用塑膠管做成船筏，用塑膠布在上頭拉成遮風避雨的屋頂，現在牠家屋頂是烏賊般柔軟的透明色，每當下雨時牠喜歡躺在船筏中，看著一滴滴雨水從上方滴落、彈跳，像月光魚銀色的眼淚四濺入水中後瞬間消失，夜晚時可以清晰看見泉水似流淌不停的美麗小星，有時雨下得非常大，那種雨彷彿將天空和海洋連成一條線，流泉似的在塑膠布上跳舞。

船帆約莫可以使用半年到一年不等，記得半年前他們家用的是有兩隻黑耳朵長尾巴圖案的小老鼠，兩鼠中間破了一個洞，書尼的姆媽用塑膠繩修補起來，但下雨還是有一滴滴雨從縫隙中滴落牠的眼眉，像剛孵化幼魚冷冰冰的脣。

在五百多個船屋組成的海之村落中，其中一座最大的水之島，是用六千條塑膠管連結起來的一塊大地，上頭至少鋪有一萬多片塑膠布，東、西、南、北四個方位分別用鋁、鐵棍和塑膠帆布撐出鳥巢似的半圓形，那是書尼看過最大的塑膠布了，上頭繪著星空的圖案，火焰似流動的星空在帆布上揮灑著，斑爛而美麗，「什麼時候星空才會變成這副模樣呢？」書尼問。「當你凝視著天空直到天國之門開啟的一天，剎然的星火便會在你眼前跳躍踴動，將一切隨之吞噬。」媽媽的媽媽，從小養大她的VuVu是這樣說的。

但VuVu從未見過星空，VuVu有眼疾，一雙眼睛早潰爛了，還不時紅腫流膿，書尼想要醫治VuVu的眼睛，但牠無能為力，海上沒有足夠的藥品，牠們得想方設法攢錢，才能去岸上換取抗生素。

海底是魚人的儲藏室兼糧食中心，幾乎所有生活用品都可以從海裡取得，書尼一歲就會游泳、三歲就能潛到五百公尺深的海域中，像隻扁平的魟踢躂有韻的手足，牠有著魚一般圓形大眼、珊瑚紅頭髮和水母觸鬚般的手足，海底最容易取得的東西就是一種半透明的薄膜，有各種不同顏色，遠遠看來像是果凍般的水母、或是七彩的熱帶魚，這種膜的延展性很好，可以防水和攜帶食物，此外還有輕重厚薄、大小不一的果凍片飄浮在水底，牠一個翻身，碎裂的薄片緩慢且有韻飄來，紅橙黃綠藍，在眼前盪漾出不同顏色。

約莫潛到一百公尺深的陸棚，就可以看到色彩斑斕的景象，在眼前流淌。

一個紅色短髮、有著巨大血口微笑的雕像、還有一只白色襯衫，胖敦敦和藹可親的上校倒臥在灰敗的珊瑚礁間，此外還點綴了許多殘餘、非貝殼也非珊瑚的破片，上頭長滿海草，還有各式高矮胖瘦瓶子，小至指頭狀，大到可裝下一個人。

書尼聽說這種透明或不透明的薄片都叫塑膠，除了儲藏食物外，也是知識書本的來源，上頭印有許多不同的文字和符號，聽說是從空白歷史前留到現在的骨董，只有鄔瑪可以解讀這些文字，鄔瑪的職業是巫師，牠會用聽不懂的語言、抑揚頓挫的語調朗誦平滑如扇貝的詩篇，就像虎鯨之聲奇異且美妙，所有聆聽過這美聲的人，出海才會平安，而登上陸地也才能得到許諾和祝福。

書尼在船屋裡也養了許多無殼蟹，牠為這些可愛的小生物取來塑膠殼作為移動的家，當小蟹長大後便換上大塑膠殼，剩下再丟回大海即可，反正取之不盡、用之不竭。

牠不知道塑膠是怎麼來的，但牠覺得這真是人類有史以來最偉大的發明，是文明的恩賜。

今天，書尼駕著船屋在海洋上遊蕩時，突然遠遠的，一個巨大、半透明，像是用空氣製造的卵，隨海潮上下漂浮。

第一次看到這種奇特的物品，書尼還以為是另一種從未見過的塑膠，或是某種鯊魚類的卵，陽光灑在平滑表層上，閃爍出淡淡盈粉的色澤，隨著角度折射不同的光彩，牠曾經見過天使魚金波羅魚神仙魚小丑魚各式各樣大小不一的魚卵，它們習慣將卵產在岩壁石穴中，牠常常潛入水底好奇看著這些魚兒如何孵化，還未破殼之際，小小、半透明、有著黑亮大眼的魚兒在卵殼內與牠對望。

這是天使之卵嗎？遠遠在海水折射下，真有種蓬鬆羽毛的觸感，但又像固態、堅硬的空氣，靠近觸摸傳來硨磲般的粗礫感，當牠好奇張望時，上方彷彿天使羽翼交叉的凸起瞬間打開，一道閃爍金光從雲層中篩落，牠看見一個面容蒼白，有著淡盈白褐髮，彷彿被太陽光曝曬的發白褪色的男人，睜開魚尾似的睫毛。

「你是從天上來的嗎？」書尼好奇問。

男子似乎很驚訝看著四周，道：「糟糕，我不應該在這裡，大概是衛星定位系統出問題了，我應該要在南極附近和我的同伴會合才是，但這裡究竟是哪裡呢？」

「這裡是永無島。」書尼道：「你呢？陌生人，你叫什麼名字？你是來自天上嗎？」書尼一面說，一面用圓圓的眼睛滴溜溜的瞅著這人道，牠聽說天上人都有著美麗、會發光的翅膀，但牠不知道翅膀長什麼樣子，只能看著弧線形、飛越海面的飛魚魚鰭，想像翅膀的形狀。

「我叫亞芒。」

「那你們上方的天空之島呢？」亞芒問。

「也叫永無島。」

亞芒是一個很奇特的人，跟牠見過的魚人完全不同，他大部分時間都睡在自己的魚卵中，只有清晨和傍晚時分，座頭卡撒的右眼半閉半張之際，才會出來。他會說牠聽不懂的語言，而且牠發現亞芒比較習慣說「我們」，而不是用「我」，亞芒也對書尼的家庭、父親、母親和手足這類存在感到好奇，像書尼的全名是曦．書尼．伊娃，曦代表月光，是魚人的守護神，所有未成年或未婚的魚人都會冠上「曦」這個稱謂，書尼是奶奶的名字，伊娃是牠們家族的姓，是一種橘紅色、腹部有著幾許黑星斑點魚類的名字。什麼時候書尼才有自己的名字呢？姆媽說當你擁有一艘船屋、自己的家庭和一窩小魚人時，就可以得到屬於自己的名字。

當亞芒第一次喊出曦這個音時，舌根送氣的氣流像一隻小巧的魚，盪著滑溜的雙魚尾瞬間躍入水中。

亞芒說他居住的地方並沒有家庭這種制度存在，他只有照顧者和同伴，他有時會靜靜在一旁看著書尼喋喋不休的姆媽、罵哭哭啼啼流鼻涕小弟，和全身曬得黑漆漆充滿魚腥味翹腳殺飛魚的阿爸，書尼常覺得有這樣的家人很丟臉，但亞芒卻說：「你擁有世界上最珍貴的財富。」他還道：「人對自己已經擁有的事物往往是毫無知覺的，你想要知道什麼是幸福，等到它消失時，你就知道了。」亞芒留下一句意味深長的話，像海中央旋繞的漣漪，久久不散。

亞芒也很會講故事，有一次，應書尼要求他講了一個人魚的故事：

曾經有一個人魚，愛上岸上的陸人，陸人很擅長吹笛子，他吹出的笛聲連魚兒都會落下珍珠般固態、鈷藍色的淚滴，當月光把銀色絲線灑落到砂糖似海灘的夜晚，為了和陸人永遠永遠在一起、永不分離，牠請求魔女將牠變成人類，但成為人類後，陸人卻對牠十分冷淡，牠不知道自己做錯了什麼？為了重新得到他的心，牠跳入水中，去找傳說中滿月般大小的珍珠，想做為讓陸人開心的禮物，但牠忘記自己失去魚尾，海草依戀纏住牠的雙腳，於是牠永遠沉睡在深海底。

好憂傷的故事，但書尼有點不懂，不論有沒有魚的尾巴，牠都能自由穿梭於深海底，事實上牠發現亞芒對魚人擁有雙腳這件事感到驚訝，就像牠也一直以為天上人就是有翅膀的種族，而陸人則是有角的怪物。

不只說故事，亞芒也喜歡寫東西，牠常常看他拿著紙張寫牠看不懂的文字，寫完後就把它燃燒殆盡順著海風的眼淚揚入水面上，像是飛魚黑色的翅膀一樣，輕飄飄升起後撲簌簌落下。

「你寫些什麼呢？」牠問。

「我在寫詩，寫給一個遠在天邊女人，她就像玫瑰一樣驕傲又美麗，我們曾經彼此相愛，但是我因為某些原因離開她了，之後我發現她愛上我最好的朋友，為了不讓她傷心，我說了善意的謊言。」

多數魚人都是雌性，也有一些是非男非女、雙性的存在，擁有男性的陰莖，也有女性的乳房。像書尼本人就是如此，牠上身擁有滿月般雪白的乳房，下身也有小小、無名指大小的陰莖，但牠們之中並非所有的陰莖都會勃起，大約只有二分之一，其餘的都只是凸出、小小的肉塊罷了。魚人常會用海底撈起來的各色彩色膠膜做成蓬裙和上衣，書尼也很喜歡這樣的穿著，牠將各色不同膠膜百納被似交纏在身上，上頭沾的水滴折射出七彩的陽光，遠遠看去，就像會移動的彩虹，會呼吸、唱歌的花。

有時會有外人來到水之島，他們兜售神奇的轉性配方、或是泡泡糖似的夢想，他們宣稱可以到天上接受手術，重生為完美無缺的女人。

但所需費用都是一聽便令人咋舌的金額。

書尼握著自己小小、無法勃起的陰莖，常想著如何才能像割開一尾蜷曲的海參一樣，將陰莖割除。牠常常看見水底的倒影，看著自己長到腰際的長髮、還有細長的腰身，但當牠彎腰想要貼近水面看得更仔細時，倒影卻消散了。

魚人終其一生都只能生活在海上，不被允許到水之島以外的地方去，這是誰說的呢？據說是天上人訂定的法律：天上人是最高等的存在，其次是陸地的陸人，雖然所有人類都是平等的，但平等之中還是蘊藏不平等，只因魚人不是人類。

「你就是人，是有血有肉有生命的人類。」

亞芒曾經以在肯定不過的口氣對牠道，事實上某種程度而言，亞芒認為自己並不是人類，他只是有人類外表，披著人類外衣的類人類。

書尼很驚訝，因為亞芒生得比牠認識的魚人都還要好看。

「你對人類的定義是什麼呢？」亞芒問過牠這個玄而又玄的問題：「我有一個朋友，因為一些逼不得已的原因，必須把身體換成機械鎧，他曾經跟我說過，隨著身體機械元件的增加，越來越遠離『人』的感覺，因為所謂的人應該是會疼痛、哭泣的存在才是，可是，他卻越來越感受不到『活著』的疼痛感。」

「人對自己已經擁有的事物往往是毫無知覺的，你想要知道什麼是幸福，等到消失時，你就知道了。」亞芒留下一句意味深長的話，像鸚鵡螺吐氣旋繞出的漣漪，久久不散。

「你知道為什麼海水在我們的視網膜中會呈現藍色呢？」遙望遠方視線幾乎不可及之處，亞芒像是自言自語道。

「應該是眼淚的緣故吧！」書尼道：「VuVu曾經跟我說過：『世界就像一個淺淺的大盤子，盤子中央，住著一隻巨大灰色座頭鯨——卡撒。當年老的魚人死掉後，靈魂就會飄浮在海中，混著眾人歌唱的安魂曲和思念的眼淚，變成藍色的螢光藻，卡撒就會一口一口把藍光藻吃掉，至於壞心的人會變成塑膠，永生永世都不能離開這個海域，直到世界毀滅。』」

亞芒看了牠一眼，似乎對牠故事的內容感到有趣，他道：「奶奶是這樣說的嗎？她真厲害，就像一本會走動、呼吸的書一樣。」

接著他道：「你說的藍光藻，應該是一種叫做渦鞭毛藻的浮游生物，事實上我們眼睛所接受的各種顏色都是來自光，光從太陽表面走到這裡，大約要花七秒半的時間，光一共有七道顏色，波長最長、最快到來的是紅波，而最短、最慢到則是紫波，而波長適中，最易被海水吸收的則是藍波，因此海水大部分都是呈現藍色。」

望著書尼身上的塑膠篷裙，亞芒道：「真有趣，塑膠可以製作出各種不同的顏色，但事實上在自然界中生物會呈現出任何顏色，都是經歷億萬年的物競天擇、演化而來，紅色、橘色是能量最強，也是較快傳遞到人類視網膜上頭的顏色，因此在自然界中被演化為警戒色，用來警告周圍的生物，不要靠近，至於綠色，光譜中中間的顏色，啊！你可能很少見過綠色，但是你知道嗎？在你所不知叫陸地的所在，上頭生長著草原、莽原、森林……，就是一個以『綠』為主色調的自然環境，當你一走入森林中，滿眼的綠，翡翠綠、綠松石綠、孔雀綠、鵝黃綠、鬱綠、新生綠草的綠……幾乎要爆炸的綠波，在你眼瞳中散射開來，而生活在森林的生物，常常會選擇相似的綠色作為身上的主要色彩，那是一種將己身與周匝和諧無扞格的擬態，像音樂的重奏一樣。

但在陸地中，也有少數生物會採取藍作為主要的色彩，牠的目的則是悖反於隱藏，而是被看見，比如蝴蝶，蝴蝶你知道嗎？」一面說，亞芒將兩手交錯成珊瑚的形狀，五指在海洋的藍色背景上做出海葵觸手的動作。

「就像天上人身上的嗎？」書尼問。

亞芒的神情有些驚訝，但頓了一下道：「不大一樣，我說的是天生的、並非人工製造的翅膀，我曾經在叢林中見過手掌這麼大，色彩斑斕的藍色蝴蝶，這種蝴蝶的名稱叫尤里西斯，牠發光的原理和海水不同，海水是因為陽光吸收了大量的藍波，但是蝴蝶的翅翼上有肉眼看不見、奈米般小的鱗粉，會將藍波反射，因此當翅翼隨光舞動下，藍光會更加鮮豔。」

看著眼前的海水，亞芒又道：「隨著光射角度不同，海水也會呈現鈷藍、螢藍、青瓷藍、寶石藍、靛藍……等不同樣式的藍色，但……」望著眼前灰濁的海水，他道：「在世界之中旅行許久，這裡的海水卻是我所見過最灰暗的顏色。」

永無島上頭有幾十個大小不一的市集，但最大還是鄔瑪開設的市集，裡頭販賣許多魚人從水底撈取出來，比較完整的東西，其中最大宗是一種薄薄、上面爬滿符號的紙張，鄔瑪說那叫書籍。

亞芒對書尼提到的水之市集非常有興趣。

玻璃水族缸中，一隻八字形龜殼的烏龜緩緩游動著，較大下半身沉在水裡，較小的上半身和頭部漂浮在上頭，以一種石化般的眼神，望向入口。

亞芒蹲下身，微笑逗弄一下水族缸裡的寵物，除了八字型的烏龜外，還有上下相連的連體魚、背著燈泡外殼的無殼蟹……

聽見門開啟的聲響，一轉身，一個有著爬蟲類眼神、僅有一隻腳，另一邊臉僅存一半的男子走入，那是鄔瑪。

「牠的頭縮不進去。」鄔瑪道：「我發現牠時就是這個模樣，龜殼讓塑膠網給纏住了，怎麼也掙脫不了，我雖然將塑膠去除掉了，但卻再也恢復不了原來的面貌了，某種程度，牠是畸形的生物。」

「我能參觀一下你的水上市集嗎？」亞芒問。

鄔瑪點點頭，牠伸著爬滿藤壺的手杖往裡頭一指，道：「所有你能想像到的東西，文明的賸餘，都能在這裡被找到。」

十幾坪大小的船屋中，第一排放著一列黃色小鴨，但不少鴨子身軀都已經變黑發黴了。鄔瑪道：「第一排是我的收集，不賣，它們曾經是世界上最偉大的旅行家，乘著洋流周匝地球一圈，它們甚至見識了南北極冰山崩解、草原沙化……那是連我也沒有見過的景象……」接著再往裡頭走，其他層放滿銅綠、水藍和透明無色三種玻璃瓶，鄔瑪道：「這是靈魂的囚籠，或許是在空白歷史之前，人類發現文明可能會因為某些原因毀滅，因此將這種遇水就會漫漶的載體放入瓶子中，避免被火焚或水浸，並丟入大海，祈禱能被世代之後的人撿到，讀取破碎的呼吸、塵埃的話語。」

「即使是在另一個海域的事物，也能在這裡找到嗎？」亞芒好奇道。

「沒錯，因為洋流的關係，洋流會將所有被文明遺忘的事物都牽引到此處來，就像這群黃色小鴨一樣，他們可是歷經五大洋流，去過許多你意想不到的地方：慄冽寒冷的冰原、蓊鬱茂密的雨林、高緯度參差的冰山，或許還見過轉瞬即逝的極光……那些早已消失在你我眼瞳的風景。」

那天，亞芒在鄔瑪市集裡翻找了很久，當他找到一疊邊緣泛著水漬、文字略為暈開的紙張時，牠發現亞芒的手不自覺的發抖。

那天，亞芒在微弱的燈火下閱讀了好久，接著將這疊文字謹慎的收藏在他的膠囊裡，臨走前對鄔瑪道：「其實我們每個人都是孤獨的瓶子，等待有天，某個人來閱讀你深處的靈魂。」

第一次，書尼真希望自己識字，牠想去看亞芒到底看了什麼。

亞芒不喜歡塑膠。

亞芒留下第一晚，牠準備最好的塑膠餐具和塑膠被給他使用時，牠發現他的眉頭微微一皺。

「你不喜歡塑膠嗎？」牠問。

「塑膠是死的⋯⋯」他篤定道：「你知道什麼是塑膠嗎？那種觸摸起來完全不透氣、沒有一點生命氣息的東西，就是塑膠。」

書尼有些驚訝，牠一直以為塑膠是天底下最完美、永遠也不會腐壞的東西。

或許是感覺到書尼的失望，亞芒嘆了一口氣又道：「或許是因為，在你面前的我，就是像塑膠一樣的存在。」

「塑膠一樣的存在？這句話是什麼意思呢？」

隨手拿起眼前淡白色、像海龜蛋殼般、輕輕一壓就碎的薄碗，他道：「所有看起來一模一樣的塑膠，背後都存在一個類似柏拉圖哲學中的『理式』，塑膠便是以此為模型，大量製造出的事物，經過工廠壓模後，每一個大小、重量都一模一樣，沒有不同，但是……

自然界即使血緣最接近的同卵多胞胎，也存在相異的DNA，這是基因的智慧，才能在瞬息萬變自然中保持基因本體獨特性，而非一模一樣。」

「所以，你的意思是除了你之外，還有其他長得跟你『一模一樣』的人囉！都是從同一個『理式』製造出來的嗎？」

「沒錯，除了我之外，還有三十五個一模一樣的複製人。」

那天晚上，書尼做了奇異的夢，牠同時被三十幾個高矮胖瘦髮色不同的亞芒給包圍著，他們分別拿了鑲著貝殼的珊瑚草，向牠示愛，但這群亞芒中只有一個遠遠的將自我隔離在人群之外，睜著清晨時分薄霧升起般的眼眸，凝望遠方，牠知道，只有那人才是唯一的亞芒，牠試圖走向他，但一開口，夢就醒了。

冷雨沾著星光，在牠面頰上流淌出象形的文字。

一滴、兩滴……雨水從火一般燃燒的睡蓮滲漉而下，牠起身，牠看見亞芒正在右手邊五百個手臂長的距離，坐在天使之卵上，此時白色的外殼上附著了許多淡藍色、發著螢光的魚卵，在他身邊還有一人，那是誰？是鄔瑪，亞芒手中拿著筆一樣的東西，奇異的是這筆竟然能在空中寫字，接著螢光字跡瞬間消逝。

「好了，我這筆的光應該會將資訊發送到我同伴的光感測系統上，他們會知道我在哪裡？」書尼聽見亞芒道。

「書尼，你是什麼時候到這裡的呢？海水很冷，趕快起來。」亞芒驚訝道，他將筆發出光束的一頭對著書尼，只見牠大部分身子沉在水裡，只剩兩顆大眼睛骨碌骨碌望著上方。

只是一瞬，書尼整個人消失在水面上。

亞芒立即跳下去，半夜的海水伸手不見五指，還帶點刺鼻的汽油味，海水太混濁了，猛然一個僧帽水母漂來，他下意識閃躲攻擊，原來是半透明的膠膜朝他臉頰湧來，一揮，但眼前還有數不清、大小各異的塑膠片，不斷干擾他的視覺，他將身體貼著珊瑚礁像魟魚緩慢游動，終於在一百公尺處陸棚處看見書尼俯臥在上頭，赤裸的背脊像是肌理滑順的鼻瓶海豚，亞芒滑了過去，一把從背後抱住牠，踢動著腳往上滑。

一游到海面上，將書尼身子往上托，鄔瑪連忙過來，兩人合力將書尼平放好，摸著牠發冷的臉頰，亞芒道：「書尼，書尼你還好嗎？」

「奇怪，書尼向來很會游泳，應該不會溺水才是呀！」鄔瑪道：「我那裡有一小瓶自釀的酒，讓牠喝一小口，可以提神取暖。」

書尼睜開眼睛，熾金色的缺月在牠眼中倒映成兩只鏤空金戒，只見鄔瑪從懷中取出琥珀色的玻璃瓶，扭開，瞬間蜜釀般火燙燙流動的月光口中滿溢。

牠感覺身體還飄動在海水上，水母似的，隨海潮漂浮上下，眼前眾星熒煌燃燒出巨大的火焰，閃電似的白熾火焰，像是天國之門開啟，星星旋扭出火焰逆時針的波紋，就在伸手可觸摸的距離，如雨墜落。

「啊！竟然下起了流星雨。」牠聽見鄔瑪道。

牠想起VuVu跟她說過的故事。

「儒艮是魚人的祖先，當黑與白虎鯨從晝與夜之間誕生，用尾鰭分出海洋和陸地，海潮分送月亮和太陽用琴弦奏出循環的七個夜時，陸地上的人類和水中儒艮相戀了，產下的魚人就是我們的祖先，你知道嗎？儒艮是一種專情的生物，一夫一妻，若是其伴侶死亡後，殘存的另一個生命將孤老終身。」

「為了愛，即使犧牲生命，你也在所不惜嗎？」隱隱約約，牠聽見耳邊有聲音道。

「是的，我願意，我願意像儒艮那樣愛你。」書尼道。

在還未收到同伴的消息前，亞芒不打算離開，他好奇的參觀書尼住的永無島，和居民聊天，他和鄔瑪似乎很聊得來，每次一聊就是半天，不知怎麼，書尼發現自己其實也不希望亞芒離開，牠覺得自己變得很奇怪，會毫無原因臉色潮紅、心跳加速，莫名生氣又莫名焦躁，但是只要亞芒輕喚牠的名字，牠又可以開心一整天。

鄔瑪警告牠絕對不能愛上天上人。很久很久以前天上人行經這裡時，聽見美妙的歌聲，順著這醉人歌聲他們抓到魚人的祖先，他們被魚人的祖先吸引，和牠做愛，但到了滿月漲潮之際，卻將匕首插入魚人的心窩，背叛了愛情，讓牠們流血死去。

書尼有點放心，因為牠相信亞芒不是來自天上，雖然閉上眼睛，牠就會看到他有一雙發著螢光藍，在日光閃爍下不斷變幻的蝴蝶翅膀。

但亞芒是從哪裡來的呢？

牠不知道，但牠擔心的是亞芒總有一天會離開這裡，牠發現亞芒喜歡眺望遠方的海洋，有的時候他的眼睛像是萬里晴空，澄澈的一點纖翳也沒有，但大部分時間，他的眼神就跟灰暗的海洋一樣憂鬱且沉默。

十、羊男：有機械者必有機事，有機事者必有機心

坐在飛艇之中，鹿人對這種可以飛天、航行的交通工具感到十分好奇，不時四處看看，不然就是坐在隆身旁，專心致志盯著駕駛座上儀表板的各種變化。

「你似乎對我們的飛艇很有興趣？」隆道。

「沒錯，我希望可以將你們所擁有的知識學起來，教給我其他的夥伴們，畢竟我們所住的灰洞擁有的機械太過原始，不足以對抗天上的烏托邦。」

「你看起來不像個醫生。」隆道。

「沒錯，我一開始學習的學科是機電工程，但中途放棄了，因為灰洞生病的人太多，和高科技相比，必須馬上面對的是生存問題，但我沒打算完全放棄，我之所以潛入烏托邦，就是想觀察他們使用的高科技產品究竟有哪些機密，在這點我和羊男有歧見，他反對發展武力，希望用和平方式和烏托邦達成協議，但我可不認同，沒有強而有力的武器支援，怎麼可能對抗那些高傲的天上人呢？」

「這可不能這樣說吧！就像你的女朋友——歌悅，她可一點也沒有高高在上的感覺，相反的，她

不顧一切的衝下來，只為見你。」

「歌悅她嗎？是的，你說得沒錯……」一提到歌悅，他的臉色瞬間有些羞赧，他道：「她的確和我所知的天上人不大一樣，我一開始接近她，本來希望可以從她身上，知道烏托邦內部更多的訊息，但很可惜，她是A類人，烏托邦分類細密，任何領域的人對另一領域幾乎是一問三不知，我原本計畫利用她認識E大類的科學家，但卻徒勞無功。」

「就這樣，沒有別的了？她等待了你這麼久，你的形容卻像是工具一樣。」隆帶點不悅道。

他以平靜、不帶有太多個人感情的口吻道：「看來我們之間對工具的定義不大一樣，但你知道鹿人的意思是什麼嗎？這是我們灰洞的傳說，洞人世代居住於此，獵鹿維生，為了獵捕鹿群，獵人會在頭上裝上鹿角，隱匿在灌木叢後，當無戒心的幼鹿經過時就會被偽裝的角吸引而來，因此鹿人的意涵就是等待，歌悅既然選擇了我，她就得學會等待。」

隆尚未回答，此時，他聽見傳來凱斯和另一名中年男性的聲音道：「真是太有趣了，這是我第一次看到這樣神奇的交通工具，你說你們來自一個叫——泰瑞比西亞的城邦嗎？真是太棒了，真希望我們也能跟你們一樣，建立這樣一個富足且平等的城邦……」一轉頭，那是奧比，羊角內部的首席工程師，正好奇的跟隨凱斯身邊，鉅細靡遺的看著飛艇內部。

「你們這艘飛艇的動力來源為何呢？」奧比道。

「太陽光。」凱斯道。接著他領著奧比走向前方的駕駛座，從主駕駛座的觀景窗，可以看到飛艇上方揚起巨大、五角型如弓弦般飽滿的帆，凱斯解釋道：「這是一種特殊的布料，可以吸收太陽光，利用太陽的波長移動，另外整艘飛艇的外殼也都是一種質輕耐磨的太陽能板，只需三小時充足的日光，就能吸收並轉換足夠的電源。」

「這真是太有趣了，連我在烏托邦，也沒見過這種技術。」奧比道。

「你也去過烏托邦？」

「老實說，我原本是個烏托邦人。」

這下凱斯可有興趣了，他問道：「那你為什麼會來到地面呢？」

「因為我的工作是負責運送羊人來到地面的，或許你會以為，所有的烏托邦人都服膺這種基因改造的制度，但事實並非如此，我曾經運送一車約七、八個月的嬰兒進入改良室，他們是各個領域經歷訓練後敬陪末座的孩童，將要被執行腦部缺氧，以製造成低能的羊人，這是我固定的工作，簡單且一成不變，我從未懷疑自己的作法有何不當，我還曾經提出如何更有效率、簡潔處理羊人的計畫，以達到最佳效率，為此受到長官的讚賞，但有一天，一切都改變了，當我在運送過程中，要將推車推入改良室前，一個嬰兒睜開了眼睛，你很難形容那種感覺，一雙星星般閃爍的眼睛，眼中還潛藏無限未知與奧秘，像是宇宙一般，那種感覺真的很奇特，你彷彿有什麼正注視著你使你不能按下那顆鍵，但舉目四望卻只有這個嬰兒而已，明明就只是一個嬰兒，但他的眼中卻是無限的神祕，像是天啟一般，瞬間令我驚異不已……」

「後來呢？」隆問。

「我身後的辦事員走上前，替我按下了按鈕。」

「真可惜……」

「之後我又見到這個孩子了，當他睜開眼的一瞬，那所有令我驚奇的眼神瞬間消失了，空洞且緩慢，除了我的倒影外什麼都沒有，那種感覺非常糟糕，你不知道自己摧毀的是什麼？可能是畢卡索、也有可能是未來的莎士比亞，但什麼都沒有了，只有牙牙重複的字詞不斷播放而已。」

「後來呢？」

「我來到灰洞，收養了那個孩子，所幸他還有一些智能，可以學一些東西，稍加彌補我的虧欠，這就是我會來到灰洞的原因，我不想再做這樣的工作、但我也不想看他們繼續製造羊人，就這樣，我自我放逐了一段時間，偶然的機會我遇見羊男，老實說，第一眼見到他我是很驚訝的，但是羊男他遠比我認識的任何一個人還來得聰明機智，很快的我便被他說服，投身羊角這個組織。」

此時隆忍不住思考，這個人說的話是真的嗎？還是三分真實七分虛構的假象，如果琉璃在這裡，恐怕更能窺探人性內在更細膩、深沉的想法吧！她向來是如此的敏銳，但可惜她現在身體不適，無法自由活動。

「我昨天幫你檢查過你女朋友的身體狀況，她有一些輕微的貧血、宮縮也有些頻繁，我開給她一點溫和的藥，主要是黃體素，多休息之後就好了。」他聽見鹿人道。

他口中的女朋友是琉璃吧！看來鹿人把琉璃和自己的關係比擬成和歌悅一樣的狀態，其實本質極不一樣，但哪裡不大一樣呢！瞬間他也說不上來，除了琉璃腹中的小孩不是他的這種生理上的問題外，但他的確接受請求擔任孩子的父親，雖然這只是個任務，而他和琉璃正確的關係應該是夥伴而非情人才是，但是誰知道呢？說不定鹿人也是這樣界定和他歌悅的情感的。

「謝謝你。」一時找不到合適的詞彙，隆道。

「不會，女人總是比較柔弱，因此需要依附在男人身上。」

「我可不這樣覺得。」想起琉璃橫豎的蛾眉，隆道。

「或許吧！」鹿人道。

就在此時，隆聽見鹿人道：「太好了，看來我們到達水之蕞爾了。」

順著鹿人的指間，只見螢幕上彈出一個畫面，至少數百個如同水母上方腔腸構造的島，排列成順時針渦流的形狀，接著數十艘水滴形狀的無動力小舟藉風力朝他們滑來，在距離五百公尺左右的海面上將他們包圍成半月形，靜止後其中一名高大的魚人大喊：「你們是誰，來這裡做什麼？」

「我們來自灰洞，奉羊男的口信，來找你們的先知——鄔瑪，這就是信物。」掀開船艙鹿人走出，丟出一只玻璃瓶，瓶子彷彿裝有某種訊號系統，自動往魚人方向漂去。

那人取出瓶子道：「請等一下。」

當儀錶板指針上顯示過了十七分鐘，那魚人道：「歡迎，我們陸上的兄弟，我代表鄔瑪前來迎接你。」

「請問鄔瑪是什麼樣的人呢？」一下了飛艇，凱斯忍不住好奇問道，這人在水之蕞爾似乎很有影響力，就像羊男一樣。

「他是掌海師，只有他可以聽見海的話語，並且解讀祂的旨意。」是像先知一樣的人物吧！隆想，即使歷經千年，仍有些生活原始的部落存留神權統治的色彩，領導者作為神在地上的代理人，掌管神諭與知識的傳遞，具有無上的權威。

像是聽見隆內心的聲音，那魚人道：「鄔瑪並不是神、或是代理人這種存在，他只是能聽見他人聽不見海想要訴說的聲音而已。」

走在林間，這裡是在樹木中自然形成的道路，約莫只能容納一人行走。此時她看到一片邊緣漾著金光的鏡子，迅速移動，她不確定那是一片金葉子、還是鞘翅目蟲類上閃爍的甲殼，帶點好奇的，她小跑步向前試圖踩踏，但是一瞬間那眨眼金光便閃至樹幹上，接著消失無蹤。

「那是班光。」她聽見身後聲音傳來。

一轉身，那是羊男，坐在輪椅上，行動如此不便的他，是怎麼越過凹凸不平森林小徑，來到這裡呢？她忍不住好奇。

羊男輪椅右側的扶手自動說明一切，那是釔鋇銅氧的太陽能板，但上頭有許多突出點使吸收效率更好，因為這森林中層層樹冠的阻攔，使陽光極難直射，羊男所使用的太陽能板顯然吸收的效能極佳，她忍不住好奇，究竟是用什麼方法，將光子轉換成電子，接著再將電子轉換成電能呢？

「說到將光子轉為電子，植物中的葉綠素可是專家，但雖然如此，當陽光穿過樹冠層縫隙直射於樹林底層時，雖然只有短短一瞬，但這瞬間的班光卻如同強大的電流一般會對植物本身造成巨大傷害，因此演化過程中它們自然而然產生一種機制，當光線強大時自動阻隔斷電。」羊男道。

羊男來到這裡已經多久了呢？茹比忍不住好奇想，從剛剛，他就看到自己在那邊小丑似的亂跑吧！一想到這裡，她忍不住有點臉紅，但羊男的眼神一點也沒有嘲笑的神情，他只是微微一笑：「茹比小姐，你是來散步的吧！森林是很適合聆聽內心話語的所在，透過行走，你可以學習如何和內心對語，你是因為聽了我的建議，所以來嘗試嗎？」

茹比猶豫了一下不知所措的點點頭，接著道：「也不完全是，其實我是一名植物學家，我和隆老師他們商量好了，他們出外尋找援助，而我留在這裡調查有哪些有用的植物，順便調查這個森林的環境，這裡的生態真的很豐富呢！而且有很多都是我以前從來沒有看過的動、植物，因此我忙著把它們編類索引。」

「茹比小姐，請問你的目的是什麼呢？」

「因為我要觀察什麼地方的土地適合開發，對了，我就想問你一個問題，為什麼你們不建立城邦呢？我們建立了一個文明、自由且平等的城邦，叫作泰瑞比西亞，我在裡面負責照顧農作物，我可以把這種技術傳授給妳們，這樣你們同胞就不需要挨餓受凍，我們也可以發展文明和武器，對抗天上的烏多邦。」茹比興奮道，接著她忍不住吱吱喳喳起來，她向來就是這樣，一開心便像停不下的小鳥，一逕絮聒道：「你知道嗎？我們可以蓋垂直農場，這是由我的農業老師——亞契所設計、規畫的一套系統，好啦！我在裡頭也負責了一部分，雖然不是全部，但是至少是很重要的工程喔！我負責的是灌溉用水導流的設計，你知道的，要如何運用少數水源灌溉一百多層的溫室，這可是需要仔細規劃的呢？你何時有空，你可以帶我到外面巡視一番，先砍掉一部分樹林，剷平雜草後，試蓋一個溫室，溫室的好處是可以阻隔雜草進入，也可以預防百分之八十的病蟲害，剩下的再佐以物理性防治即可，我們可以先試種猴麵包樹，它是我們用雜草改良而成的作物，我把它稱為紅寶石……」話才還沒說完，羊男打斷她道：「茹比小姐，請問，你知道真菌嗎？在我們羊角森林中，隨處都可以看到這樣的植物，真菌和水藻結合，形成了地衣植物，牢固且無孔不入的覆蓋在你眼睛所看到的土壤、樹皮、枝幹之上，最初的水藻和真菌是兩種不同的生物體，但歷經演化女神的巧手，卻將兩者的生態紐結於一起，此外，存於當中的還有葉綠粒，那可是生物體內的珠寶盒呢！你瞧，綠繡眼一般的晶瑩，最初亦是細菌，卻隨著物種演化被覆蓋至細胞之中。

茹比小姐，請問你對文明的定義是什麼呢？我們是蒙昧，而擁有科技者便是文明之徒，是這樣嗎？或許就像你所說的，你來自的城邦一切都井然有序，整齊的農場生產出豐富的食物，但是，這一片原始生林之中看似凌亂、雜亂無機，卻有著難以用言語敘述的『道』，這對我而言，卻是比乾淨的農場還生機蓬勃的地方，我，羊男，曾經在滿是垃圾、發酵臭味的垃圾場裡翻撿過七、八個小時，那時我翻撿到一本東方古老的韻文，名叫《道德經》，裡頭內容有一句提道：『有機械者必有機事，有機事者必有機心。』對我而言，你們和烏托邦都是幾乎一樣的存在，如另一個東方哲學家——孟夫子提出的『五十步笑百步』的理論一般。」

不知怎麼，茹比有點窘的感覺，以前她從未懷疑自己的想法是錯的，但羊男卻毫不留情的反擊她，以一種溫柔的方式，她試圖以言詞反駁，腦中卻想不到合適的字句……

「為什麼人類非選擇住在城邦裡呢？城邦或許提供了便利的生活，但卻也犧牲了乾淨的空氣和水，一座城邦每日至少消耗的水是四千萬升立方公尺，如果在灰洞此處，至少可以灌溉九千公頃的農田……我聽說住在烏托邦，每天可以品嘗到幾百種不同的肉類、蔬菜和水果吧！事實上自然每季的生態都有其循環，那些不該出現在餐桌上的水產珍饈是基因複製而來的，不是嗎？當然，或許你會說，你們泰瑞比西亞並不一樣，但對我而言，只要是人口集中的城邦，都是對自然資源的過度消耗，抱歉，茹比小姐，如果你有空的話，我很樂意帶你到羊角走走，你會發現這是一個美好的曼陀羅之地，本身是圓滿自足的，就像……」

結尾，羊男以一種溫柔的聲音道：「就像你的名字——茹比，本身就是一首美麗的詩。荒野必須存在，是『道』的展現，到荒野走走、便是聆聽自然的道。」

當羊男離去時，茹比感覺還有些震驚，第一次有人跟她說這樣的話，雖然他一字一句是如此的溫和，但卻不容質疑破壞她以前堅定、信奉的信念，她感覺腳下磐石彷彿不斷碎裂、一吋吋的崩解……就在此時，她聽見瑪蒂法的大嗓門道：「哎呀！你們這些豬玀、該死的豬玀，又把東西給弄倒了，可惡，真是天殺的，我倒了八輩子楣才要來這裡訓練你們這些混帳……」

茹比走向前一看，只見三個面容呆滯、身型矮小如侏儒、看起來有些怪異的「人類」，這就是「羊人」吧！自從她知道這些人是被製造出來後，她忍不住起了些微的悲憫之心。這些人每個都背著一些袋子，但是他們卻把袋子裡的東西丟到地上，用腳大力踩踏，其中一個面對她，咧出一個大大、幾乎要把臉給撐開的笑容。

「嗨！瑪蒂法，需要幫忙嗎？」

「喔！小姑娘，你真該來看看我每日所受的活罪是什麼，每日要帶領這些無腦的傢伙做事，喔！天呀！你又把麵粉給灑了，裡頭還有麵包和牛奶，該死，教了這麼多次連這個都不會，等等，我好像聞到一股臭味，你們之中誰便溺了，快說……」

喋喋不休看來真是一件可怕的酷刑，茹比想，看來她以後可真要改掉這個毛病，就在此時，她聽見一陣規律的嗶嗶聲響，這是什麼聲音呢？

一個羊人正把玩著這個盒子，「喔！約翰，你怎麼把我的鬧鐘給拿走了，你這豬玀，快還我？」

「瑪蒂法，你說這是什麼？」茹比好奇道。

「那是我在那群天上人被抓的附近撿到的，一開始啥聲響都沒有，但後來開始發出規律的嗶嗶聲，我本來想說正好，我床頭的鬧鐘壞了半年多，正好可以研究如何設定時間，才可以在清晨六點多時叫我起床去採蘑菇，但試了好幾次怎麼都不成功，而且最可惡的是這惱人的嗶嗶聲越來越吵雜了，哎呀！你們這是做什麼？還給我。」只見幾個羊人紛紛丟擲這個古怪的黑盒子，你丟我我丟你的，像是傳球一樣。

趁著一個羊人沒接牢時，茹比趁機接了過來，她笑道：「好的，瑪蒂法你別生氣，讓我看看吧！」這會不會是一台微型電腦呢？她忍不住想，點選上方平面，一點反應也沒有，應當是設了某種聲紋或指紋、甚至是瞳孔辨識的密碼呢？但這可難不倒她，她拿出自己的電腦，先以程式駭入後，接著螢幕開啟，逡巡一下聲音來源，是什麼程式發出這樣的聲響呢？要是炸彈可不好了，但這似乎是一個衛星定位系統的程式，只是這程式語言跟她所熟知的語法不同，她熟知英語法語西班牙語這三種常見的程式語言，但這程式使用的語言似乎以上皆非，似乎是一種更古老的語言，是梵文嗎？她依稀記得這是空白歷史前幾千年就已存在的古老語言。

「快，快跑。」用最快的速度往羊角基地奔去，一路上碰到任何人，她隨即喊道：「快，快逃，躲避……烏托邦派軍隊來空襲了，快。」

「冷靜點，茹比小姐，你好好說話，這是怎麼一回事？」一名羊角的幹部、患有地中海型貧血的偵察長——海格問她道。

茹比整個人喘的不行，方才奔跑不慎整個人還摔了四、五跤，她不像絲葉那幾個從小就身靈手巧，茹比從小到大體育都是敬陪末座，每次河邊耕種更老是成事不足敗事有餘，動不動就摔得滿身泥，因此才得了髒兮兮茹比這稱號。

好不容易喘了幾口氣，她道：「方才我從瑪蒂法那裡找到那幾個烏托邦人留下的電腦，發現裡頭一個程式，便是當電腦離開身邊時，便會發出危機訊號，並開啟衛星定位系統，我猜是為了預防主人不測，當電腦遺失也可以方便取回，但現在問題是電腦直接連絡烏托邦軍方了，他們察覺任務失敗，即將派人來此轟炸，我們得逃命，快。」

「時間還有多久呢？」

「我……我不知道，最快可能不到五分鐘。」

「好，我立刻通知羊男，請他用發報系統，通知大家躲到防空地道。」

當茹比奔回營區，通知琉璃與歌悅時，並傳達方才海格的吩咐，原來，為了躲避烏托邦的空襲，羊男平日便已幫大家編組，並時時演習，因此才可以當敵軍大舉來襲時迅速躲避至防空洞中。

最近的防空洞編號是A三一七，外頭是巨大的樹根抓住土壤形成的天然洞窟，下方披垂著長春藤與蔦蘿，不仔細看，還不會注意到裡頭其實別有洞天，一進入裡頭，兩旁人工鋪著天然的螢光苔蘚，沿著階梯一層一層，最下方是平坦、可容納五十多人的空地。

底下十分陰涼，茹比開啟手電筒，只見最邊緣地方有幾個箱子，走去一看裡頭放置水、乾糧和電池。

這裡聚集了三十、還是四十人，光線十分微弱，茹比走路時得小心，以免撞到其他人，大家感覺訓練有素，圍成一個圈後席地而坐，此時感覺地面一陣震動，她險些踉蹌不穩，接著約莫五分鐘又是一陣震波襲來，她一不小心壓在一名婦人身上。

「哎呀！」那聲音聽來是瑪蒂法，她趕緊道：「很抱歉，我踩到你了，你還好嗎？」

「怎麼辦？尼法不見了？」突然歌悅道。

「你說什麼？尼法不見了，他什麼時候不見的，去了哪裡？」茹比問道。

「我……我也不知道，剛剛我還牽著他的手呀！怎麼辦？怎麼會？」

「我剛剛有看到尼法，他往母樹那邊跑去……」一名小女孩道。

「不行，我要去找他。」歌悅道。

「不……你懷孕，這太危險了，還是……」茹比猶豫道：「還是我去好了。」

「你可以嗎？」

「嗯！」她點點頭，但內心一整個打鼓。

沿著森林小徑快步小跑，她一面跑，一面死命摀住耳朵，她向來膽小容易受驚，像隻怯懦的小兔子，但此時她卻沒什麼選擇，她實在很想放棄，跑回安穩的防空洞，但一陣炸彈波襲來，她趕緊附近找掩護。回想之前母樹的位置，雖然辨別幾乎一模一樣的森林路徑對她沒有什麼意義，但她還是祈禱至少自己可以記起母樹所在的小丘上，但是一出來的瞬間她便發現這是沒有意義的，因為原本生滿各種樹種、茂密的原生林，此時只剩光禿一片，各種樹枝形狀的殘骸、說是殘骸可能還好些，不如說像是某種大型生物經屠殺碾碎滅絕後殘存下的骸骨，但卻是什麼都沒有的，她想起曾經看過的麋鹿屍體，被猛獸給咬斷喉嚨，吃掉三分之二，只留下一半的頭骨和一對蹄的屍體，一半的暗黑黏稠的血吸引一群蒼蠅圍繞，剩下一半的眼球暗沉、毫無色澤，就像寂滅的宇宙一樣，但卻不是像眼前的情景，眼前燒焦毀滅的景象除了「滅絕」兩字她什麼都想不起。

喘了幾口氣，她手腳並用，奮力跑上一片十幾公尺長的土坡，以前這裡生長滿滿的灌木叢，但現在卻什麼都被燒盡了，好不容易爬到高原上頭，一點遮蔽也沒有，眼前只有一片開闊的焦土，這是燒夷彈，只見樹木雜草全部燃燒成蜷曲的形狀，前方橫陳著肉塊，那是仍在燒焦、變形，分不清是人、還是生物的屍體。

煙霧瀰漫中她看見一只倒臥的身影，他的身軀不斷蠕動著，像是被壓碎殼的蝸牛奮力爬起又落下，有人沒死，那是誰，她趕緊往前跑，那是羊男。

羊男為什麼在這裡？沒有好好的躲在防空洞呢？胸中的疑問來不及說出口，只見他受了很重的傷，看起來連說話都很困難，血，好多好多的血，滿滿的血從羊男頸部不斷流出，她抱著羊男死命地在他頸動脈附近找止血點，但卻是徒勞無功的，只能任憑鮮血迅速濡溼她的衣襟。

「什麼，你說什麼？」感覺羊男的嘴稍微囁嚅了一下，像是要說什麼，她側耳傾聽，隱約聲音聽見道：「Ruby，你的名字就是紅寶石，而紅寶石就是革命。」

感覺巨大的陰影籠罩在周圍，那是什麼？抬頭，卻只見航空母艦在他上方，機腹打開，幾尾曳著白煙的橢圓炸彈向前飛去。

一陣更巨大的聲響在她耳邊響起，是一百公尺左右的附近，還是更遠的彼方，她已經分不清了，意識一下子被拉的好遠好遠，她的耳膜有些痛，就在此時，有什麼不知名的東西從地底穿越而來，那是聲音，還是……

那是歌聲，細細緩緩的人聲，彷彿從所有植物氣根散發出來，像是花香又像是某種顏色的漣漪擴散在氣圈裡，在哪裡？她抬頭舉目四望，遠遠她看見周遭幾乎要被夷平的樹木間，最高的山丘上方，一只蕈菇模樣的巨樹。

那是母樹。

尼法就坐在樹下，伸出兩手迎接上空，突然紛紛點點的光點從樹梢間飄出，一開始她還以為是那是生著絨毛的種子或是蕨類的孢子囊，但這些絨毛般的光點卻大異地心引力緩緩上升，直到飛升到樹冠的高度時，突然炸彈一般的四射開來，這些肉眼幾乎無法辨識的植物細胞就這樣鑽入巨大船艦之中。

「尼法、尼法，你怎麼在這裡？」茹比跑去問道。

「我本來跟妳們一起走的，可是半路我突然聽到Mama叫我，她說她不舒服，有人燒她的皮膚、用鋸子鋸她的腳，她很痛，還有顏色，本來周圍都是很溫暖、像河水一樣的綠光，但沒有了，只有紅銅色的臭味不斷圍繞，我問她怎麼辦，她說她需要我，要聽我唱歌，我就唱了，接著Mama就叫身上的精靈飛走。」

此時上方巨大的航空母艦突然往上飛升，向前方飛去，但才飛了幾百公尺的距離突然一整個下墜，碰，機首尖端直挺挺斜插在一片焚毀的焦土間，茹比看見右側上方開了一個小孔，好幾架救生飛艇像是逃離般飛開。

巨大的雨水槍砲般瞬間下落，瀑布一樣澆熄了滿地烽火，子彈大小的雨水猛烈打擊她皮膚之上，好痛，但卻有一種痛快淋漓的感覺，這雨讓茹比想起史前時代的雨，據說數月不息的雨終於降息地球的高溫，如果這雨可以洗刷一切，順便把愚蠢的人類一起沖走就好了，她忍不住跑去緊緊的抱住尼法，連她也不知流下的究竟是雨還是淚。

約莫傍晚時分，此時火焰般的夕陽恍若烈焰燎過，濁白的煙霧龍捲風一般往上纏繞，從飛艇居高臨下只見原本一整片的森林被燒成塊狀畸零地，焦土之下裸露出赭紅色的岩層。

「這是烏托邦的焦土戰，他們認為反抗軍組織藏於森林之中，消滅森林就是消滅我們在羊角的藏身之處。」鹿人感嘆道。

當飛艇逐漸落下，從窗戶俯瞰地面上至少平躺了幾百具的屍體，從地平線一端綿延到另一端，艙門還沒完全落下，凱斯便等不及衝出門外。

「琉璃老師，茹比她……她還好嗎？」在一排簡易搭成的木製避難所看見熟悉的身影，凱斯趕緊問道。

「你放心，我們都沒事，只是那孩子她……內心受了強烈的衝擊，你去看看她也好，她現在正在幫忙分藥、照顧傷患。」

「啊！」正要離去之際凱斯突然轉身，慎重的將一個用防水紙包裹好的物品交給琉璃，道：「老師，你一定想不到我在水之蓋爾見到了誰，這是他要我交給你的。」說完恭謹的鞠躬、轉身小跑步離去。摸著這疊厚重的包裹，沉甸甸的看起來是書本或文件，這究竟是誰給她的呢？還來不及問凱斯便跑的不見人影，但怎能責怪他呢？她明知道在他心中茹比是多麼的重要。

就著水分子一點一滴滲漏的斜陽，她打開紙張，但看到第一行文字的瞬間卻恍若觸電般，落葉散落一地。

「哎呀哎呀！我身上的傷口好痛呀！我真不行了……」

「艾斯叔叔你忍耐一下，但要消毒傷口，生理食鹽水是最好的方法呀！而且眼睛雖然看不見，但傷口可能會有細菌跑進去，我這裡還有一些些抗生素，我幫你塗上，再忍耐一點喔！」

「好吧！看在是你這樣年輕可愛的小女孩來幫我換藥的份上，我再忍耐一下下好了，唉！但傷口真是痛呀……」

此時夜色逐漸滲入半空中，後方焦火焚毀過幾株枯爪般瘦硬的枝幹、平坦空曠的高原峽谷漸次隱沒，白色帆布搭成的帳篷裡已點亮煤油燈，從外頭清楚可見剪紙似的投影明滅晃動。

那就是茹比吧！即使隔著帆布都可清楚看見她嬌小卻富有活力的四肢和軀幹、習慣性紮成馬尾的髮辮，以及嬌脆充滿精力的聲音，看起來她沒事，那真是太好了，當離開水之蕞爾時一接到烏托邦空襲的警報，他整個人便坐立難安，一想到萬一回去她有半點損傷，便讓他擔心的不得了，還好萬幸，她真的沒事。

「外面是誰？凱斯？你從蕞爾回來了？」拉開布簾茹比探頭出來道。

「沒錯。」

「那正好，你快來幫我的忙吧！我要製作簡易輔具，再裝在一些傷患身上，請你等一下幫我移動。」

一直忙了好幾個小時，不知何時，星夜無聲，凝視無止盡的蒼穹，方才的戰爭彷彿變成數萬光年以外的過往，那麼遙遠、又那麼近，但凱斯知道這是絕對存在的事實，不管如何都改變不了，因為就在他們用罄最後一瓶生理食鹽水、最後一劑抗生素藥……緊急編制出的醫務兵傳來，目前找到的死亡遺骸已經破千人。

但那又如何呢？死亡人數再多，也不會多過天上的星星、森林裡的落葉，人類個體生活於天地間是如此渺小，連宇宙的一粒微塵都算不上。

「好了，瑪蒂法，你的擦傷已經好了，放心，這點小傷口而已，最多三天後你就會行動自如，可以在森林裡採蘑菇、摘果子了。」茹比拍手道。

「唉！哪那麼容易呢？森林都被焚毀了，而且……羊男死了，不是嗎？不知道什麼時候烏托邦又會派軍隊來攻擊……我們今後該怎麼辦呢？」紅眼眶、眼皮腫起的瑪蒂法，此時看起來就像一隻青蛙。

「瑪蒂法，別想這麼多，明天的事明天再說吧！先好好睡個覺，尼法還需要你呢！」茹比拍著她的肩道。

「多謝你了，小姑娘。」

望著瑪蒂法逐漸黯淡的背影，抹去額上的汗滴，一回頭，只見凱斯正看著她，她想起打從他一回來，她都沒有好好對他說一句話、一句真正的問候，雖然方才兩人之間存在許多對話，但那都是機械式的：繃帶拿過來、把這人背走、幫忙扶一下……但畢竟才剛經過一場恍若屠殺的慘烈死亡，差點就死生契闊的兩人，應當有什麼更重要的話要說出口才是，但此時四下無人的好時機，她卻不知如何啟口。

「茹比，你沒事吧！」還是凱斯先開了口。

她不知該點頭還是搖頭，他指的是生理還是心理呢？她只受了點擦傷，塗點消炎藥就沒事了，但記得以前看過戰後倖存士兵的醫療紀錄，百分之八十都罹患精神性創傷，被噩夢、罪惡感……各項症狀給糾纏終生，她也得了戰後憂鬱症或躁鬱症嗎？她不知道，她只覺得炸彈轟炸過後自己便有點重聽，聽不太到森林裡傳來的落葉與山雀的嚶嚀絮語，她方才一直把自己丟入工作中不敢讓自己多想，但此時靜下來，卻恍若被扭般的毛巾空蕩蕩的，不知該將手腳置於何處？

夜色是絕對的深黑，冷空氣從四面八方湧來，她打了一個噴嚏，突然一陣溫暖的重量，原來是凱斯將外套覆蓋在她身上。

「小心點，你別感冒了。」話才剛說完，茹比突然嘩一聲哇哇大哭起來。「你……你怎麼了？」凱斯緊張道，他直覺自己做錯什麼了？傷腦筋，自己一向就是笨手笨腳，就是不夠細心體貼，他向來是知道自己的缺點的，記得以前在野百合之家，論起小心翼翼，他兩個朋友伊恩和蒼穹都比他靈敏的多，算來他還只能排在後段班呢！因此他總是有點逃避，不大敢放膽表露自己的心思，唯恐適得其反造成茹比的不快。

「凱斯，你知道嗎？羊男死了。」

「我知道……我來這裡的路上聽別人說了，怎麼會這樣，他是一個這樣聰敏、良善的人。」

「他是死在我的眼前的……凱斯，我沒想到生命是那樣脆弱、不穩的存在。」

「別難過了。」他試圖拍拍她，腦中想擠出點安慰的字句卻擠不出半點詞彙，如果伊恩或蒼穹在此，他們會怎麼做呢？會說出什麼樣更溫暖、鼓勵的言語呢？

此時茹比卻一把抱住了他，起初他有點不知所措，於是他輕拍著她背脊，感覺手掌滑過柔順黑髮直到背脊。「沒事，茹比，一切都會沒事的。」

「凱斯，我再也不要看到有人死亡了。」幾十分鐘後，茹比紅著眼眶道。

「放心，茹比，我們已經和魚人取得連繫了，我們這次回來便是討論結盟的問題，對了，有一件事情你一定想不到，你猜我在那裡見到了誰？」

「誰呢？」

「我見到了阿道斯。」

十一、琉璃：戰爭就是和平，自由就是奴役，而無知就是力量

當所有人都聚集在樹洞之所，他們先為羊男和所有死者舉行葬禮，此刻灰洞的居民聚集至此，他們神色哀淒，因為轟炸之後傷者總計三千人，失蹤加死亡人數超過八百人，而倖存者多數也受到大小不一的燒燙傷，如果不是烏托邦派出的航空母艦正巧墜毀、暴雨及時來襲，傷亡數字恐怕還會向上攀升。

一具具鋪蓋著白布的屍體排在地上，望去瞬間茹比不禁雙膝一軟，雖然來到這裡不過幾周時間，但看到如此多人死亡，她不禁傷痛難耐，拿著手帕拭著眼角，此時鹿人正指揮著其他洞人將一具具屍體給疊好，準備火葬。這是洞人特有的樹葬習俗，在灰洞中所有死去的人火葬後都會埋在一棵樹下，做為樹木的養分。

「塵歸塵，土歸土，靈魂回歸上帝，而粒子回歸自然。」鹿人在最中央雙手合十，向天祈求。

但思想究竟在何處呢？茹比想，她還記得離去前羊男對他的話語、那雙睿智如星的眼眸，但現在這些都不復存在了，人類到底是什麼樣的存在呢？用十六公斤的鈣、一些氫、氧再加一點磷加熱後就

可以形成大部分的骨架，再加上一點鉀、硫、鈉鋁鎂鐵氟鋅……但這些卻沒有辦法構成人的靈魂、情感和記憶，人的心究竟藏在何處？

「各位夥伴！」鹿人站在樹洞中央對所有人朗聲道，這裡說話有特別的迴音效果，很適合演講：「今天，是個沉重的日子，經過將近一個多小時的血洗轟炸後，我們失去了很多同伴，包括我最摯愛的夥伴、你們沉思的森林智者——羊男，死在烏托邦的炸彈底下，他的死亡是我們永遠也無法彌補的傷痛和遺憾，但我們要堅強，我們要更團結一致，要讓天上的烏托邦知道我們不會妥協，這就是革命，讓我們點燃革命的火炬，正式宣戰。」

宣戰、宣戰……大家叫囂著宣戰的聲響此起彼落，聲波從樹洞中心彷彿漣漪般，在人群中循環往復一圈後，又共鳴至中心來，剎那茹比有種耳鳴的感覺，燈光返照在鹿人的臉上，是錯覺嗎？感覺底下所有人的面容都模糊朦朧且一致，但鹿人的臉卻像發著光一般。

「茹比小姐，可以請你解釋那天戰爭的狀況嗎？烏托邦的飛艇是為什麼會墜落呢？」當她發怔之際，她聽見鹿人問她道。

「答案是真菌。」她從自己前排的位置起身：「我在墜毀的航艦內發現一種獨特的菌種，會隨著氣流進入真空槽內製造一種ＰＨ低於四點五的酸蝕性氣體，使機械生鏽，進而破壞飛艇內部，那種菌類是由母樹所散發出來，至於為什麼會在那時散發出來，我也不確定，我猜，應該是尼法和母樹溝通的結果。

有一種理論叫做蓋亞假說，就是地球實際上應該可以視為一個生命體，製造氧氣的雨林是地球的肺、溼地可以視為地球代謝的器官、河川和大海就是地球的血脈……而森林生態圈也可以視為一個生命體，在這裡，母樹就是重要的樞紐，透過氣根和土壤底下的菌絲操控整個生態圈各種生物，但那天烏托邦的砲火燒毀了許多鄰地和植被，母樹失去溝通的方式，因此我猜她是透過尼法的歌聲來傳遞防衛機制，就好像人體有白血球，當受到病毒攻擊時會自我防衛，而這裡的森林也演化出這樣的機制，但為什麼尼法的歌聲有這樣的力量，老實說，我也不大知道。」

「這就是神的力量。」這次鹿人對著群眾大喊，底下羊人跟著附和：「神的力量。」此起彼落的大喊像是回聲、又像海潮震動不斷。

此時鹿人又回到台前，這時他抱著一個小孩，那是尼法，對著台下朗聲道：「各位，這就是在這次轟炸中解救我們的神童——尼法，這是天賜的孩子，他雖然看不見，卻有神奇的力量，可以和樹靈溝通，這次我們可以兵不血刃的擊退烏托邦的航空母艦，靠的就是這孩子的力量，這就是神蹟，而這孩子就是母樹的代理人，大家都知道，樹的存在代表我們洞人的生命力，只要森林還在，我們洞人就決不會失敗，一定可以贏得最後的勝利。」此時人群中不知是誰先大哭了、但接著是更大聲的吶喊，瞬間所有的激情更被點燃到最高點。

當群眾躁動了五分多鐘後，鹿人兩手朝下示意安靜，然後道：「我們絕不能破壞森林，但是，我們可以嘗試開發一小部分……」此時他走下台，來到她面前道：「茹比小姐，請你可以幫我們用電腦探測出稀土最豐富的地區嗎？我們要開採。」

但羊男是最反對開發的呀！他一死，你們就忘了他的信念嗎？茹比想。

但轉瞬間羊男死去的模樣眼前再度倒帶，人的靈魂、知識與理性究竟藏在何處？當人一死，思考與儲存知識記憶的腦細胞也不過變回一堆發臭腐敗的蛋白質罷了！有什麼價值和意義可追尋呢！一想到羊男之死內心忍不住一陣哀傷，她還記得這血黏稠的觸感……

「茹比小姐，你的名字就是紅寶石，而紅寶石就是巴薩拉，意即革命。但你要知道，真正的革命需要的是思想，沒有思想的革命只會成為暴動……」這是羊男死前的遺言，她想要開口，卻一直找不到合適的機會。

彷彿看出她內心的疑慮，他道：「茹比小姐，如果不主動開採稀土礦，我們沒有足夠的武器對抗烏托邦，我知道羊男他反對改造自然，但是他的想法並不實際，可以視為一種崇高的理念卻不能百分之百遵行，試想這次烏托邦雖然退軍了，但誰知道多久之後會挾更強大的武器捲土重來呢？而這些絕對不是戰力還停留在多數冷兵器、戰略也以傳統作戰方式的洞人可以對付的了，難道你希望之後再度見到這樣死亡荼炭的煉獄景象？」

剎時茹比啞口無言，羊男臨死前的面容再度浮現在她眼前，她瞬間紅了眼眶：「不，決不。」

「那就拜託你了，茹比小姐，或許你不能認同我的理念，但人為了生存，就有妥協的不得不。」

從群眾陸續集合至母樹前的一開始，琉璃和隆就在人群的最後方，當演說到了最終，隆道：「這就是所謂的造神吧！但不知怎麼，我心底卻有一種似曾相似的鏡像，琉璃，你想的跟我是一樣的嗎？」

琉璃道：「你是說尼爾森．克勞伊。這真是見證了戰爭就是和平，自由就是奴役，而無知就是力量。」

當激情群眾最終散去，回到營區，此時約莫已經凌晨一、二點了，坐在營帳外頭，凱斯看見茹比在兩名洞人的護衛下走回來，一見到她他趕緊迎上前，她感覺相當疲憊，深色頭髮有些凌亂。

「你還好嗎？」他擔心道，原本他想跟她一同前往，但鹿人拒絕了。

搖搖頭，「看到他們，好像看到以前我們一樣。」茹比憂傷道。

「對了，凱斯，老師休息了嗎？」

「還沒，怎麼了嗎？」

一進到營帳之中，桌上玻璃杯擺著琥珀色的液體，那是前天在松樹底下她發現的一種新品種的鋸齒狀檸檬香蜂草，記得檸檬香蜂草有放鬆心情、抗憂鬱的療效，因此她採了一些來泡茶，在一旁的木盤上放著油炸的昆蟲三明治，雖然中間餡料冷了，但一進來仍可聞到屬於空氣中那股屬於昆蟲的獨特蛋白質氣味。隆正就著小几前一盞鵝黃燈泡翻著掌心大小、馬爾薩斯的《人口論》，而琉璃正斜靠在單人躺椅上，微閉雙眼，但一聽見聲音，瞬間睜開雙眼。

「茹比，你回來了，快點休息吧！明天還得早起呢！」她聽見隆老師對她道。

此時她的眼神有些猶疑，欲言又止了一下，但最終還是下定決心道：「隆老師、琉璃老師，我有事情可以跟妳們商量一下嗎？」

「請說？」隆闔上書道。

「請問，你們要何時去影之城呢？」

「按照和阿道斯約定的時間，並且考量路途可能會造成的耽誤和延遲，預計是一週後。」

「那……我可以留在這裡嗎？琉璃老師，很抱歉，現在你的狀況正是需要幫忙的時候，可是……可是？」究竟該怎麼說明她也不知道，只覺得越緊張卻越是說不清。

「留下來，傳遞革命的種子，是嗎？」還是琉璃先開口了。

「那我也要留下來。」凱斯趕緊道。

「不要緊的。」琉璃道：「凱斯、茹比，我相信你們兩人，一定要盡力用你們畢生所學，好好的守衛這個地方。」

像是創世紀還是歿世錄的景象，天空是生鏽鐵灰的顏色，這裡原本應當是濃密鬱綠的森林才是，眼前卻砍伐的一根都不剩，地表植被也變成光禿禿一片，到處都是土壤被挖土機翻攪過、或是火焰燃燒過的痕跡，好熱、彷彿連金屬要被融化掉的熱，每踩踏出一步，肢體都要被融化開來。

太陽恆以四五十度的高溫輻射著人的每一寸皮膚，好熱，地表卻已經失去散熱功能，沒有樹木、地表沒有植被、甚至一點生命跡象都沒有，地球經歷四十多億年的演化，由單細胞進展到多細胞生物，但眼前卻什麼生物都見不到，只有持續不斷的高溫，將地表蒸熱得像是金星一樣，好熱、好渴，前方記憶中有一條河流，去喝點水吧！但走過去卻只有赤紅色帶著臭味的水流映出自己驚訝的倒影。

「啊！」夢醒睡間茹比感覺額上冒著涔涔冷汗，這是怎麼回事？還好方才只是一場夢，**稀土**，她腦袋裡瞬間冒出這個詞彙，這就是開採稀土的下場吧！稀土是重汙染的工業，每開採一百噸最多只能提煉出三噸的稀土量，期間必須砍伐大量林木破壞地表生態，還不包含以硫酸溶解出稀土原料後的強酸廢水以及含有輻射性的溶液，鹿人說要為了對抗烏托邦因此得開採稀土，但洞人的科技水準還不到開採稀土的程度，萬一開採後造成更大的生態浩劫，那該怎麼辦呢？方才的夢像是預知夢一樣，歷歷在目的提醒她未來即將到來的景象，不行，不管如何，她絕對不能讓森林消失。

走出營帳外頭，順著記憶所及她來到潺潺小河旁，河水清楚地映出她的倒影，底下密布著平均小指大小的碎石疏密有致的排列，幾隻拇指長的魚靜止不動的，影子倒映在水面上，但隨著一只鵝掌大小的葉子落下，瞬間便了無蹤影。

洞人稱這條河叫蜜娜，意思便是母親，森林真的像是聖堂一般，是值得行走、靜坐、冥想的場域，這是羊男說過的話，一想到此她忍不住又滴下淚來了，眼淚落到水面上轉瞬間如水合水不留痕跡，真好，還好這裡還有生命存在，還好河水並沒有被汙染、生命還沒有死絕。

掬水喝了一口，這水甘甜而沁涼，一點點微風吹來轉瞬蒸散毛細孔上的水分子，先用水洗了臉頰後，拿起陶甕裝了滿滿的水後走回營帳，但此時她有點失神，四周都是相近的林相她剎然分不清回去的道路。

就在此時，她又看見了一片金葉子，至輕也至重，彎彎曲曲地往前方移動。

她又見到了班光。

她很快就找到回去的路，這是宗教神靈的顯現嗎？自然是道，或道就是自然，但此時她腦中卻想著太陽光子在宇宙中行走八半鐘來到地表，隨著樹梢海潮般地擺動，依次落在高聳的樹冠、地表的蕨類、還有最底層僅需一點陽光便可進行光合作用的苔蘚，在大自然演化底下，葉綠體無疑是最神奇的迷你發電機，透過對太陽光子的捕捉，將之轉換為電能，供給植物在生存上的所需，喬木之所以高大乃是為了爭取更多的光子，但苔蘚只需一點點光便足以生長，這就是自然神奇之處，經歷億萬年的演化達到的平衡。

還在思索之際，卻見到意料之外的人站在營帳之外。

不，某種程度其實是意料之內的人吧！因為就在剛才，她還想著昨日與他談話相關的內容。

「茹比小姐，早安。」班光迤邐到此處便如水分滲入地層般消失無蹤，只見鹿人和奧比站在前方，腳上一雙皮靴沾滿苔蘚和溼泥。

「早安。」

「茹比小姐，等一下妳有空嗎？我有事情想請問你？」

「是為了開採稀土的事嗎？其實，我剛剛也在思索這些事情，或許我們可以試試看替代能源，森林還是保存下來比較好，你知道有一種石化燃料叫做甲烷水合物嗎？主要儲存在海底，像我們的飛艇就是使用這種燃料，或許我們應該先開採這種燃料，作為對抗烏托邦的能源……」

話才剛說完，鹿人道：「是嗎？謝謝你的建議，不過我今天不是來討論這個問題的，我思考的是既然必須一戰，我們得要有更先進的武器才行，現在只有一個辦法，就是發動巨神兵計畫。」

「什麼是巨神兵計畫呢？」凱斯方從營帳內走出，手上還拿著木製湯碗，他一向對武器最有興趣，聽見此言立刻好奇道。

「我們在羊角深處發現十架一百公尺高的巨人，這些巨人究竟從何而來？為什麼會存在在這裡，老實說，沒有人知道，我曾經想嘗試操縱它們，但羊男在世時因為他反對以暴易暴，因此不准我們使用、研究，但是現在是非常時期，我相信如果他還在世，一定也會贊同我們的決定的。我檢查過內部發現類似電路板的迴路系統，但卻遍尋不著開關和能源機制，我想嘗試發動，如果順利的話，我們就有不亞於烏托邦的先進武器了。」奧比道。

「茹比小姐，可以請你跟奧比先生一起去檢查嗎？」鹿人道。

「好的。」

沿著爬滿樹藤的階梯來到羊角的最深處，這裡潮溼且陰涼，深吸一口氣，都飽含溼冷且古老的氣息。

「茹比，你要小心一點……」話還說完，凱斯發出哎喲的聲響，地道的高度太矮了，凱斯這樣的大塊頭一路幾乎都要低著頭，才不至撞到上方。

「哇！」一進到裡頭，凱斯忍不住發出一陣低微的驚呼聲，眼前，上方是至少壽命五百年以上的櫸樹、杉木和橡樹，交錯密布的樹根像是最強大的指爪，牢牢地捉緊土壤，在上空形成一波波弧形一般的通道，在土壤表層，正附著著一層發著螢光綠的苔蘚真菌。

「這裡是地宮第四層，也是整個地下堡壘占地最大、規模最廣的地方，除了蘊藏數萬本珍貴藏書外、還有幾千片指腹大小的水晶光碟，最深處有一台讀取機，當你把光碟放入後，裡頭至少都蘊藏數千筆資料。」奧比道。

「當初羊男和鹿人發現這裡時，除了書籍擺放的位置較為凌亂外，所見到的景象，幾乎和你們所見並無二致，我們推測空白的歷史前這裡應該存在有相當程度的文明，或許某些人意識到文明即將滅亡的事實，因此將各個領域的經典都給儲存於此處，這裡的樹根會吸取空氣裡的溼度，使紙張保存在最佳的低溫，不易被微生物給分解，這裡可是知識的天堂、指點未來人們前進的方向。」

像是人類大腦褶葉的縮影吧！茹比忍不住打從心底讚嘆，她信步走向前方，隨手拿起一本硬裝紅皮書，上頭寫著：《莎士比亞全集：馬克白》，她忍不住心底想，如果是絲葉至此，應當會沉浸在此樂不可支吧！文學向來是她的強項，但她可不是，她從以前對文學這種想像虛擬的東西就很無感，反而是計算類的數理程式比較能夠輕鬆了解

像是麵包裡頭菌類發酵後自然的空隙，感覺洞穴內側十分平滑且逐漸寬敞，在她身高適中的地方她瞟見一本書脊顏色都和旁邊莎士比亞全集略微不同的作品，夾在陳舊的暗赭色套書之間，像是方才還沉浸於閱讀世界中的讀者，但在緊急匆忙的狀況下將書塞回，她拿起一看，上頭寫道：《暴風雨》。

「茹比小姐，可以請你快點移動嗎？我們要前往停放巨人的儲存所了。」她聽見鹿人道。

「好的，抱歉，這本書可以借我帶回去看嗎？」

「嗯！好吧！」略皺了一下眉，但鹿人還是同意道。

走到後面，不知何時人工闢出的階梯已經不存在了，有的只有迂曲不斷向下延伸的通道罷了，像是軟體動物內部的構造一般，隨著向下延伸氣溫逐漸降低，潮溼且陰冷。

這是山靈的內部嗎？進來此處，即使是無神論者應當也會感到心生驚怖吧！但鹿人的神情卻始終沒有變化，或許有，但在如此黯淡的光線下卻幾乎看不出來任何異樣，羊男為什麼會死呢？應該說那時大家應當都躲藏在避難所呀！羊男是為了什麼獨自離開避難所呢？為什麼那時鹿人不在這裡，就在他離去之時正巧烏托邦空襲，這一切是不是太巧了。

「茹比小姐，就在前面。」正當思索之際，她聽見鹿人聲音道。

走到前方，當手電筒打亮的瞬間，茹比忍不住吐出舌頭。

這是一個空曠的鐘乳石洞，融入二氧化碳的水滴滲進石灰岩的地層裡，形成錯落有致的鐘乳石、石筍和石柱，像是野獸交錯的犬牙般。

左方坐著一個巨大的人像，頭部傾斜向右肩，看起來像是古老神殿遺留下的神祉，茹比靠近一看，他五官的部分看起來十分簡略，眼睛部分細長，鼻樑像刀斧刻下般高聳，空白歷史前存在於復活島的摩艾神像或許是他的近親，但這裡的卻有手腳，只是不知為何就像死了一般，動也不動。

「這是第一具、也是最早發現的巨人，我們叫他奧丁，裡面還有六具，你要進去看看嗎？」

「不要緊，我先研究這具就好了。」

巨人的身體十分溼滑，踩在凱斯的肩膀上，茹比總算爬了上去，她將手電筒咬在嘴巴，在頭部繞了一個圈，接著轉到頸部之處，突然整個人不見了。

「茹比，你在哪了？」凱斯緊張道，聽他的聲音幾乎就要瞬間切開巨人，好將茹比給拉出來。

「我沒事，等我一下，我好像找到入口了。」

當她跳下來，凱斯趕緊一個箭步向前接住她，她站穩便道：「這些巨人的線路十分奇特，究竟是放射性能源還是石化燃料，老實說，我不太確定，但我覺得最奇怪的是操縱巨人的方式，巨人是半生物半機械的存在，在電子與訊息的傳遞上他的構造類似人類在神經上結締組織的傳導系統，但皮膚像是兩棲類有極強的再生能力，但我還看不出來如何操作，只能猜測可能是一種生物武器。」

「茹比小姐，可以說明的更詳細一點嗎？」

「我也沒有真的親眼看過這種武器，我是從一些資料文獻看到過，空白歷史前曾將寄宿在植物上的真菌基因改造後，植入人體內，當真菌和人體由排斥反應轉為共生後，再製成生物性密碼，以基因工程技術，模擬人類組織製造部分的組織細胞，神經部分連結金屬和電路板，製造出巨型半人機器人，可能就是巨人的前身，透過這種生物性的制約，每一個駕駛員都擁有專屬配備的巨人。

其實ＤＮＡ本身就可以被視為一種密碼，ＤＮＡ是由四種鹼基：鳥嘌呤、腺嘌呤、胞嘧啶和胸腺嘧啶，每三個組合成一個字母，傳遞胺基酸的編碼。」

「那該如何操縱呢？」

「我也不是很清楚，不過我方才進到應當是駕駛座的空間中，帶出了這個東西。」她拿出一枚拇指大小、半公分厚的晶片。

「我回去用電腦掃描一下，幾天之後或許可以了解真相。」茹比道。

「你是說巨人的操作方式嗎？」當茹比回到帳篷內，她詢問隆，他道。

「沒錯。」隆老師是武器的專家，如果連他都不知道的話，這世界上大概沒任何人可以解開巨人之謎了吧！

「你掃描完晶片後發現了什麼？」隆問。

「我將晶片裡頭的細胞取出一點點，放在電子顯微鏡底下檢查，和我電腦裡數千億筆單細胞的DNA比對，卻發現沒有一筆是符合的。」茹比道。

「是嗎？」琉璃聞言轉身道：「你電腦裡的單細胞資料庫是以前亞契和一些農業學家建立的，裡頭幾乎有目前地球上所有已知的單細胞，如果比對不符合的話，只有一種可能，就是冷凍晶片中的單細胞在地球上目前不存在，或許是曾經存在過，只是後來消失了。」

「有別的方法可以再進行比對嗎？」

「這樣好了，茹比，你把單細胞資料傳輸給亞契好了，雖然我是在這麼匆忙的狀況離開了泰瑞比西亞，但其實我私底下有和亞契告知一些線索，雖然不如跟你們之間吐露的多，但主要是這幾年下來我非常了解她的為人，我不希望她太過擔心我的情況，更何況亞契一向對未知的生物學十分感興趣，我相信這個忙她一定願意幫的。」

「好吧！那琉璃老師就麻煩妳了。」

「茹比，亞契傳資料回來了，你要看嗎？」

「太好了，謝謝你，琉璃老師。」說完接過電腦，五指一揮，迅速點擊其中內容。

「天呀！」

「怎麼了，茹比。」

「就像琉璃老師您說的一樣，亞契老師說這應當是屬於一種存於古生代，地球上原始的單細胞，被稱為古菌的細胞，這種細胞有堅固的細胞膜，能夠耐高溫與耐酸，卻沒有細胞核，但最特別的是他能夠入侵到任何生物體內，與宿主產生共生作用，成為宿主體內的一部分，天呀！竟然有這樣的細菌，真是太令人驚訝了。」

「這沒什麼好驚訝的，茹比，事實上在古生代，生命剛大爆發的時期，海洋中便存在這樣的古生菌。」隆道。

「隆老師，你的意思是這個古菌可能是從古生代流傳到現在的嗎？但是製造者是如何取得的呢？為什麼又會以冷凍晶片的形式留下來呢？」

「妳說的這些觀點我還無從得知，事實上在地球上生命進化的初始時，原本屬於真菌的一支——

藍綠藻吸收大量的細菌，其中一些吸收陽光維生的細菌轉換成了葉綠體，並成為生物細胞體內的一部分，透過染色體代代相傳，如果真的要了解古菌的效果，可能要試著把晶片裡頭的冷凍細菌培養出來看看，只是……」

「隆老師，你接下來要說的是什麼？」聽見隆刻意壓低的聲響，茹比靠近問道。

「只是畢竟是以人體實驗才能確切知道結果，估不論古菌是否會對人體產生排斥反應，就算一切順利，等於是要將活生生的人送入未知的生物體內等待被吞噬，如果非必要，我實在不太建議嘗試。」

「我明白，隆老師你所憂慮的，也正是我擔心的部分。」

「琉璃老師，可以問您一個問題嗎？」夜已經深了，森林內傳來角鴞嗚嗚的聲響，應當要準備熄燈就寢，此時茹比靠來對琉璃道。

「什麼問題呢？孩子。」

「您還記得莎士比亞《暴風雨》的情節內容嗎？」

隔天一早，還在用早餐之際，凱斯和茹比分頭將木碗、木杓給收好，此時門簾外傳來聲響。

「早安，我打攪你們用餐了嗎？」那是鹿人的聲音。

「不會的，請進。」茹比一面道，內心一面忐忑，自從那日觀察完巨人後，幾次鹿人請奧比前來探問消息，但她都支吾其詞，今天鹿人倒是親自前來了，但她可還沒想到應變的台詞呢？

「請問你們幾位等一下有空嗎？」鹿人一進來眼神巡視一圈道。

「有什麼事嗎？」隆問道。

「我想請你們一同前往西經三十七度與六十八度間的馬緯度無風帶，也是水之蕞爾的所在。」

第一次看見「真實」、可觸摸的海，茹比忍不住一陣興奮，陽光蒸熟著兩側帶點雀斑的鼻翼，感覺略帶鹹味的氣息，在她以前生活的蟻墟並沒有海這種景觀，之後居住在泰瑞比西亞更是無緣相見，眼前海面上水波瀲灩，激不起任何一點浪花。她聽見琉璃老師感嘆道：「在數百公尺的下方，這裡是人類文明的墳塚，正如以前妳們在蟻墟依靠維生的廢鐵塚，是亞人廢棄物的集散地，而這裡則是聚集了好幾世紀的堆疊後，任何你可以想像到的，包含食衣住行後被時光的磨坊給篩漏的渣滓，從縫紉機、軟硬不同的塑膠製品、輪胎、電腦、帆布……都可以在這片海中給撈取，事實上現在地球上的海洋便是如此，名符其實的塑膠濃湯。」

靠在椅墊上，琉璃半躺半臥的，此時，茹比真有些擔心琉璃老師的狀況，自從她一聽到阿道斯在蕞爾的消息，她便不顧一切堅持來此，現在一天之中有十六個小時左右都處於睡眠狀態，其餘時間也幾乎靠在床墊上養生休息，看著現在的她，幾乎無法聯想到那位深入蟻墟、教他們戰鬥、帶來光明與知識的女戰士。

當卡撒的右眼最接近海平面的中午，海水像是流動、滾燙的黃金，又像是千萬片漂浮跳躍的金色鱗片，書尼聽一串光碟波浪般的撞擊，同時魚人所飼養的海鷗開始在天空呈現流線型的飛舞，牠知道，這是有外人到來的信號，外人是哪裡來的人？是陸地上人還是天上人呢？

像是一隻直線前進的座頭鯨，但靠近一看，又像一只漆黑的魚卵，突然艙門打開，最前方的那個人臉上生著看不見的銳刺，馬林魚一般的殺氣，之後那名男子生得高大，身型很壯碩，但眼神看起來卻謙和，像是披著甲殼般的鱟魚，在身後是一名嬌小的女子，她臉上掛著兩片固態的水波，走起路來像是穿梭於海葵觸手中的小丑魚般。

最後的是一名海豚一般的女子，但書尼注意到她有一個和常人不同、高高隆起的腹部，書尼曾經見過一些從南方海域漂來、已發芽的熱帶水果，此時，那名女子的腹部正如水果般，抽出透明的芽。

目光穿越眾人，亞芒望向那名海豚般的女子道：「琉璃，你來了，沒想到會在這裡遇見你！」

「我也是，阿道斯，你別來無恙吧！」她用極為壓抑的口吻，不疾不徐的、將泡泡般話語吐露而出。

「你讀了嗎？」

「你說的是艾伯特的手稿嗎？」

「沒錯。」

「讀過了，沒有想到艾伯特竟然記載了我們在苜蓿山城的一切，你、我還有費森，原來他們是用這樣的角度觀察我們成長，老實說……幾乎顛覆了我以前的印象與記憶，以前我一直以為自己是天生的革命鬥士，精心的策劃一場完滿的革命，但原來一切都在艾伯特老師的眼裡，讀完瞬間，我覺得自己像小丑一樣愚蠢、可笑，甚至有點不知道什麼是『真實』了。」說完一長串話後，感覺腹部上方一陣灼熱，琉璃忍不住有些喘不夠氣來。

「相信我，琉璃，不只你一個人有一樣的想法，我用了將近一個晚上的時間一口氣全部讀完，讀完後整個靈魂十分激動、幾乎無法思考，當下我腦中只有出現一個人，那就是你，我知道你一定會跟我有類似的感受的。」

「艾伯特老師他……為什麼會留下手稿？是為了給誰看呢？」

「我不知道？但這就是歷史的意義不是嗎？將轉瞬即逝的語言留在載體上，等待後代的人來閱讀。」

是嗎？那為什麼她會有如此寂寞的感覺呢？所有人都離開她了，費森也是、艾伯特老師也是、還有沒多久，阿道斯也會離她而去，但他們都留下了影像或是紙張的載體，她追逐死者留下訊息去解讀過去發生一切，像影子追逐光。

「對了，」正要轉身之際，他道：「這是手稿的後半部，我一直小心收藏著，我知道你會來，等你來……我要親手交到你手上。」

「等你讀完……記得，請不要**為我**哀傷，要好好活下去。」

琉璃疑惑的抬頭，看著阿道斯，不確定自己是否有清楚聽到「為我」這兩個字，但還沒開口，便聽見魚人那邊傳來喧嘩聲響。

「我來，要帶來革命的消息，就在上一次我奉了羊男的口信來此，問你們是否願意結盟，共同對抗天上人的剝削，現在，我再度來此，等你們的答案。」在層層環繞人群中，書尼看見為首那名馬林魚般的男子大聲道。

鄔瑪向前道：「我來回覆你，我們的答案是願意。」

「太好了，鄔瑪，另外我要告訴你一個壞消息，本來你的兄弟：羊男應該親自來的，但是他沒有辦法，因為就在我們出發前烏托邦發動猛烈的空襲，在那樣的炮火底下他不慎受波及，死了，請你節哀。」

鄔瑪微瞇著眼睛，使人不確定是因為陽光太強的關係，還是他正再忍耐不讓淚水淹沒他的眼瞳，他微微道：「羊男死了嗎？事實上，幾天前，我就有這樣的預兆了。」

「你已經知道了？」

鄔瑪道：「事實上幾天前我就有這樣的預感，一開始是呼吸緊湊、肌肉疼痛感撲天蓋地而來，但幾分鐘之後，原本疼痛的肩膀突然輕盈了很多，一醒來，許多原本忘記、未曾見過的景象瞬間湧入心田，那時我就猜到，是曾經和我同住一個子宮、共用一個胎盤的兄弟，回到天空當星星了。」

「我很抱歉。」鹿人道：「羊男他也是我的好兄弟，也是我的良師益友，雖然我不如你和他一般親密，但失去他，也是我和我們羊角這個組織難以彌補的傷痛，如果有什麼事情是我可以做的話，請告訴我？」

「謝謝，如果可以的話，請帶我到陸地上，我想看看他曾經站立、行走過的土地。」

「沒問題。」

「對了，關於革命的事情，我們內部有些魚人對於革命信念仍有所存疑，我們該怎麼做？請告訴我。」

「好，請你幫忙把所有的魚人都集中起來，挑選願意作戰的人，我要訓練牠們。」

當所有魚人都被集中到最大的海之島時，牠們眾耳一致的聽鹿人宣講，從他演講中，書尼知道牠們所居住的地方其實被稱為蕞爾，原本天上人和魚人都是生活在比陸地還要小，又比海之島還要大，像座頭鯨背脊大小的地方上，但後來人類製造太多太多不可分解的塑膠，丟到水裡，引發海的憤怒，因此海水不斷上升淹沒了島嶼，最後某些人就飛到天空上，就是被稱為永無島一座先進的天空之城，而剩下的人只好繼續飄浮在海上，撈取天上人廢棄的垃圾。

「各位同胞們，我和你們一樣都是來自一個重汙染的土地，名叫灰洞，而在上方剝削我們的城邦則叫烏托邦，這些天空之城將地面上屬於我們的資源帶走，留下滿目瘡痍的汙染和重金屬，我們好不容易才復育了一片森林，然而，就在一週前，我們得知消息，烏托邦為了開採珍貴的稀土，打算剷除森林，派軍隊轟炸我們，森林對我們而言，就像你們的海洋，都是生活與信仰的所在，因此我們得戰鬥，如果你們想一起反抗天上人，不要再任意讓他們宰割的話，那就來吧！」鹿人大喊道。

「那我們該如何戰鬥呢？我們沒有武器？什麼都不會？」一名魚人道。

這時，那名小丑魚一般的女子出來道：「我的電腦顯示海底有某種能量的來源，滿有可能是甲浣水合物，這是一種石化燃料，我們可以嘗試開採，作為對抗天上人武器的能源。但是洩漏出來的部分很少，可能要把海底陸棚炸出更大縫隙，才能洩漏出更多的能量，到時再架設探勘站大量開採，我們得將炸彈裝置在三百公尺深的地方，這裡有潛水艇嗎？如果有的話就可以輕易完成這個任務。」

下方的人搖搖頭，那女子道：「那該怎麼辦呢？」

「我們魚人很會潛水，或許可以挑選幾個特別厲害的人，但是要有將靈魂交回給卡撒的準備。」猶豫了半晌，鄔瑪道。

她聽見魚人議論紛紛的聲響，有人開口道：「非開採不可嗎？我們魚人世世代代都住在這裡，如果裝設炸彈，不是會破壞我們賴以維生的海域嗎？」

「你們這片海洋，事實上已經死了！」鹿人道：「大家聽著，開採甲烷水合物，不但可以做為武器、也可以作為其他高科技工具的能量，可以給大家帶來便捷的生活。」鹿人道：「天上人把原來屬於你們的島嶼和土地奪走，留下的是無立足之地、飽含垃圾的塑膠濃湯，如果不反抗的話，你們還能在這片海域生活多久呢？更何況，我們從烏托邦那裡攔截到的資料顯示，他們也打算在這塊海域尋找甲烷水合物以開採，今日你們不行動，這份資源就會落於他人之手，現在我們好不容易有工具、也有相關開採知識，你們不趕快下定決心，難道要等到天上人派軍隊將我們驅逐，到時才後悔莫及嗎？」

魚人議論紛紛，多數的魚人早就對每年要交給天上永無島眾多的稅金感到不滿，現在能有機會擺脫天空之城的控制，不少魚人都躍躍欲試，但又感到莫名害怕。

「我可以下去。」眾聲喧嘩裡，書尼大聲道。

「這是微型攝影機，只要你將黑色這條軟管的前端對著前方，我們這邊的電腦就可以看到水底下的世界。」現在她知道那名小丑魚般的女子叫茹比，她正為書尼解說道。

「還有這個是探照燈，隨著水深程度不同，能見度也會減弱，在兩百公尺的地方被稱為微光帶，仍會有晝夜的變化，現在是正中午，太陽日照最強的時刻，因此你應該能夠以肉眼判斷出海底地形的變化，還有這個是氧氣面罩，儲存氧氣有六公升，足夠呼吸三十分鐘……」茹比一面不厭其煩的將每一個配件在眼前詳細比劃，以保證這個魚人小女孩、或是小男孩可以確實聽懂，最後又道：「還有最重要的是這個發報器，當你裝設好炸彈後，我定時是三十分鐘，你可以用這段時間浮上海面，我們會在附近的海面等你，因為深水炸彈引爆後會造成極大的衝擊波，我電腦顯示激起的海嘯至少會蔓延數十公里，沒有生物可以在這種狀態下全身而退，所以一看到炸彈倒數讀秒後就要快速往上游，一到海面發射信號後，看到後我們就會去接你，立即載你離開。」

「不用了，我們魚人一直都居住在這片海域，我們從不用這些東西的。」書尼道。

「但你要潛下去的地方，可是三百公尺深的陸棚呀！」茹比憂心道。

就在此時，她聽見鹿人詢問鄔瑪道：「你們都準備好了嗎？」

「沒錯。」鄔瑪點點頭。

只見魚人將所有家當綑綁在塑膠船筏上，魚人是逐水面而居的民族，哪裡的海域適合生存，便會拉動幫浦往那移居，尤其是方才茹比為大家解釋過了，炸彈會引發五百公尺高、十公里之遠的海嘯，她先用臉盆為例，上頭擺放幾只黃色塑膠小鴨和人偶，接著拍打水盆底部，藉由小鴨和人偶翻覆到水盆之外，模擬海嘯滅頂的場面。

「等一下爆炸會引發海底地震，這種衝擊波在水底下擴散的現象被稱為海嘯，可以快到每分鐘數十公里，而以數百公尺高的巨浪捲起一切拋擲出去，因此大家一定要退到陸地，最好是在離海岸數十公里之外的山地，會比較安全。」茹比道：「不然我們就會被強大的漩渦力給淹沒，比較需要注意的是海嘯通常不會只有一次，會分為前浪和後浪，而當前浪沖到岸邊時受到阻力退回海洋中心與後浪會合，產生更大的海洋漩渦。」

「所以你們的意思，是要在我們居住的鯨魚卡撒身上，炸出一個大洞嗎？為什麼非如此不可呢？」一名魚人疑問道：「我們魚人世世代代都是居住在卡撒的皮膚之上，但我們現在卻要製造『海嘯』來惹怒他？這樣不會遭受到懲罰嗎？」

這似乎也是其他魚人的疑惑，茹比看見男女老幼、太陽曬得通紅皮膚的魚人們疑惑的神情，剎那間她想起了羊男，他們的做法與烏托邦有何異？

「非如此不可。」她聽見鹿人道：「甲烷是一種極易燃燒的氣體，在炸裂過程中會產生不可預知的兇險，為了降低犧牲，我建議得做好充足的準備。」

「茹比，那孩子準備好了嗎？」說完，鹿人轉身問道。

茹比實在不大確定，看著眼前這個湛藍眼睛的孩子，牠真的知道牠所做的任務為何嗎？但當她看著書尼時，卻發現在牠的瞳孔中她並不存在，只有後方亞芒的倒影。

而此時，亞芒正凝視著琉璃。

「亞芒，可以請你為我祈禱嗎？當我躍入水中的一刻。」書尼走向前道。

「可是……我並不會祝禱，這應該要請鄔瑪來吧！」

「不要緊的，唱你寫的詩就可以了。」

在書尼潛入水中後的三十分鐘，看螢幕游動的光點如發光蜉蝣生物，那是書尼身上的發報器，接著螢幕右上角突然發出倒數讀秒的訊息，「那是炸彈裝設好的訊號。」輕吐一口氣，茹比道。

所有人都撤離之際，只剩茹比、還有凱斯、及亞芒三人留在飛艇中，等到書尼上岸的一刻便準備離去。但這個孩子真的裝設完畢了嗎？茹比不確定，如果牠還沒有到達預定的地點固定炸彈就啟動旋鈕，那一切都會變得不可收拾，方才牠真的有聽仔細嗎？想著那雙無瑕的眼睛她更是心如亂麻，她本來就是容易慌亂之人，這下更不知該怎麼才好。

「茹比，還剩多少時間要安全撤離呢？」凱斯的詢問打斷她紛擾的思緒。

「我電腦接收的訊號一直停留在一百公尺左右，恐怕要再派人下去，但要快，因為離爆炸時間僅存不到十分鐘了，但要找誰下去呢？」茹比道。

「我下去。」亞芒道。

亞芒從船尾躍入水中，沒有激起太大的浪花，這段時間凱斯不斷在船邊踱步，茹比幾乎每隔十秒鐘就看一下螢幕，當螢幕上亞芒身上追蹤器的光點，逐漸和書尼的光點合在一處時，一分鐘後亞芒從水底探出頭道：「找到書尼了，可以幫我一下嗎？」

「我幫您。」凱斯趕緊道。

在一百公尺深的陸棚，幾乎是上次發現書尼的位置，亞芒看見了牠的屍體。書尼的身邊環繞著一群發光性迴游魚類，彩虹似塑膠的破片妝點在髮際，像是水波中招颭的海葵觸手般，而牠的腳被一串薄膜纏住了，上頭有雙C的符號。

當所有的魚人自岸邊，聽見遙遠的海平線盡頭傳來迴盪的聲響時，像是百歲抹香鯨從肺的深處發出古老又神祕的聲納，是那樣奇特且令人哀傷。

遠遠的，海岸的盡頭飄浮出一大片物體，一開始以為是柔軟無骨骼的腔腸動物，順著一波波沸騰般海水，朝岸邊前仆後繼而來，茹比以電腦鎖定後投影在一面平坦沙灘上，立即傳輸的影像與遠方傳來略帶時間差的潮汐聲響，以一股奇異的錯位感，感染在場的魚人。所有人都清楚看到了，那是比化石還古老的存在，積累好幾個世紀的塑膠用品，原先應當是卡在礁岩縫隙中，經過強烈的震盪後，從海底漂浮而出，在海平面上形成一個奇異的8字型。

「聽過梅比斯之環嗎？沒有開始，也沒有結束，沒有起點，也沒有盡頭，像極了眼前的景象。」

琉璃緩緩道。

順著海浪，第一波海嘯席捲而來，接著在海岸上留下滿滿的大型塑料垃圾，茹比想要仔細看清，但緊接著二波浪潮又席捲而來，快速將眼前沙灘淹沒，接著第三、第四……

不自覺的，幾乎所有的魚人同時下跪祈禱，對著和海同樣吸收藍色光波、同屬性的蒼穹，唱起歌來。

當海嘯止息之際，海水的波峰逐漸下降，鄔瑪走到前方，習以為常的、帶領一批魚人將海岸的塑膠分類，她從沒見過這樣多的塑膠，老實說，這裡出現的塑膠種類遠遠超過她所理解的範疇，據她所知塑膠從底層的編號可分為七大類，但眼前附生海草、海螺……小至瓶蓋、大至浴缸一類的東西，卻難以歸類。

歷經數個小時，海浪波峰下降，天空逐漸暗沉，像是虎鯨的翻身，晝與夜黑白交替後，天邊的第一顆──金星出現灰暗狂捲如海浪般破碎、千變萬化的雲層間。

「這是我們魚人的習俗，海嘯是鯨魚卡撒的憤怒，我們得用歌聲來平息他的怒氣。」鄔瑪道：「另外，每當我們在海中撈取到一個瓶中信、或是一項可用的塑膠時，我們要唱祖靈的歌，將上頭附著的災厄去除。因為我們魚人相信，漂泊的靈會附著在足以附著的事物上，我們得以詩歌除魅，才可以讓原本的靈安住在牠的所在。」

就在此時，彷彿是從扭曲的橫膈深處，蒸氣一般的，鄔瑪發出一串拔尖的聲響。

接著海嘯一般此起彼落的，一個個魚人沿著韻母依次合聲，就像鯨豚之間以聲音交談、共鳴、交尾般，魚人以一種陸上人完全不懂、離奇的方式，表達只屬於牠們自己的語言。

奇異的是，當鄔瑪唱到第二輪時，自然而然的，亞芒也幫忙和聲，亞芒的歌聲並不好聽，茹比不確定是因為走調，還是這曲調太過怪異的關係，但不知為何，有種令人想落淚的衝動，當歌聲暫歇之際，只見大量螢藍色的渦鞭毛藻緩緩自海面浮起，螢光色的湛藍，伴隨魚人的聲音，以一種即將滅頂的姿態，占領整個海面。

就在此時，茹比轉身，她不確定是否看見亞芒落下幾滴淚水，但轉瞬間，就被夜風給吹散了。

十二、茉芬：天擇，抑或人擇

複製人與自己的本體相遇，是什麼樣的感覺呢？

琉璃曾經從苜蓿山城中盜取出來的資料，尋找到出自己的宿主，茉芬——一名知名的園藝家，趁著夜色她伸著如貓的身手，穿越開滿茉莉花、風信子、玫瑰花和鈴蘭花的法式對稱庭園，那時茉莉花開的極為馥郁，雪白色的花穗上落在綠縟的草地上雨雨雪雪，四周圍繞一撮撮嗡嗡的蜂群。

來到最中央白鐘形的小屋中，她看見一名米色頭髮，七十幾歲高齡的奶奶，坐在躺椅上打盹。而她膝上放著手鉤的針織毛衣，一旁的爐火不斷燃燒發出嗶剝聲響。

這就是她年老的樣子嗎？琉璃忍不住好奇想，複製人與宿主的相遇就是這麼一回事嗎？一開始內心交織著各種衝擊，充滿各式緊張感，但真的見面的一剎，卻又默然無語。

她拿起銀月，將刀尖對準她。

如果此時她殺死自己的本體，會有什麼樣的感覺呢？

一陣微風吹來，將蕾絲白紗的窗簾捲起，恍若芭蕾伶娜的足尖，隱隱約約，她聞到一股馨香馥郁、牛奶絲絨般，梔子花的香氣。

刷一聲她收刀入鞘，接著離開。

但接著連續一個多月，幾乎每天，固定的時刻，她都會偷偷潛入這個花園，看她的宿主究竟過著什麼樣的生活？

如果她是本體而她是分身，那命運是否會有所不同呢？

她看見她的宿主，她是一名祖母，膝下有八個孫子，三男五女，她看見她坐在火爐邊大聲朗讀故事、縫布娃娃、陪孫子完拼字遊戲……

記得最後一天，她看見她躺在床鋪上，而所有孩子都圍繞在她身邊，默默流淚。

她蹲坐在一棵月桂樹著上方，睜著貓頭鷹似的眼，注視著小小方格內的景物，當日光燈轉暗，一個個低伏在床沿的的孫子孫女離去之際，感覺深夜露水已經浸溼她的頭髮，凝結的白露滴在她眼睫毛上方，她緩慢推開窗戶，如同藤蔓伸長觸鬚，她進入其中。

一推開門，滿室馥郁的茉莉花香，朝她襲來。

厚厚的蕾絲床鋪上方，吊著一盞白百合形狀的燈，燈稀薄疏淡的投影被拉長落在牆面下方，這是空有外型而沒有靈魂的花朵，是魍魎與魍魎之外的魍魎。

她注視茉芬，她的面容十分安詳，就像睡著了一樣，她是壽終正寢的，這在天上人之中是很不容易的事情，因為醫學的發達和備用器官的源源不絕使得天上人越活越長，最近才通過一項法令，所有的天上人一到了六十歲後便被送入一個安樂島隔離，當然，有權有勢者不在此限。

走到覆著紫羅蘭花布的小圓桌上看著她的死亡證明單，死因：「心臟衰竭」。

她又回到茉芬的床邊，此時，她發現她手上握著一封信，像是雙手互握的木乃伊隱藏某些法老的祕密，出於好奇，她取出這封，開啟。

一看到開頭，她便驚的呆了。

給琉璃，我之外的另一個我。

這是怎麼回事？茉芬早就發現她的存在了嗎？

信的內容寫道：

琉璃，你可能很難想像，事實上，複製人和宿主本體之間，真的有某些部分是可以互通的，從你來到我的莊園那一刻，我就感受到了，「你」來了，宇宙之中獨一無二的你，來尋找我了。

然而琉璃，請你相信我，無論如何，我絕對沒有這樣的想法，將你當成我的備用器官來源。

我是一名不孕的婦女，年輕的時候我生過一場嚴重的疾病，為了救我，醫生從我體內取走女人最珍貴的卵巢與子宮，從此之後我便無法生育了，我成了一個空有女性外型、而無女性之實的「女人」，那時，我陷入前所未有的低潮期，我真的不知道該如何是好，無法擁有自己的孩子，那種酸楚的感覺，是很難對外人道的，那時，我常常在夜晚，一方面為自己注射黃體素，以讓我那空無一物的骨盆腔繼續發揮功用，一方面垂淚，自怨自艾到天明，有時還得服用抗憂鬱藥才能安然入睡，後經過多方設法，我打聽到一個方式，醫生告訴我，有一個正在實驗的研究機構，或許可以幫我的忙，接著給我一張名片，上頭有四葉苜蓿的圖案。

是的，那就是你所知道的苜蓿山城。

當然，一開始苜蓿山城並不是像你所知道的那樣，它還如未分裂的受精卵般，初始的規模極小，且採取祕密組織的方式，只有少數權貴者才知道，那時我和其中一名負責人——賈許約在咖啡廳見面，他告訴我他們現在正在發展的生技方向：複製人，當然，他提的內容我並沒有任何興趣，我只想知道一件事情，我如何能有自己的後代？

「你當初切除的卵巢還在嗎？」

「還在，我請醫生冷凍保存。」

「那就好，我會盡快安排時間，從卵巢切片中取出卵子，你可以挑選任何想要的健康精子結合為受精卵，但預防卵子細胞受損嚴重，發育過程中萎縮壞死，我會建議從你的身體中取出一點幹細胞，作為複製胚胎培育，到時，可以從複透過我們專業的技術從胚胎取出細胞核，移植到你的受精卵中。」

那這樣培育的受精卵，算是我的小孩嗎？我內心忍不住打鼓？

「那取出的幹細胞會如何呢？」我道。

「通常之後都會自行萎縮死亡，跟一般的細胞沒兩樣，沒辦法，畢竟胚胎不等於生命，你知道的，這是可以嘗試的方法，就看你有沒有興趣？」

結尾他對我道：「你要知道你真的很幸運，在我們協會觀念中，只有被應許的基因優秀者，才有資格留下自己的後代。」我望向他戴著白手套的那隻手，微笑卻不點頭。

但回去之後，到了夜晚，我又開始徹夜難眠了。

空氣中所有的分子彷彿都在呼喚我，輕喊我的名字，我想像如果我真有一個小孩，當她開口叫我時，那是什麼樣的一種感覺，猶豫很久，最後選擇一試，我雖然不是嚴苛的天主教徒，但對於這種事內心也深覺不妥，但我真的很想要有自己的小孩，尤其看著親戚紛紛懷抱軟綿綿稚子時，那渴求的眼淚更是在眼眶中打轉，於是我點開電腦通訊，聯絡。

取出幹細胞的針很細長，雖然有半身麻醉，但我還是感覺某個冰冷不適的感覺，從頸部綿延的穿刺到肌肉深沉處，我想起在我一手打造完美、對稱的花園中，一天下午，在垂滿紫藤花穗一個缺損的紅磚牆角，我看見一隻指尖長的蜾蠃，將細針插入毛毛蟲身後，將牠攜回巢內，作為幼蟲孵化後的糧食，此時我內心也有相同的感覺。

醫生從我殘存冷凍的卵巢內，取出二十幾個卵子，接著把它們放在培養液中製作成受精卵，這些受精卵有三分之二後來都萎縮了，接著他將我複製的幹細胞取出細胞核，移植入剩下的受精卵之中，接著再放入人造子宮裡，每天人造子宮有模擬心跳震動的頻率波，使受精卵可以受到和人類子宮一樣的照顧，但沒超過三個月，成長的胎兒就停止心跳了。

我長期擔任園藝的工作，在日復一日的工作之中，我很清楚，不是所有的花朵都可以受精結果，這牽涉到複雜的因素，老實說，這樣的結果並不出乎我預料，但真的知道的一刻，還是不免淚如雨下。

當所有受精卵都萎縮的一刻，我深吸一口氣，對著自己說：好吧！算了，一切都結束了，正當我萬念俱灰，望著窗前一株方插枝出芽的茉莉時，我接到苜蓿山城實驗室打來的電話，電話中告訴我，盡快來一趟。

抱著忐忑不安的心前往約定地點，賈許帶著我先前往實驗室內部，通過以紅外線偵測眼紋的裝置後，我看見一個巨大、不斷發著氣泡的透明圓柱形，賈許為我解釋，這裡是儲存我幹細胞的所在，他們先透過一種名為「波坎諾夫斯基」的程序，讓胚胎抽芽、複製，由於研究還未成熟的關係，大部分的胚胎在複製過程中便死亡萎縮，不然就是到了三個月後呈現無腦、無心跳的狀態，只有一個不同。

接著，他用紅外線為我指向一個米粒大小的胚胎，道：「只有這個胚胎發育最好，已經發展出心跳和基本的器官。」

是的，琉璃，我想你應該猜到了，那個胚胎就是你。

那是我第一次與你四目相接，小小的你尾端的脊椎向前彎曲，像是小指大小的魚一樣，接著沒多久，便開始在培養液中上下游動起來，看起來充滿健康與活力。

我耳邊傳來賈許的聲響：「茉芬女士，除了你眼前的這個複製胚胎外，剩下其餘的胚胎都已經死亡了，原本你做複製胚胎的目的便是為了治療受精卵，但目前受精卵移植的計畫失敗，本來，我是打算將其餘的複製胚胎一起銷毀，但是這個胚胎不一樣，我做過這麼多複製胚胎，實驗至今，也只有九十九分之一的成功率，這個胚胎是我目前到現在，發展的最正常的一個，不過，當然，接下來要如何處理，還得經過你的同意，看你是要留、還是不留？」

「留不留的差別為何？」我問。

「如果要不留，當這名胚胎發育完畢我們就會解剖，以了解胚胎複製後的構造，但你若要留的話，我待會兒會請小姐帶你去隔壁簽署條款，當然，您得付一筆費用，我們會您參與我們的苜蓿葉計畫。」

我低下頭，凝視著漂浮在水中的你，此時我有一種奇特的感覺，你是我的孩子嗎？如果不是，又該稱呼什麼？但唯一不變的是此時，我卻主宰了你的性命？

耳邊再度傳來留、不留。

此時突然一陣細小的聲音，在我腦中炸開：我聽見了，留。是你在對我說話嗎？還是一切只是我的幻想，這一切就像聖蹟般的無由分辨，但我還是選擇相信，於是我對賈許道：「請帶我去隔壁房間。」

就這樣，我留下了你，並且給你一個名字：琉璃。

琉璃是玻璃砂經過幾千度的高溫燃燒，加上一些金屬元素，冷凝後形成的美麗剔透存在，這就像我看到你的感覺一樣，我直覺在未來，你一定可以突破許許多多的阻礙，不論未來是火焚般的地獄、抑或是寒冰般的絕地，雖然這樣險惡的環境，是幾百年下來，人類遺留給你的。

但雖然如此，你並不需要把我當成母親一類的人來看待，因為你就是你，獨一無二的客體，在苜蓿山城那段時間，知道你的成長每天都讓我很開心，能夠得知世界上的某個角落，另一個自己正過著充實、精進的生活，對我而言，那就夠了。

當然，在很多人的眼中，複製人並不能算是人類，也因此，據我所知，他們對你們做了很多殘酷之事，因此，才會有之後苜蓿花事變的產生，但我對妳們的解釋是這樣的，聽說過柏克萊嗎？本身是一名主教，也是哲學家，他認為我們所有共同經驗過、體會過的事物，無法證明其是否存在，身體只是容器罷了，每個靈魂都是同屬於一個上帝的靈，暫時在這個世界歇腳的物質儲存之所，因此並不存著誰高誰下？每個人，都是生而平等，而且都是上帝「靈」的展現。

親愛的琉璃，如果你已經明白我對你所說的，那麼請你在這個世界上，驕傲且充滿自信地活下去，這世界很美，請原諒我卻無法與你一同欣賞，但是不要緊，現在我的靈魂又要回到上帝之中了，雖然你不記得了，但那是你曾經來過的地方，而且對我而言，只要你還活著，那就夠了。

PS：從拱門左方數來第三顆茉莉花樹下，底層埋了一個鐵盒，那是我送你的禮物，裡面有一筆錢，之後我認養了三個孩子，他們都健康活潑且有自己的家庭，我將財產分完後，剩下的金額便是給你的，因為在這個世界上行走，一定需要金錢，這是我給你的祝福，請你收下，不要客氣。

那晚，躺在茉莉樹下，淡淡、雪白的花穗雪點般紛紛墜落，蝴蝶般地落在她髮梢、衣襟上。

她一直以為她看見那些圍繞在茉芬身邊的孩子都是她的子女，原來並不是，只是像藤蔓寄生般，攀附於大樹的存在罷了。

但那又怎麼樣？所有的靈魂，不過就像她所說的，都是同屬於上帝的「靈」，既然如此，又何必區分是否存在血緣性的彼此呢？

起身，覆蓋在身上的雪白花穗雨雨雪雪墜落一地，但還有少數淡黃色的花蕊沾黏於漆黑的衣服上，深吸一口氣，滿身都是花香，剎那間她突然明白了起來，為什麼茉芬知道她的到來，原來早在第一天，這身上滿滿馥郁的茉莉花香便洩漏她蹤跡。

但那又怎麼樣呢？茉芬，這個女子正人如其名，雖然形體已逝，但精神卻如氣味般縈繞四周，揮之不去。

好久，沒有夢到加入紫錐花會前發生的事情了。

當她清醒之際，只見一隻長腳蛛在她指尖附近緩緩移動，仔細一看，那是一隻帶著卵移動的母蛛，接著，她嗅到一股淡淡、牛奶味的香氣，不知是哪裡傳來呢？

桌上，一株插枝白梔子，告訴了她答案。

「琉璃老師，我告訴妳喔！我方才出去採集植物時，發現了一欉灌木白梔子，記得你最喜歡這個花的氣味，所以剪一枝放在你桌前，希望帶給你好心情。」茹比微笑道。

十三、阿道斯：偉大夢境的遺物，黃金時代的墳場

當淡藍色的月光奇異的照射在海平面上時，彷彿被某種未知的事物呼喚似的，海面開始漂浮一層藍光藻，自海底深處巨大的物體持續加速上升，像是海面上繫縛用來標誌地域的塑膠空桶自水底深處被彈出，又像是見證島嶼的誕生，一只座頭鯨高速躍出海面，激起千呎湛藍的浪花。

而不遠處，一只斷裂的藍色塑膠空桶，上頭正坐著一名女子，她的身影是半透明的，依稀可穿透她身軀透視後方群鯨的跳躍與舞動，伴隨著自巨大氣孔產生的共鳴聲響，她背後張起尤里西斯蝴蝶般美麗絢爛的薄膜翅翼，往南邊飛去。

一隻毛茸茸鬃毛如甜甜圈的捲毛獅跳出來，唱道：這是和平的新世界，這是和平的新世界，獅子和羊群和平生活在同一座草原上，肉食性生物經過長久的馴化，具有草食性動物的腸道，迂曲蜿蜒可消化草料，因此就算與成群的綿羊躺在一塊，也不會獵食攻擊他們。

但如果真的如此的話，那為什麼羊群數量卻會以等比級數逐漸減少呢？消失的羊群究竟去

了哪呢？一隻身上棉花糖般鬆軟的喜羊羊好奇問著一隻名為「智者」的長鬃山羊，「智者」沉默不語，但沒多久，連喜羊羊本人也失蹤了。

點選網路上英格蘭之歌的社群網站，最近上傳的動畫點閱人數破三十萬，更新日期是七十六小時前，網路上沙漏的動畫正不間斷倒數著，自從上次在水之蕞爾與阿道斯一別後，再也沒有他的消息，他還安全嗎？已經平安到達南極，潛入影之城了嗎？

既然英格蘭之歌網站上還有更新，應當表示他現在是安全的吧！但這很難說，因為任何網路訊息都可以隨著程式設定在未來的時間更新，即使現在式是正被囚禁、甚至發生不測，卻依舊可預先透過傳送、操控未來。

一想到此，她忍不住按了下肚子，隨著妊娠越後期，胎動便越明顯。

又點選另一個動畫，視窗彈跳出來搖曳的草原，上頭張貼選舉布條，標語寫道：

草原之王選舉：第一個上台的候選人是獅子，他說：「我的食量很小，如果我出來當選的話，早上只吃掉三隻羊，下午只吃四隻羊。」羊群大聲鼓譟著，幫忙助選的狐狸立刻改口道：「我們的政見是早上發三顆蘋果，晚上發四顆蘋果。」「為什麼早上只有四顆蘋果呢？」喜羊羊問道，「那就改成早上四顆蘋果好了，下午三顆。」所有的羊群聽完都立刻歡呼起來。

這是諷刺民主時代政客犧牲少數弱勢民眾利益，並以選票賄賂人民當選吧！琉璃想，以動畫呈現一目了然，可惜現實生活卻非如此，多數民眾如同羊一般單純且看不清真相。

阿道斯還好嗎？

離開水之蕞爾時，他的神色是憂傷的嗎？她不確定，當然，也有可能不是為了她的離去，而是那名被喚為書尼的女孩或男孩，當他救起那名溺斃的孩子時，嘴脣貼在他的脣上做CPR，一起一伏但那孩子卻始終沒有反應，眉間的水滴緩緩滴落。

緩緩躺在飛艇上，茹比特別幫她將座位給拉平，方便整個躺臥，但此時卻怎麼躺臥都不舒服，無論向左臥或是向右臥，感覺子宮內部有一個超新星，有時向外膨脹、不時卻向內緊縮。

儀表板上頭，甲烷濃度顯示高到破表。

為了避免被發現，他們距離之前費森定位之處又保持了五百米之外的距離，穿上防護衣，隨身攜帶氧氣瓶，接著琉璃按下墨鏡上的播放鍵，費森半透明的身影便出現在荒原之上，這是他之前來到影之城的畫面，隆記得。

順著費森爬上陡坡，他們上爬，好熱，悶熱的汗滴滴垂在眉間，隨著每一步履腳步深陷於土塊間再奮力抽拔而出，但前方稀薄身影仍舊輕盈如飛羽、如魂魄，一點窒礙也無。

陡坡爬上後是一面高原，費森當初在此有休息過嗎？隆望了一下琉璃，經過長時間武術磨練兩人的心肺肢體都處於強健的狀態，但此時他肌肉卻有些痠麻，或許稍停頓個三分鐘便足以恢復，但琉璃顯得氣喘吁吁，幾乎無法起身，然而不到一分鐘，她又倔將的昂起頭，追隨前方的投影。

此時，隆突然想起童年在鼠窩見過的秘密儀式。

主持秘密儀式的是一位頭髮焦黑、牙齒蠟黃，指甲滿是汙垢的老女人，她的背是駝的，一雙眼睛常常半閉半張著，眼角全是眼屎，村裡的小孩都怕她，拿各種石頭丟她，傳言繪聲繪影的她會在半夜將小孩子的心挖開、吃掉，並且用他們的血塗在指甲上，因此她長長指甲是黑色的血垢，但同時村裡的人又非常敬畏她，因為每次祭典開始時，她便會進入一股恍神的狀態，身體不由自主的東搖西晃，口中吐出白色的泡沫。

鼠窩的人相信，當這個女人發狂的時刻，就是神靈附著在她身上之時，藉由她的身體來行動說話，此時的她具有預言的能力，那時隆是如此的深信不疑。

一直到一次，他躲在儀式的後台，自泛著油垢味的簾幕間他看到被兩人攙扶搖搖晃晃的這女人，不斷抽搐、發顫著，當眾人離去後，突然正常的起身，張開大腿，拿起一小瓶烈酒，飲用。

從那一刻，他再也不相信任何神蹟與附身之類說詞，尤其加入紫錐花會後，他更篤信科學為唯一真理，湧動不息的風乃冷熱氣流的交替流動，而任何宗教儀式背後都可尋找到相應的科學定理。

但此刻，當他親眼見到琉璃追隨費森的投影，亦步亦趨前進，他突然有一股十分奇怪的錯覺，此刻，彷彿童年的那個老女人，疊影於琉璃身上。

熟練的操縱眼鏡，琉璃像個靈媒似的嘴中似乎吐著不清不楚的咒語，剎那間他有些質疑，操縱眼前這一切的究竟是什麼？科學、抑或不可知的神祕，他曾經對科學深信不疑，但此時，不知為何？他突然開始動搖。

前方是一座拱起的丘陵，像是山貓警戒的背脊，越過丘陵下方他們看見一個巖穴，乍看之下只是一個普通的洞穴，但他卻在巖穴外頭發現一些人類活動的痕跡，就像野獸小心掩滅自己的蹄印。

「錯不了的，這是阿道斯留下的記號。」望著眼前小小的苜蓿標誌，只能透過眼鏡的夜視功能才能清楚看見。

琉璃說完，她按下眼鏡上的暫停鍵，緩緩向前，此時費森轉身，眼神正巧投影到琉璃所在的方向，琉璃以一種靈媒的姿態，像是在和亡靈對話。

當她離費森最後的身影不到一公分之際，兩人身影恍若要交錯重疊的一刻，他聽見她低語，以一種極輕極輕的音調，但緊接著切掉視訊，道：「走吧！隆。」

此時她妊娠多久了呢？是三十五、還是三十六，她也不清楚，到了後期她真的很吃力，連平常簡單的彎腰屈身都做不到，隆看著她眼神有點擔心，但琉璃卻回給他一個白眼，她向來吃不了這個虧，討厭被當成弱者。

「琉璃，你可以嗎？」隆的聲音在後方迴盪。

她沒回答，還是其實她有，只是他沒聽見，或許是有什麼影響了他的聽覺，一開始前面的通道十分狹窄，就像某種大型肉食動物的食道般，但接著空間瞬間寬廣，就像一個廣大的廳堂，他突然有一種奇特的感覺，伴隨潮溼味和腐味，腳尖傳來一些冰冷且柔軟的觸感，像某些動物的屍體。

一條地下幽泉軟體動物般的濡來，下方看起來擱淺的地方堆積著數以千具爬蟲類、兩棲類、小型哺乳類的屍體。

這裡，依稀就是費森當初遇襲之所。

隆趕緊起身，做好戰鬥的準備，但他環顧四周，卻未見到任何巡邏機甲兵活動的蹤影，或許在他們到之前，阿道斯幫他們把問題都給解決了，這是個好現象，老實說，單靠自己與一個大腹便便的孕婦，隆實在不太有信心可以面對這些敵人。

「這裡像極演化的走廊。」琉璃看著前方走道兩旁巨大的玻璃屏幕，開頭的上方寫著：埃迪卡拉紀。像是花苞一樣巨大、半透明的生物在液體中飄浮著，沒有血液內臟和骨骼這類的存在，令人聯想到商業廣告中柔軟的氣墊水床，以一種夢幻卻撩人的姿態，讓人想要完全倒臥其中。

寒武紀，有著堅硬甲殼、大螯的生物爬來，那是一隻三葉蟲嗎？但接著一只蠕蟲般的生物追捕三葉蟲，它的身軀是半透明的，有一副內骨骼構成的脊索，六對細細的鰓、大腦和主動脈，這是脊椎動物門的始祖嗎？

奧陶紀，數萬隻海螺一般的生物在水中怒放著，像是單瓣重瓣姿態、基因各異美麗撩人的波斯菊、天人菊和矢車菊，一期一會出織錦般的的景緻，這是筆石嗎？一只揹著紅、橘螺殼的筆石張著觸足飄來，但瞬間一個有著利齒的海中龐然巨物將之吞噬，她看見螢幕逐漸暗去，上方寫道：第二次大滅絕開始。

走到泥盆紀的標誌，有著利齒的魚在水底漂浮，這魚看起來像是鯊魚的近親，但此時琉璃顯然沒什麼心思仔細觀察，不知X是如何透過生物技術複製了這樣一條演化的走廊，但她得快，穿過侏儸紀，看見只有半身高的等比縮小恐龍，乍看像是蜥蜴，但構造卻十分精巧，當要離開時一隻看起來像是暴龍的生物咬嚙著一只三角龍，接著只見煙火一般的殞石紛然墜落，上方出現第五次大滅絕的標誌。

當經歷了數分鐘的黑暗後，光線在接著她看到一隻兩人高的大鳥，那是滅絕的恐鳥，正搖搖擺擺的走來，還有乳齒象、劍齒虎，那些早已在地球舞台謝幕一鞠躬的動物，竟然在屏幕內部出現了。

在更後方，透明的屏幕裡漂浮著許多人偶似的人造人，從人類初始的胚胎模樣：尾端向上蜷曲的脊椎似的尾巴，不過一個指尖大小、二十周後伸出嫩芽般短短四肢的胎兒，到妊娠發育成熟後的初生胎兒、接著從一歲、兩歲……他們漂浮在培養液之中，睜著空洞的眼睛，各個都是沒有靈魂的娃娃。

再往前，她看見達文西模樣的男子被泡在水池中，下半身是海豹的鰭肢，還有一個愛因斯坦臉孔的男子，被裝在熊的身體上。

接下來她看到了許多熟悉、空白歷史前的名人：蕭伯納、杜斯妥也夫斯基、牛頓、畢卡索、史特拉溫斯基……都被泡在培養液裡，也分別被裝上蜻蜓翅膀、蜥蜴尾巴……各種動物身體不同的部分，梵谷甚至被裝上一對大象的耳朵

她感覺一陣噁心，像是內心有什麼價值和是道德被大大的褻瀆、甚至是強暴了一般，某種極度不舒服的感覺在她胃裡翻攪著，這就是科學的極致嗎？拋棄了形而上的倫理道德，得到的結果嗎？

「歡迎來到人類世，我的孩子。你們看見我的收藏了嗎？這裡蘊藏了我許多珍貴的寶物，可以說是『偉大夢境的遺物，黃金時代的墳場』。」

一個聲音自黑暗的盡頭傳來，伴隨著咯答咯答的聲響，一座輪椅自黑暗中浮現，上頭坐著一個衰朽、幾近木乃伊的人，只有輪廓是完整的，一對凹陷的眼眶，但眼睛卻發著紅光。

那是一個真正的「老人」。

琉璃幾乎沒看過老人，自從米克公司宣稱找到了控制衰老的基因，被稱為可羅索的染色體後，加上整形手術的發達，她已經許久都沒有看過老人這種生物了，天空城邦不會有老人的存在，而影子城邦的居民，基本上也活不到這個歲數。

他到底活了多久呢？

「很久，從空白歷史之前，我便已存在在這世界上。」看著他們疑惑的神情，他道：「不要懷疑，正如你們所想，我擁有聆聽你們內心所想的能力，人在思索時腦波會運作，而我所設計的天線則會收集周匝一公里左右生物腦袋運作的波長，整理後直接輸入到我腦中。」

「自從我創造這個世界以來，你們是第二組活著來到此處的人。第一個來找我的，就是我的孩子，你知道的，他就亞芒，而你們叫他阿道斯。」

琉璃瞬間心中一凜，阿道斯已經到這裡了嗎？被發現了？他還活著嗎？

「究竟發生什麼事情，使人類文明中斷，產生空白的歷史。」隆問。

「這……說來話長呢？我是一名科學家，自從五萬多年前智人演化而來後，人類是地球上第一個、也是最後一個光靠『吃』，就足以消滅一個物種的族群，當時人類面對的是一個資源枯竭的地球，如果不採取某些行動的話，人類就要滅亡了。起初，當我第一次剪下蘇力菌的DNA，並將之組合在農作物上時，那時，我喜悅的將要發狂，基因改造技術，我想，如果真有上帝，在太初蒙昧要有光，喊出光的那一刻，他喜悅的心應當也是如此，之後，我進一步改良家畜，先從禽類的雞開始，我縮短雞的生長週期並且讓他長出六到八隻腳，並讓雞胸部分變大，經此二役後，我成了生物學界的風雲人物，刊登在當期的科學雜誌封面上，而光這兩項專利就讓我賺進大把鈔票，但我並不以此為滿足，沒多久，我又和另一群科學家合作，跨足生物複製技術，將改造後完美的基因複製下來，只需透過儀器與適當營養液，便可大量製造。

雖然背後很多人叫我怪物，或者是認為我利慾薰心，但他們都只是些目光短淺的小人罷了，基因改造技術解決糧食問題，在這之前，地球上至少有數十萬人因饑荒而死，但自從大規模種植基改作物後，糧食連年豐收，飢荒人口呈曲線指數下滑，什麼？你說我是犯罪，孩子們，請問我何罪之有？早在新石器時期就發現人類透過種子配種與雜交來改變植物基因，以符合人類食用需求，你以為我們日常生活所食用的小麥和水稻，最初就是這麼模樣嗎？人類透過幾千年的馴化將牛、豬、雞變成可食用的家畜，而人類透過鯽魚配種培養出色彩斑斕、具觀賞性的金魚。如此看來，透過配種留下好的基因，這就是適者生存，不是嗎？」

嚥了一下口水，他又道：「但是我還是受到排山倒海的阻礙了，有一群衛道之士對我群起而攻之，他們把我的研究精華視為異端邪說、洪水猛獸，一些激進份子包圍我的實驗室，燒毀我所有的研究，為了拯救將要付之一炬的資料我全身遭遇二分之一的二、三度灼傷，但我沒有死，我將自己浸泡在培養液中，我發現全身肌膚、締結組織和神經都奇蹟再生了。

在培養槽的這段時間我想了很多，我突然意識到我其實距離自己想要的完美只有一步之遙，但差別是什麼呢？沒有政治庇護、沒有應得的武力，於是這些人可以隨時毀壞我一生的心血，不行，我得想其他方法，我需要政治的幫助，幫我打造完美國度。

因此我捏造自己的死亡證明，我將自己假裝成一個死者，透過提供基改合成獸技術，有些祕密組織願意和我合作，我提供技術，而他們提供我源源不絕的武器。而在第六次大滅絕前的開始，我設計了可以保持安全的地下實驗室，並且為合作者計畫了星海之城的藍圖。」

「第六次大滅絕，是怎麼開始的呢？」隆問。

隆……是在拖延時間嗎？這個念頭才一浮現，琉璃馬上按捺住這個想法，X探測到了嗎？他和阿道斯同樣具有聆聽他人內心的能力，但連細如牛毛的意念也能感知嗎？如果真的如此他的腦細胞怎能同步處理這些龐大的資訊量呢？

「第六次大滅絕的時間點，一般是被認為二零三五年前後，一次大規模的海嘯引發全球性的意外，但事實上，早在我追溯之前將近一世紀左右的生物多樣性波峰，便發現兩棲類、甲殼類生物、節肢動物逐年遞減的等比曲線圖了，與之相對的卻是人口數的等比上升，在人類未警覺的時刻，第六次大滅絕已經開始了。」X自顧自道：「依照前五次滅絕的公式，我推測地球表面會有一段時間極不適宜人類居住，因此我才設計了遠離汙染的星海之城，但是當初我在設計這個世界的時候，我開始陷入自我懷疑之中，究竟什麼樣的政治制度，才是最好的呢？因此我設計了七大子宮，從君主專制、君主立憲、民主、軍權寡頭、共產、以為地球未來孕育不同的生命，就是你們熟悉的天上城邦，這城邦後來走向不同的演化道路，但大抵都在我控制中，我暗中選擇並培養合適的領導人，加以扶植，其餘不適合便暗殺。

在這過程中，唯一出乎我計畫之外的是就是你們，紫錐花會，後來你們建立一個名為泰瑞比西亞的新城邦，但這並未給我造成太大的干擾，因為人性在歷史中總是不斷重演，因此我培養了一個影子，你們知道的。」

「你說的是尼爾森．克勞伊。」琉璃道。

「沒錯，人類討厭被壓迫，但一旦得到權勢後便會選擇壓迫他人；天性厭惡被奴役，但得到自由後便會奴役他人，不是嗎？你是很聰明的孩子，應該再清楚這個真理也不過的，只要你願意聽我的話，我可以讓你成為城邦的主人，否則我只能殺了妳。」

內心瞬間一凜，阿道斯呢？

「他在這裡。」就在此時右方燈一亮，巨大的培養槽中漂浮著一個淡金色的橢圓體，定睛一看，那是阿道斯的頭顱。

阿道斯已經死了。

她突然不可克制的狂嘔，阿道斯死了，怎麼會這樣，她內心一陣戰慄，怎麼辦，她還記得方離去時阿道斯對他的話語。

我在影之城等你。

「亞芒是我用自己基因去改造，製成的複製人。」X老頭說：「因此我把他的大腦留下來，你要是喜歡，我可以再做一個給你。」

「你這個混帳。」琉璃幾乎無法克制自己的身體，全身一邊顫抖、一邊低吼道。

「混帳？你會說上帝是混帳嗎？我只是工匠，去修補基因缺陷之處，我創造了完美，那是真正的天堂。我完美實踐了達爾文的進化論。」

「錯，你聽過華萊士嗎？」沉吟了半晌，琉璃突然道。

「華萊士他與達爾文共同發表進化論，雖然他的光芒總是被達爾文給掩蓋，但他卻不以為意，他終其一生都獻生於生物學研究，研究物種的多樣性，他提倡兩性平等、反動貧窮、優生學，反對入侵物種，你錯了，大錯特錯，你以為可以更改生命定律嗎？你以為你是神嗎？」

「感動，所謂的感動是很虛幻的一個詞彙，只是唯心主義、和泛靈論者自我暗示的心理作用罷了，感動，你覺得科學有任何儀器、定論測量得出來感動這個詞彙嗎？我是唯物主義者，那些虛無的東西都是屁，什麼上帝、靈魂、理性、思辨什麼的，都是騙人的。

就像是大腦和器官的關係一樣，體重不過人體五分之一的大腦，卻占了三分之一的能量運作，你能說大腦控制細胞是錯誤嗎？我和人類的關係就像是大腦與細胞、母樹和森林的存在一樣，我們是脣齒相依的存在，他們都得聽命於我。」

「混帳，你是個剝削者。」

「倒是妳，女人，你妊娠三十八週，卻遲遲還不生產，妳難道不擔心嗎？妳子宮裡的小孩究竟是誰的染色體，妳一定認為是費森的吧！那個妳心愛的明克三號複製人，但你真的確定嗎？妳怎麼知道明克沒有欺騙妳呢？妳竟然敢相信他，這個說謊如家常便飯的政客，你怎麼知道你子宮裡的胎兒真的是費森的染色體呢？萬一他給你貓的、豬的、狗的、還是變種人或半獸人的染色體，妳會生出什麼樣的怪胎或畸形兒呢！

不過，我想永遠，你都不會知道真相了，我很遺憾必須殺了你，但我會把你的基因留下，重新製作成一名完美聽話的女人。」

接著，自周圍的隱藏的涵洞中，一圈等身的機械甲兵出列，手中所執的電子矛發著閃耀精光。

雖然來到這裡便猜想事情沒自己想的那麼容易，萬一萬不得已，她也做好犧牲的準備了，但是隆不該如此，她是陪自己來的，至少不管怎麼樣，得想辦法讓他安然脫身才是，她彎腰準備抽出銀月，此時碩大的腹部卻頂住自己的胃，惹得腹部一陣灼熱感，一動卻覺得整個骨盆快要崩解了，怎麼辦？她轉頭了隆一眼，卻發現後者的表情鎮定不起波瀾。

怎麼回事？莫非？他暗地裡還有其他計畫。

瞬間，一群爬蟲類首、蝙蝠翅翼的哺乳類，那是方才浸漬在培養液中的基改生物，至少有幾千隻迅速飛來。

突然地面迅速湧出一群嚙齒類，像是地鼠或鼴鼠類的，爬至所有的機械甲兵身上，癱瘓它們的電力系統。

接著是昆蟲，密匝匝的蜂群從各處天然或人工的孔隙湧入，瞬間成了黑腹紅眼的炎蟲。

「琉璃，快趴下。」她聽見一個聲音，那是隆嗎？她不確定。

「快走，鈦粒子反應爐就要爆炸了，再十分鐘。」是誰？是誰在腦袋裡直接和她說話？是阿道斯嗎？但他人在哪裡？

「琉璃，我們快走。」當四周瞬間一片漆黑之際，這次她確定是隆，附耳在她身邊道。

「你還可以嗎？」隆又問。

「我不知道，但我覺得寶寶好像快要生出來了。」

隆攙扶著她，迅速回到飛艇之上，但此時琉璃疼痛的幾乎站不起身，她道：「不要，我不要生，我怕剛才X老頭說的事情，他說的沒錯，萬一我真的被明克騙了，這個孩子根本不是費森的，那要怎麼辦？萬一生了出來，但他卻不是人？那我該怎麼辦呢？」一顆顆渾圓的汗珠從她的額上滴了下來，她一生痛過不計其數，她曾遭火焚、炸彈、刀傷、斧砍，但她現在承受的這個痛卻和以前不同，這痛楚的根源來自她的子宮，感覺整個人都給糾結在一起，彷彿要由內而外爆炸開一樣，痛，但她不知這痛何時才能結束，像是漩渦似的她整個人逐漸給攪入痛楚的核心，但意識卻要命的清楚。

「琉璃，不要緊張，你猜是誰來了？」當她疼痛不已，傳來隆沉穩有力的聲音道。

她勉力抬頭一看，只見盡頭門口的光亮之處，一個剪影似人影逐漸放大，窈窕的身影、柔軟及肩的長髮，那是絲葉。

「琉璃老師，你還好嗎？」生過兩個小孩的絲葉，卻有著仍像少女一般纖瘦而美麗的體態，此時，她靠近琉璃身邊緊緊握住她的手，掌心溫暖而有力，充滿一種堅定的感覺。

「絲葉，為什麼你會在這裡呢？」琉璃問。

「是茹比通知我的，當你們離開烏托邦時，茹比擔心只有你和隆老師兩個人，你的身子又不大方便，因此傳送電碼給我，告訴我你們即將去的地方，我把孩子交給蒼穹照顧，就立刻來這裡，琉璃老師你還好嗎？不要緊張，大口呼吸，等一下我會幫你注射減痛劑，我在用儀器檢查一下你的胎位和子宮頸開口的大小，你放心，你一定會順利生產的。」

「可是絲葉，我害怕，我怕我生出來的孩子不是我和費森的小孩，我更怕……」

「琉璃老師，你放心，不管孩子的父親是誰？你都是孩子的母親，不是嗎？」

「可是……」琉璃遲疑道。

絲葉以堅定的聲音一字一句、鏗鏘有力道：「琉璃老師，生命的降生原本就是一件很美妙、神聖的事情，不論這個孩子的父親是誰？生命都是獨一無二、上帝的禮物，而你，就是孩子的母親，因為你，這孩子才能來到這個世界，體會世界的喜怒哀樂，而只要在一下子，此時他正漂浮在溫暖的羊水中，迷迷濛濛之間他看到了光，那是上帝的光，他一生都要追尋光，靈魂的光、理性的光、智慧和神妙的光，只有你能指引孩子來到塵世。」

絲葉一邊說著，一邊自手邊鐵箱子中取出針筒，她先拉起琉璃老師右臂，用橡皮管紮緊，確認靜脈位置後，熟練的將藥劑注射至皮下組織。接著她又道：「你看到了嗎？現在你眼前也出現了光，紅色的光、溫暖而充滿勇氣；橙色，果凍般的顏色，象徵著豐盛而美好，黃色：喜悅、快樂；綠色，充滿生機；藍色，大海與天空的顏色，自由自在，你像鳥兒一樣飛翔；紫色，智慧、沉靜、冥想，而所有的光都將匯聚成一道聖潔的白光，像一條蜿蜒綿長的河流，你放鬆著身子順著光流漂浮，而光的盡頭……」

不知是不是藥劑的關係，此時，琉璃真的覺得彷彿漂浮在炫目的果凍之海中，一塊塊軟嫩的果凍：紅、橙、黃、綠、藍、靛、紫……各種波長不等的光上下漂浮懸盪著，她感覺沒這麼痛了，但全身上下的感官也逐漸遲鈍麻木。

十四、尤里西斯的夢境

當方圓百里外的震波以超音速之姿傳遞到飛艇上時，此時，琉璃正歷經一場子宮內的宛若創世紀般的大爆炸，雖然絲葉已經為她注射疼痛減緩針，但那種子宮彷彿被戰車履帶輾過數次的感覺，卻遠比她所經歷過任何一場爆炸還來的驚心動魄。

「琉璃老師，你要不要看看你的寶寶呢？」此時，她耳畔傳來絲葉的聲音道。

這是她第一次見到人類的寶寶，這真有趣，她從來沒有見過這麼小的人類，而且還是從她身體裡生出來的。

一開始她感到有些手足無措，甚至不知道該怎麼抱才好，怎麼辦，她曾經抱過書籍炸彈電腦以及各種武器，但她從沒抱過寶寶。

「琉璃老師，你用放鬆一點的姿勢，這樣你和寶寶都會比較舒服。」絲葉以過來人之姿教她，真有趣，現在她反而變成學生了，而絲葉卻成了她的老師。

靜靜的，一片葉子落下。

一片葉子，直立在她手臂上，突然一分為二，璀璨的湛藍雙翅，那是一隻尤里西斯蝴蝶。一個眨眼瞬間，蝴蝶瞬間消失，不禁令她想起一則古老哲人夢蝶的典故。

手上帶點冰涼的觸感，那是淡綠色的晶片，正如同晶瑩的卵，發出瑩綠的光澤。

這是再熟悉也不過的翠綠苜蓿形晶片，這是身為複製人的證據，如同胎生人類的臍帶，她將晶片植入墨鏡之中，阿道斯的影像和聲音便出現在她的螢幕前，道：「琉璃，你還好嗎？如果沒有意外的話，現在，你應該已經成功的離開這裡，平安的生產了吧！但是很遺憾，我卻無法陪在你的身邊，給你更多的幫助。

X的力量比我們想像的都還要大，因此我們想了一個方法，你知道蜂類中有一種寄生蜂，會寄生在昆蟲體內，分泌荷爾蒙控制其行動。

我從泰瑞比西亞以昆蟲追蹤你們的方式，得到一個靈感，我們決定將自己意識和腦波儲存在晶片之中，像寄生蜂般控制附近的生物，這是唯一的方法。一開始我挑選馬蜂、胡蜂和虎頭蜂這三種蜂類研究，經歷無數次實驗後，我發現胡蜂的效果最好，而它們全都聽命於女王蜂，因此我在女王蜂身上裝置微型晶片，讓我陷入假死時，靈魂得以進駐到女王蜂的體內，操縱周圍生物。

只是意識離開肉體，只能活動五分鐘而已，之後能量便會散逸，我的靈魂必須回到肉體，但X非常厲害，要贏過他，假『死』是不行的，除了真『死』之外別無他法，因此我選擇落在他手中，讓他殺死我，請放心，琉璃，我並不感到害怕，就像東方哲學家莊子『夢蝶』的比喻，靈魂是否不滅，存在本身究竟是唯心主義的夢境抑或唯物主義的物質散逸，但是這一些我就要自己去尋找了，死亡並不如此可怖，唯一的遺憾只是無法再見到你罷了！」

所以方才的生物戰是阿道斯發動的嗎？此時她內心似乎抓住了什麼又失落了其他，接著阿道斯又道：「我們曾經思考，或許在未來世界，父親這個角色將會消失，但是琉璃，你，Mother，這個角色是不會消失的，你，就是未來的母親，孩子就是未來的希望，不論未來環境最終變得如何，但為了即將來到這世界的孩子，我們一定要給他一個希望，永別了，如果真的有來世的話，真希望可以回歸原始胎生，從女人的子宮裡誕生出來。」

當最終的視訊畫面如煙散滅，所有畫素粒子消失在眼前，她忍不住有種孤寂感，費森走了，阿道斯也走了，所有苜蓿山城的同伴都消失了，只剩下她一人還活在世上。

此時，懷中的嬰兒突然以震耳欲聾的肺活量，大哭特哭起來。

絲葉瞬間為她將孩子抱來，以一種熟稔不過的姿態，為她唱搖籃曲。

阿道斯死了，但這孩子卻誕生了？

孩子小小的身軀裡裝的是阿道斯的靈魂嗎？這是完全沒根據的想法，但她寧願如此想，就算孩子不是承接死去靈魂的容器，她也相信必會有某種思想或信念，會藉由他們傳遞下去。

而就像阿道斯說的，父親的角色不是唯一，只要外圍能提供更大的協助，而此時她知道，隆和絲葉這些人，會幫助她撫育小孩的，而名字她已經想好了，她決定要為她取個香氣四溢的名字。

她看著隆，她最佳也是最可靠的夥伴。「隆，請問你願意再收一個學生嗎？將你畢生所學傳授給她？」

「你說的是？」

「走吧！改變時刻到了，讓我們回泰瑞比西亞。」

番外一、午後琴之森的呼吸呢喃

「嗨！琉璃，你醒了，走吧！去琴之森吧！費森已經在那等我們許久了呢！」

黑色的頭髮還沾黏在臉頰，慵懶的揉一揉雙眼，此刻的她像極了一隻線條優雅、跳躍於鋼琴琴鍵上的黑白貓，琴弓似彎曲一下上身，原本她躺在湖邊的一株垂柳下，當細嫩的柳枝微微拂過她面頰時，她睜開眼，只見亞芒在她眼前背著光，手持一本葉慈詩集，參差樹影半遮他臉部表情有些漫漶不清，但午後三點一刻鎏金般的陽光不暖不熱照亮他燦金色的髮梢。

她道：「你怎麼知道我在這裡？」

「我就是知道。」後者以篤定的眼神凝視她。

拉伸一下手臂隨即起身，「你今天的練習如何呢？」亞芒問。

「有點不順，尤其在揮刀那個地方。」她道：「我想，等一下可能要請費森幫我看看。」

「你知道嗎？聽說艾伯特先生不知從哪裡弄來一只鋼琴，就在琴之森的大廳裡，現在，其他人都在那裏試琴，看誰能彈奏出悠揚的樂章呢？」穿越彎曲的、兩米寬的甬道，聽擦身而過的人道。

這裡是他們的居住之所，苜蓿山城，從中央的琴之森往各個學院方向都有不同的通道連接，長達一百多公尺的半透明通道，架空於一整片一公尺以上宛若琴弦豐美茂盛的綠草，上方是透明的弧形屏幕，方便讓大片、自然的光線灑落。

在苜蓿山城外圍五百公尺處，則是數百公頃，如同海一般由冷杉、紅檜、松柏、櫸樹組成的針闊葉混合林。

琴之森是位於苜蓿山城中央位置的一座高昂聳立的圖書館，周圍有八條通道，分別連接八大學院：文學、音樂、美術、體育、物理、化學、生物、數學。最中央的圖書館有八層樓，上方的穹頂是鏤空的，可以讓白晝的日光、夜晚月光絲絨般的觸角攀爬到裡頭，從下方往上看像是菱形的形狀，亞芒總叫它知識之眼。

但在這裡之外，也有一個只屬他們三人，私下的知識之眼。

就在森林的外圍，有一處五十幾公頃大的天然湖泊，每天當清晨五點多時，山林間白色的霧氣精靈安靜的跳著群舞，那湖水看起來是如此湛藍，像是精靈落下矢車菊一般、鈷藍色的眼淚。

一進到圖書館入口處，廳堂口正是一幅拉斐爾雅典學院的複製畫。

壁畫正中央是柏拉圖，腋下夾著《蒂邁烏斯篇》手指天空，而弟子亞里斯多德則手持倫理學，背景左右側分別是日神阿波羅和月神阿蜜特斯，阿波羅底下的蘇格拉底正與一群青年正熱烈地討論著什麼，穿著軍服，象徵力與美一切的亞歷山大也在其一，而最左側頭戴葡萄葉冠的伊比鳩魯，靠近前方，拿著一本大書的是畢達哥拉斯，肘部支在一張石桌上，是認為一切物質背後為火的赫拉克利斯。靠近阿蜜特斯這頭，斜躺於第二階上的是犬儒派代表歐根尼，再過來一些手持圓規的是歐幾里德，再過去則是創立祆教的索羅亞斯德。

雅典學院是整個歐洲文明的起點，這裡匯聚了哲學、宗教、理則學、數學與藝術，**他們都在月神的浪漫和日神的理性中達到完美結合，這就是我們教育你們的目的**。艾伯特和李斯特這兩位文學和藝術的老師，是這樣對他們說的。

「鋼琴究竟要怎麼演奏？是用手指還是用其他的工具呢？」一來到琴之森正廳，只見中央擺著一架黑色流線型的鋼琴，琉璃和眾人圍繞在前方，此時鋼琴正掀開雲朵弧形的蓋板露出一束束尼龍鋼絲弦，由短至長、細至粗。

「應該是用手彈奏吧！我曾經在圖書館看過圖片，一般是單人演奏，但是依據曲目不同，據說也可以兩人四手聯彈喔！」柳樂，一名黑眼的女子道。

「讓我試試吧！」那是菲利普，喜歡打籃球，有一雙超越一般人的大手，他青春洋溢，肌肉充滿彈性與韌性，常自誇自己像極了亞歷山大，但琉璃常覺得他的側臉更像帶著葡萄葉的伊比鳩魯。

他一坐上鋼琴，發出了一串不協調的單音，「這樂器沒想像得容易。」他搔搔頭道。

「讓我試試。」亞芒道。

神奇的是一坐上椅子，當雙手放在琴鍵上的一刻，幾乎是自然而然的，音符從他的指尖源源不絕的踢踏流瀉出來，各種不同的音符：低音高音、四分之一或休止符、快板或慢板，她感覺亞芒的手彷彿不屬於自己，而是屬於那架鋼琴，像是原本森林裡虛無飄盪的榕樹氣根終於附著於土壤上，他只是緊緊的、牢固抓住屬於自己的位置而已。

一曲終了，眾人都不發一語，直到時光恍然幾乎要被拉長了一分多鐘、還是只有一秒，他們才不知覺的拍手。

「亞芒你太厲害了，你以前看過鋼琴、或演奏過嗎？」菲利浦忍不住問。

「從來沒有，不過，經你這樣說，我想，或許我體內其實帶有連自己都不知的音樂基因，也說不定。」看著自己一雙手，亞芒不可置信道。

「既然亞芒這麼會彈琴，那費森應該也會才對，費森，你要不要試著演奏看看呢？」菲利浦轉頭，視線對向費森道。

「我不會彈琴。」費森冷然道。

黑白的雙生子。那是亞芒與費森的另一個稱號，為什麼會有這樣的稱號呢？乍看像是日與夜、生與死般截然不同的對立，卻有著驚人相似的互補。琉璃是那樣認為的。

「你可以教我彈琴嗎？亞芒。」柳樂道。

她有著清揚的女高音，身材嬌小又漆黑的大眼，東方人的輪廓，一頭濃密的黑髮，笑起來不自覺露出一對虎牙。

「什麼時候呢？」

「看你啦！我都有時間。」她聳了一下肩微笑道。

每天清晨一早，沿著森林西側行走三十碼，她會來到鏡湖邊緣，從事每日固定的技藝練習，先做一百下伏地挺身、左右腳各一百下拉筋抬腿，接著她會坐一種空白歷史前古老的氣功：太極導引，這是一種極其緩慢的深層運動，經過三十分鐘的熱身，初升的陽光以可入口微熱紅茶的溫度沐浴著她皮膚上毫毛的尖端，當心跳和脈搏數達到每分鐘一百左右時，她便開始演練招式。

她將兩手臂如同風車班三百六十度前後各五百下大迴旋，這運用到離心力，首先要自然下垂手臂，讓重力隨手中的武器旋轉：有時是一根隨手拾起的松樹枝、有時則是實驗後剩下的長鐵片，由快而慢，約莫到了三百下之後就會產生一種自然的動力，完全不需施力，就足以用周圍氣流帶動雙臂運轉，肩關節是人類身上惟二可以三百六十度旋轉的關節之一，每當畫圓完畢，讓手臂整個兩側肩胛得到深層舒展，她便有種全身上下筋絡都紓解的快感，之後無論練習橫劈、側砍、曲身避敵各種招式，都能無所滯礙。

「脈搏數八十，血壓一百二……」琉璃緩緩複誦錶面上數字，練習完畢後，她習慣用方才找到的樹枝為武器，當尖端劃過氣流的同時，如同八十磅的紙張以黃蜂飛行速度滑過櫸木的樹梢，葉子的尖端整齊有致的落下。

「可以請你和我演練招式嗎？費森？」每當她研擬一個新招式，或是招式演練不順時，她便會找費森幫忙。

在以武藝砥礪個人的體力與心智這點上，費森與琉璃向來是默契良好的搭檔，琉璃很少看過費森習武，但每次與他對招時，他總是能瞬間點破琉璃問題的核心，或許是他體內與生俱來就有習武的基因吧！就像亞芒一樣，在肉眼不可見、記憶不可知的過往，有名為基因的核甘酸牽引著。

亞芒不喜歡練武，他只喜歡閱讀，讓一本本落葉般的書籍將周圍堆疊成一座碉堡，將自己給禁錮在裡頭，但自從琴之森搬來一架鋼琴後，他多了一項個人興趣，他開始去圖書館借閱各種樂譜，從莫札特、舒曼到舒伯特、李斯特……。

之後鋼琴便被移到頂樓的教室，每次拾階而上，階梯正是鋼琴的形狀，隨著午後穹頂的陽光緩緩篩落，彷彿可以聽見光與影由低至高，無聲的踢踏彈奏。

從那次開始，亞芒便著迷於練琴這事，幾乎每天，他都耗費幾乎和琉璃練武一樣多的時間，在鋼琴演奏上。

「某種程度而言，我認為練武和彈琴一樣，都是力與美的結合，不費一絲多餘力量，平衡與協調的完美展示。」亞芒道。

每次練習完畢後，用毛巾沾著沁涼的湖水擦拭一下臉頰，佇立在鏡湖邊凝視自己的倒影，她並不是那麼喜歡自己的外型，她身形像是修長的高分音符，以某種標準而言胸部略小，雖然左邊的胸部比右邊乳房還要大一些，這部分並不完全符合黃金比例對稱，但有什麼辦法呢？連蒙娜麗莎都左臉看起來都比右側略大。

「那是因為心臟靠左的關係。」費森說過：「對大多數人而言，心臟位於胸腔左方，因此左部分的肢體肌肉都會比右邊略為大一些。所以當你揮刀時最好將整個肩胛往左後方傾，越遠離心臟越好，出自於本能，接下來使出的動作會最有攻擊力。」

琉璃一直很勤練武藝，她固定鍛鍊自己身上的每一條肌肉纖維，讓自己的肌耐力處於最佳的狀態，這樣除了可以減緩每個月必來要命的經痛外，也可以讓自己的呼吸與代謝處於極佳的情況。

但她並不是為了通過『試煉』。

『試煉』合格者可以『外面』去的世界，這是所有人都明白的默契，也是苜蓿山城的眾人念茲在茲，不斷砥礪自我的目標。

「你在招式演練上始終無法突破，恐怕除了肩胛的動作不夠後退之外，在格鬥行進中還有一點也非常重要，就是『眼神』，你知道草食性動物和肉食性動物眼神的差異呢？」費森說。

「你說說看？」

「草食性動物眼神大部分是分散、廣角的，以便可以在草原這樣廣闊的環境中隨時探查到獵食者的潛伏，而肉食性動物眼神則是集中、聚焦的，當注視到獵物存在時，則定睛於一點，立刻給予致命一擊。而你的眼神太溫和了，觀察有餘而精銳不足，少了一種殺氣。」說完，手持一只手臂粗、落在地面的樹幹朝一株櫸木一擊，帶落葉紛紛墜落後，遞給她一支樹枝道：「明白我的話，現在就換你試試，一開始儘管眼觀四面，耳聽八方，但不要忘了，到最後要讓你的眼神變得像獵豹一樣銳利。」

那天，前兩個回合琉璃佔了上風，只見費森不時後退，但她怎麼卻無法靠近他身邊半分，她開始有些惱怒，整個招式速度加快，突然他一個後退，看起來就像是要逃離一般，但一瞬間他怎麼來到她面前的，她竟看不清楚，眾多桃花心木般的種子紛紛墜落，螺旋葉般的翅翼在眼前旋扭出殘影，一根樹枝指向她的喉嚨。

「這是什麼招式？」她問。

「沒有名字，是我自己觀察一些動物想出來的，以犀牛為例，他遇見敵人時會佯裝後退，以混亂獵食者的視覺，誤以為獵物要逃走，當正要追擊之際再藉著身邊地形以重力加速度往前躍進，你要是有想法，可以幫我命名。」他道。

「那就叫狼突好了。」咬嚙著拇指上的指甲，她道。

§　§

沿著透明的通道走到可容納一百多人的大食堂，當中午十二點整鐘聲響起，所有苜蓿山城的人紛紛來此用餐，餐廳是三十幾坪的長方形大小，左側大片落地窗外架著五支大型的白色帆布陽傘，方便讓一些人坐在外頭，以恍若剛出爐烘烤恰到好處的陽光和微風佐茶，塗抹大片的奶油和果醬佐餐，在那裡，一望無垠的是印象派底下滿溢柔光的綠草，配上上方雲朵不斷湧動、瞬息變換的藍天，而視線的盡頭，則是一排蛾眼般深邃的森林。

右側是一長排的自助餐檯，上頭擺著水煮蛋、薯條、青豆、沙拉……各式食物，讓所有人方便自由取用，方結束三個小時的練習，此時，琉璃取了一盒優格、一盤金黃色的散蛋、一撮小黃瓜和一盒奶燉飯，當她視線逡巡到靠近落地窗外的一張無人的四人座椅，端著餐盤往那走去，此時，她看見亞芒也端著一盤餐盤走來，對她招手，那是他們向來的默契，一起走向那。

「費森呢？你有看見他嗎？這個位置就留給他吧！他應該等一下就來了吧？」拉開白色鐵椅，琉璃道。

「不知道，或許在圖書館啃資料忘了時間，等一下就會出現了吧！」

「這個位置有人嗎？請問，我可以坐這裡嗎？」此時，她聽見一個清亮的聲音道，轉身，那是柳樂。

「啊！請便。」有些驚訝，此時琉璃想，記得以前這個女孩大部分都是和菲利浦那群同伴一起的，平常一年幾乎沒有說超過五句話，只見她毫不生澀的拉開椅子坐在亞芒對面，接著自然而然聊出一串話題，從鋼琴、樂理到文學，此時琉璃才知道原來他們都在讀雨果的《悲慘世界》。

這怎麼回事，她竟然都不知道。

「費森，你來了呀！」此時她聽見亞芒道，轉身，只見費森拉開她身旁的鐵椅，放下一餐盤的炒雞肉、牛排、水煮蔬菜和炒飯。

習慣性遞了一罐黑胡椒給他，但他卻沒接，帶了一點食物鏈高層獵食動物的眼神，看了一眼柳樂，左手接來後，開始低頭猛吃。

「費森，你明天有空嗎？」琉璃道。

「什麼事情？」

「我最近練招有一個動作一直不順，可能就像你說的，我的肩胛不夠後退，可以請你幫我看看嗎？」

「琉璃你在練武呀？為什麼要練習武藝呢？」柳樂插嘴道。

「這是琉璃白天給自我的鍛鍊之一，在森林邊緣有一片鏡湖，她都在那裡練習體能，以強化自己的體力與精神力。」亞芒道。

「為什麼要去練武呢？身為一個女性，是不是應該學些鋼琴、跳舞之類的技能呢？而且老師也禁止我們靠近森林吧！這樣被發現，可能會因『違規』而受罰喔！更何況我聽說森林裡藏著一名失魂的女人，她的眸子暗淡而無神，會在半夜唱著遙不可及的歌謠，把半夜經過的人拖到湖水裡喔！」

「說到這，我倒是聽過一個有關森林的故事，你想聽聽嗎？」此時，突然費森道。

柳樂輕點頭道：「我很樂意。」

「曾經有個金髮小女孩，無意闖入森林的一棟木屋之中，她發現小木屋的每樣東西都分成三份，兩份大的一份小的，於是她吃了一份小碗的粥、坐壞了一張小木椅，最後，她睡在一張小床上，直到醒來時，她看見小木屋的主人，你猜，小木屋的主人是誰呢？」

「這是〈小金髮與三隻熊〉的故事吧！小木屋應該是熊的家，不是嗎？」

「沒錯，大部分的結局都是傾向小熊把小女孩留下來，彼此成為了朋友，但童話只是故事表面的糖衣，掩蓋了真實的真相，真實故事的結局其實是三隻熊回去結果發現不請自來的小女孩，這是上天送來的獵物，因此牠們把她吞食掉了，一乾二淨，連骨頭和殘渣都沒有，這個故事就是告訴我們，對於未知的事物不要妄下定論，不要隨隨便便侵入不熟悉的領域。」

柳樂的表情有些錯愕，安靜了三秒道：「謝謝，我吃完了，我先離開好了。」

琉璃真想說些什麼？緩和這尷尬的狀況，但她腦袋真擠不出任何字句，幸虧此時空中傳來一陣廣播聲：「柳樂、柳樂，恭喜妳通過初階『試煉』，請盡速來實驗室中心報到，為最終試煉做準備。」還好得救了，琉璃想。

「柳樂，恭喜你。」此時一名褐髮女子：艾莉絲，那是常和柳樂一起行動的女孩，她記得，她跑來她身邊，牽著柳樂的手開心道。

「柳樂，恭喜你。」亞芒道。

柳樂顯得有些不知所措，停了半晌才開心道：「真的嗎？我沒有想到這麼快，這……真是太令人興奮了，對了，艾莉絲，你可以陪我一塊去嗎……」

「當然沒問題啦！」

於是兩人愉快的將胳臂如藤蔓交纏，看在琉璃眼裡她不禁有一種奇異的感覺，姊妹掏的感覺究竟是什麼樣呢？她從來都沒有過，從以前到現在，她幾乎都獨來獨往，不然就是和費森、亞芒這兩個男人湊在一起，不知道是不是因為這個原因，女生幾乎都不和她說話，理由是前者太孤僻而後者太受女性歡迎。

「那我先走了，各位，對了，亞芒，今天下午兩點有空嗎？一樣是在琴之森？」

「當然，我今天正好也要練習貝多芬的〈月光〉，就那時見吧！」

「好耶！我好期待當你的第一個聽眾，謝謝你，再見。」

「再見。」

雖然柳樂親切有禮的報以微笑，但琉璃隱約注意到，當她眼神掃過費森時稍微偏移了幾度角，接著纏著艾莉絲青春的身體，兩人有說有笑，像進行光合作用的黃金葛離去。

「費森，你剛剛說話太過分了。」柳樂一走，琉璃馬上道。

「我？你錯了，我只是適當的警告她一些事情而已，真正過分的是亞芒吧！」

「我？我沒做什麼事呀？」

「錯，就是因為什麼都沒錯，給予他人可望而不可及的希望，這種自以為是的溫柔，恐怕才是最過分的。」

那天下午，亞芒練了兩個小時的琴，但柳樂始終沒有出現，她像清晨的霧氣一樣消失了，他們聽說那是因為柳樂以超人的資質通過了最終「試煉」。

這在他們苜蓿山城是共同的默契，所有的人目的都是要通過試煉之門，才能找到通往外在世界的通道。

§ §

在這片廣大、原始、據說有幾百年歷史的森林中，據說約莫進入到十幾公尺的深處，光線便會被吸收，如同扭乾水分的毛巾，只有一點視覺的可見光，漂浮在其中。

約莫也是如此，在空白的歷史之前森林可說匯聚了許多黑魔法、魔女、巫術相關的民間傳說。「聽說在中古世紀，那時『左撇子』也被視為禁忌，是黑魔法的一部分，因此彼時的人必須隱藏自己慣用手為『左手』的特質。」當他們三人行走在森林時，費森走在最前方，從後方看著他淡銀色的頭髮、淡褐色的皮膚，在疏淡的陽光下顯得更加沉鬱。

那天，他們前往森林深處，因為吃過早餐時費森對他們提到森林裡的祕密，引起好奇心，那是他在觀察昆蟲鳥類時，追逐一隻小灰蝶，無意中發現的。

「有興趣想來看看嗎？」他問：「尤其是亞芒，你一定會很有興趣。」

穿過覆滿落葉的草地，彼此幫忙下爬上一百公尺長的陡坡，隨著移動感覺視覺可見的光線更加稀薄，好像進入森林的內臟一樣，連呼吸也變得清楚可聞，費森平常都一個人進到這麼裡面的地方嗎？都不怕迷路嗎？

就在此時，費森停下腳步道：「到了。」

在一棵至少上千年歲月、樹幹上爬滿藤蔓、但中心的木質層早已蛀空的紅檜前，他們看見一台鋼琴，他的歲月至少跟這座森林一樣古老、神祕。

琉璃上前審視一番，上頭覆蓋著滿滿的苔蘚類植物，不少琴鍵因為長春藤侵入的關係已經撬開來了，一彈下去發出的琴聲只可以用慘不忍睹來形容，沒有一個音是準的。

「這是我上次來這裡無意中發現的，一開始我還以為是廢棄的建材，但仔細看了一下才發現不是，亞芒，我在工具書上曾經看過修琴的方法，你要不要跟我一起試試看？」費森問道。

「好的，我們一起試試看。」

他們一起合作，先將幾片腐朽的木料扳開，花了將近幾個小時，接著開始調音，兩人額上都滴著少許的汗。

「恐怕沒想像中的容易，音準可以調回來，但是這琴有不少零件的地方損壞了，必須重新製作。」費森蹙眉道。

「不然，我們就自己試著做好了，你想想看，這滿山遍野不都是製琴的材料嗎？等一下回琴之森，我去頂樓研究一下鋼琴內部的構造，記得圖書館也有一本講解鋼琴構造原理的書，我去借回來，再去找一些工具一起研究。」

說完兩人都感到一陣疲憊，於是坐在岩石前休息，接過琉璃遞來的泉水，他們開始互聊，不知是誰先起的頭，如果可以通過試煉，順利來到外頭，你會想去什麼地方？

一只小指指尖大小的灰蝶飛來，停在蒼苔歷歷的岩石上。

這是什麼蝴蝶呢？琉璃想。

「這是藍灰蝶。」費森道。「這裡是位於溫帶氣候的森林，因此我目前採集到的生物多半是較黯淡的顏色，但我看完圖書館中所有的生物資料，聽說再比這裡更遙遠、南方燠熱的雨林，那裡的生物華美且奇異，蝴蝶展開雙翼時像是鳥翅一樣斑斕，這是我從空白歷史前一名生物學家：華萊士的《馬來之旅》看到的，當他第一眼看見美麗的天堂鳥時曾驚訝於這種『極致之美』，彼時的人將這種美視為上帝旨意的顯現。

如果可以的話，我想去尋找一種藍色的蝴蝶：尤里西斯蝴蝶，又稱天堂鳳蝶，當光照射在翅翼上細小千億鱗片時，會閃爍出眼淚一樣的藍光，據說見到這種鳳蝶，可以實踐願望，如果真有這樣存在的話，那應該是我心中的極致之美吧！」

為什麼看見尤里西斯蝴蝶就可以實踐心願呢？或許是因為看見天堂的關係吧！琉璃想，某種程度真有點無聊，人類似乎總是會為自己尋找一些名為幸福的預兆，像是四葉苜蓿兔子腳還是流星一類的，是自我催眠還是麻痺，她不知道，當時她忍不住回費森道：這句話真太不像你的風格了。費森沒有回話，但費森究竟想要實踐什麼心願呢？當時卻忘了問。

柳樂消失了，沒多久之後是菲利浦，籃球場上少了他高個子的身影，一時真有種少了什麼之感？

再接下來是艾莉絲，沒多久他們三人決定潛入研究中心探出真相，原來她們是屬於一個複製人的實驗計畫，而所有受試合格離開者，都是被摘取器官以供宿主使用。

沒想到真相是如此的脆弱，且不堪一擊，那一陣子，琉璃每次在鏡湖邊練武，望向水面清澈如詩的倒影，她都會懷疑柳樂的靈魂是不是被湖水給吸入了，變成湖中精靈的一部分。

而約莫也是從那時候開始，亞芒請費森幫忙，把鋼琴運到湖邊，每天下午兩點便在那裡彈奏貝多芬的〈月光〉，那琴聲有無以名狀的悲愴。

但事情總要有個結束才行，無論如何？他們得想辦法，不能任人宰割。

那天離開教室，琉璃在桌上看見貝多芬第九交響曲的樂譜，正好翻到〈快樂頌〉的歌詞，九之二章，寫道：

> 億萬人民團結起來！大家相親又相愛！朋友們，在那天空上，仁愛的上帝看顧我們。億萬人民虔誠禮拜，拜慈愛的上帝。啊，越過星空尋找祂，上帝就在那天空上。

她記得這是席勒的詩，生處於古典過渡到浪漫時期的貝多芬，詩與音樂是他和席勒共同的語言，他們由衷的希望人世間可以不再有壓迫，人人生而平等。

那晚九點二十分，待所有人都睡著後，她撬開玻璃窗，從三樓沿著欄杆長春藤似的滑落至地，踩踏在足踝間柔軟的草地上，帶點麻癢的觸感，當她來到鏡湖邊時，亞芒顯然已經在那裡等待許久了，但卻沒見到費森，只有他一人，似乎是發狂般，以一種極為亢奮、激昂的姿態，大力地將每個指節撞擊在琴鍵上，彈奏貝多芬的〈快樂頌〉。

狂風暴雨終了，他道：「琉璃，你知道嗎？音符、數字和文字是人類有史以來最偉大的三個發明。」

「維克多・雨果的名言，雨果是法國大革命時期偉大的文學家兼思想家，以他為喻，是因為你想要革命嗎？」雖然早在今天之前，他們便討論過數次，但卻缺少一個明確的答案。

「是吧！不過我認為革命最終的方式，是透過上面三者之一，啟迪人民的心智，這才是革命最終的意義，只可惜，人類的歷史卻總是要透過血洗鬥爭，才能完成，不然，雨果所身處的法國大革命時，斷頭台也不會奪去那麼多人的性命了。」

琉璃一時無語，的確，之後他們要發動的革命，結局是生是死都不知道，如果所有的革命最終都必須以血洗為開端，那麼也代表了明日的他們可能都會灰飛煙滅，連屍骨都不剩。

「你有什麼計畫？」她問。

「一周後有一個固定集會，我要趁這個機會將之前潛入研究室偷取出的影片剪輯、放映，告訴大家真相。」

「告訴眾人一切真相，會改變什麼嗎？」她問，感覺手不自覺的顫抖。

「我不知道，但……總要試了才會知道。」

一尾藍灰蝶飛來，橫亙在兩人之間。

這時亞芒微微曲身，她不確定，他是要吻她嗎？

此時她聽見了一陣窸窣聲響，是誰？方才誰聽到她們的談話了嗎？萬一事洩就不好了，她趕緊跑過去，但什麼也沒有瞧見，只有微風吹過樹杪間的簌簌聲響。

方才是錯覺嗎？但無論如何，她可不能冒這個險，雖然明日之事也可能是個死，但可不能在今日，什麼事情都沒做，就不明不白的死了，於是她四周巡了一陣，確定除了野獸類的蹄印外，沒有任何人類的腳步，才放心回去。

還沒靠近鏡湖，她又聽見熟悉的鋼琴聲了，是亞芒嗎？

不，那是費森，正以一種奇特的指法，流水似的彈著琴上的黑鍵。

像是櫸木葉、松針、橡實……各種輕與重紛紛落下的聲響，又像是日光穿越幾十公尺高的樹冠層玲瓏剔透緩慢篩落，以一種緩慢沉重卻優雅的姿態，進入到森林的最底部那短暫卻強烈，金葉子一般的斑光，又像陽光穿越幾百公尺深的淺層，穿過半透明的水母、章魚和浮游生物，疏淡有致的落在海洋陸棚上，讓她想起月光照耀在冷白色的水仙花上，那冷凝的露滴緩緩滴下，一滴、兩滴……落至水面的漣漪。

那是德布希的〈月光〉，她第一次聽見費森的演奏，不知怎麼，只覺得曲子乾淨且透明，像初春剛從石罅融解流出，但前身還是冰雪的泉水，她一直站在身後，沒有發出一點點多餘的聲音，她總覺得此刻，自己不應該打擾他的彈奏。

演奏完畢後，費森起身。

一片櫸葉以絲絨般滑音的姿態，緩緩飄落在黑色的鋼琴蓋上。

鋼琴先是細微的向右傾斜，骨牌般一開始只是一個鍵接一個鍵，接著所有的卡準、琴鍵、內部構造瞬間崩解，以一種安靜無聲的姿態，像是經歷長久風化作用的岩石卻在一瞬間碎裂，所有結構瓦解落在堆積的厚厚落葉與腐植質的地面。

接著費森彎身，像是從擱淺死去的鯨豚中取出魚鉤，拿出一柄睫毛般彎曲，閃爍著銀光的彎刀。像是早就知道琉璃在他身後，他道：「琉璃，你試試這刀，揮舞起來如何？」

琉璃伸手接過，比她想像還要重一些，一抽出是很乾淨的滑音聲響，突然像是變魔術般的一分為二，那是一柄雙刀，一柄長、一柄短，一黑、一白，像鋼琴上的黑白鍵一樣。

「要不要試試？」費森拿起黑刀，指尖彈了一下刀鋒發出蜻蜓振翅般的聲響道。

兩個八拍的迴轉，此舉琉璃是為了藉由加速度增加她的力道，畢竟身為雌性先天膂力便較為不足，但當雙刀交鋒一剎，感覺兩柄尖刀被一股無可抵禦的吸力拉扯著，琉璃的手險些一個捉不緊。

她深吸一口氣，將刀往後，接著又是一擊，像是敲打三角鐵的共鳴聲響，又是一股吸力，自刀尖頂峰刷滑下，像是指頭在鋼琴鍵由低而高滑動的聲響，當刀鋒逼近費森喉嚨間他一個閃身，瞬間穿過他揚起、空無一物的披風。

費森不知何時來到她身後，她一個轉身雙刀又是一震，她後退兩部減緩這力道，刀鋒尖端沾著些許翠綠色的落葉，隨著運刀送刀氣流開始滑動，一個繞身再揮，瞬間葉子往前方飛去，趁視線被阻擋約莫一秒的時間，她伸刀挺入。

此時落葉紛紛落下，漩渦一般翠綠的渦流形成逆時針的方向，感覺像是切開水面一分為二，氣流上下擾動分流為不同方向，她擊刺向前，迎向他右側。

突然，費森將右手的黑刀落下，一個閃身，電光石火間黑刀已落至他的左手，接著他將整個左手臂肩胛後推到身後，瞬間，刀尖逼近她的額前。

沁著露水的刀尖，滴在她的前額。

沒料到費森換手，一瞬間猝不及防，如果他沒有收刀，此時，黑刀便會穿過她的額頭了。

但她卻收刀不及，白色的長刀微微的，刺過他的右胸口。

「費森，抱歉，你還好嗎？」琉璃趕緊抽刀，方才她雖然立即放鬆力道，但慣性作用還是讓她一個收力不及，再加上這刀真的比她想的還要鋒利，因此……

「小傷，我沒事，別擔心……」深吸一口氣，費森道：「先別管這個，琉璃，這是凡德瓦爾力，這刀在冶煉時刻意將刀鋒設計出奈米細小的尖端，這是一種天然磁性，因此當你用刀時才會有一種吸力之感。

這刀，便取名為銀月吧！」將黑白雙刀交給她，他轉身離去道。

番外二、艾伯特日記

人生存在世上，是否會想為未來留下任何一點什麼？

從前，我從未想過這事，但或許是因為現在的我即將離開這世界，因此，多少想要留一點什麼樣的紀錄來，那怕是文字、數字、或是音符也好，當我奮力眨動這只眼球，讓眼球探測器接收我眨眼的次數來判斷此時我想表達的是第幾個字母，當字母組成單字、單字又構成句子，當睫毛像蝴蝶紛飛的羽翅般輕輕舞動，感覺某種奇異力量正誕生，如同方羽化的蝴蝶掙脫束縛破蛹而出一般，在此刻。

但此時我卻躺在培養槽中，像是出生嬰兒渾身赤裸，皮膚鬆弛充滿老態，如果我能動一動指尖、或是抬一抬頭以肢體點選個人的視訊影像放大，看到自己這幅模樣，一定會羞赧不已吧！沒辦法，自從我生病後軀幹四肢逐漸萎縮癱瘓，連一吋距離也無法移動，為了避免我長期臥床造造成褥瘡，因此醫護人員將我放入充滿營養液的培養槽中，讓我心肺功能與血液循環可以維持在正常值。

左側方牆壁浮現的是一幅畢卡索的格爾尼卡，上個月是米羅的哈里發的狂歡，在上上月依稀是克利的老人。

我原本並不是這麼喜愛藝術的人，然而或許是出於刻意，醫護人員長期將我的身子朝向左側，於是我逼不得已幾乎一天從開眼到闔眼，幾乎都凝視同一個方向，因此，這些畫遂鐫刻在我腦褶葉深處，在視覺上成為無法逃開的一點。

帶有米羅風格的燈泡形眼睛浮現在最上方，憤怒的牛眼望著扭曲變形的人頭，狂吠的馬、斷裂的手，令我想起曾經待過的實驗室，放置在培養槽中經歷基因改造後許多不成形的胚胎，最終都被大鍋煮般的絞碎，混雜成稀泥。

那也即將是我的最終，當我在這個培養槽生活，直到整個身軀機能都萎縮下降，生命值降至最低的一刻，我也會如所有不能動的活死人一般，被運輸到生命中心絞碎、烘乾，作為培養液中的養料，那是每個亞人的最終，屬於這個最好、也是最壞的年代。

或許是此刻，我感覺自己形體即將消逝，於是思緒飄到遙遠的過往，回憶起年輕的點點滴滴。

我，艾伯特，出生於星海之城亞法龍，興趣是西洋劍和象棋，喜歡邏輯學、哲學和詩學，能同時用左手和右手書寫不同的文句，一開始我想成為詩人，為此曾經皓首窮經於詩歌中，從莎士比亞、雪萊到葉慈，幾乎每個詩句我都如拆解電路板過後反覆吟詠再三，但我總是湊不出完整的詩篇，只能寫出些不詩不文的東西，因此我決定改攻建築，但這興趣又被養育者否決了，他們要我當工程師。

我的個性十分內向，一和人（尤其是女性）說話便會臉紅，還好上了大學後，結交最好的朋友：李斯特和查爾斯，我主修遺傳學，李斯特擅長的是植物學，而查爾斯則是基因工程，我們三人從開學那天幾乎時時刻刻都膩在一起，或許在他人眼中，我們三個有個共同點，就是全是怪胎，喜歡浪費時間專搞和學業無關的興趣。之後我們又進入同一間實驗室，其他同僚戲稱我們為鐵三角。

還有一名我們曾經見過最美的女子——莎露。

莎露，她的明眸就像清晨玫瑰上的露珠一樣清澈而美麗，將水滴一般的藍天雜揉於水汪汪的眸子中，皮膚深黑且亮，常常裸露出黑板樹一樣細緻且平滑的手臂，身上帶著尤加利一般的清芬，一舉一動就像微風拂過草原一般輕揚而美好。

她是李斯特的妹妹，兩人都來自一個叫做歐茲的星海之城，她們倆家庭富裕且家教良好，記得第一天相見時，李斯特穿了一件燕尾形、黑白相間宛若鋼琴的禮服，而查爾斯則來自香巴拉，他皮膚深黑且高壯，他們都因為交換學生身分的關係來到亞法龍。

記憶中我們實驗室牆上曾經擺過一幅微型素描，用零點一公分細的針筆栩栩如生的將葛利亞甲蟲給畫在一株斷裂的朽木上，那是李斯特的作品，李斯特很喜歡收集標本、觀察微物鏡頭底下自然細胞的形狀，他有一段時間渴望成為畫家，我知道他從細胞裡到骨髓深處都在渴望著這件事情，但同樣得不到養育者的支持，這點我們算是同病相憐，因此他才決定成為植物學家，因為可以他讓他有更多時間觀察自然並素描。他曾不告而別半個多月，偷偷前往政府禁止我們下去的影之城，之後，又滿身塵土偷偷回到實驗室裡，將整個身子乾淨洗浴後，換上潔白的西裝襯衫，前往各個學院聽課；相較而言，查爾斯的興趣則靜態的多，他喜歡彈鋼琴，但他的琴藝實在令人不敢恭維，曲子荒腔走板不說，連節拍也完全不對，我和李斯特常常開玩笑，還好他切割基因的技術遠超過他的琴藝，不然，所有經過他基因改造後的細胞大概都萎縮癱瘓了。

那時我們都很年輕，每當放學時我們常坐在陽台一面眺望遠方的星空，一面飲著政府配給小試管裡的藍水，當意識微醺的魔幻時刻，聊對未來畢業後如何進入大公司的附屬實驗室研究，像在大學裡曾經見過的偉大人物，他們坐在私人駕駛的飛艇上，住在有游泳池、馬場、草原的高級別墅中，帳戶永遠有用不完的比索。

擁有一間私人豪宅，這是查爾斯的願望，至於我和李斯特則是希望可以蓋一間心目中理想的大學。那就是雅典學院。

這是我曾經在圖書館中找到文獻資料，空白歷史前一名名叫雅典的城邦，可說是人類軸心文明的起點，一名名為拉斐爾的畫家曾經畫過一幅名為雅典學院的圖，畫中將希臘羅馬到義大利五十多位哲學家與藝術家給匯聚一堂，在高大的穹頂下，哲學、數學與藝術、倫理學、文學如熠熠星子匯聚一處，或坐或站，或討論、或沉思，而左翼與右翼分別是代表光的阿波羅、與月的阿提密斯，我時常想像這樣的畫面，所有的學者聚集到此處，我們研討知識，以一種溫暖卻不劍拔弩張的姿態，讓知識如光自由流動。

但實際的狀態卻非如此，大部分時間，我常常和同學坐在大教室中，聆聽牆壁螢幕重複播放的講解，過程中我們不斷的拼命抄寫、計算，沒有空閒時間可供發問。

課堂一開始是五分鐘的演說直播，有時是校長，有時是我們的特首——明克，我們的目的是要將你們教育成一具超級電腦，校長普羅斯對我們道，當你看到一個問題時，腦中要自動反射出答案，連思索都不需要思索，這就是我們教育你們的目的，每當課堂開始便會自動播放一次，結束又會播放一次，據說所有的亞人在一歲以前住在玻璃艙中二十四小時不間斷的聽著這些話，出自於亞法龍生存守則。

亞法龍生存守則，這可是我們每一個亞人一生必讀的聖經，亞法龍奉行睡眠教學法，每一名離開玻璃艙的亞人一直到七歲前，睡眠中都要聆聽這本經典，第一章介紹的是明克總理的奮鬥人生，下一章則是七大城邦簡介，接下來依據科目不同，背誦各種知識。

幾乎所有的亞人三歲便能背誦完整的三角函數、三種以上的拼音語言，乃至圓周率後第五十九個小數點，這都是劃時代進步的睡眠教學法，校長普羅斯是這樣告訴我們的，透過制約學習我們省了很多力氣，使學習更加有效率。

老師分為真人和機械人兩種，但我常常分不清他們兩者的差異，我們這個時代的機械人製作精良，從眼睛的眨動到細微的呼吸，你幾乎很難找出其中差異，唯一差別是提到問題時，機械老師們可以直接從電子瞳孔中投影出你方才漏聽內容的螢幕，而人類老師則是倒背如流的複誦。

最早的生命來自海洋，三十億年前雷電交加中，各種物質和融化的金屬如鐵、銅、鋅、鎳形成被稱為硫化金屬鍊的化學反應，以碳元素為基礎的產生了胺基酸，胺基酸又構成長鏈蛋白質……

然而我卻從沒看過海洋，我所見的生命都是來自一種裡頭充滿培養液的培養槽，我們將充滿胺基酸的分子液加入其中，透過RNA細胞的編碼，將改造過後的基因序插入其中，製造各種我只見過存在於圖鑑上的生物，我曾問過老師真實海洋的模樣，但他們告訴我無須探究，培養液和海洋是差不多的東西。

我羨慕李斯特總是能前往地下的森林，見識自己學過的知識，但我卻缺乏勇氣，下界是一個名為蟻墟，不管物質條件與環境水平都遠遠低於我所居住亞法龍的地方，總是飄散著濃厚的霾害，李斯特跟我道，除了極遭的空氣品質和水汙染外，還有各種噬人的猛獸，除非有必須的理由，不然沒有下去的必要。

但既然如此，為什麼你還要下去呢？我問了一下李斯特，他沉思一下，回答道或許是我天生就喜歡森林吧！森林有某種隱喻，神祕的吸引我。

有時，他也會將一些隱藏於叢林中破敗的建築，透過影像紀錄，讓我一探究竟。

我曾經看過鏽蝕、倒塌的巨大鐵塔、半沉在溪谷間的金字塔、被冰河給凍結的神像……但我印象最深刻，還是一座赭紅色圓形的穹頂教堂，像是我仰望過亞法龍直到視線不可及的盡頭，由能量波交織成七色的力場，將整個星海之城籠罩起來，不受紫外線與霾害的威脅。

我在圖書館查了資料，那出自空白歷史前文藝復興前期一名名為布倫涅立斯齊的大師之手。

布倫涅立斯齊，身兼建築、雕刻家、數學家又同時是畫家，那時代強調全人教育，教育的目的是為了以培養全方位的人才。每當實驗時間我忙於分割細胞基因時，我腦中常會出現某種敲打的詩句，望向窗外，腦中不自主出現以數學建構充滿理性、平衡的詩。

但這是一個諸神已死的時代，李斯特對我說，所有符合黃金比例的人體結構都已被一一分割、解碼，透過對人體基因序的研究，我們將代表阿波羅的音樂基因、可羅索的不老基因、阿富羅底美的基因一一解構，一份份指頭大小的塊狀組織儲存在玻璃瓶培養液之中，那就是我們這個時代的諸神。

畢業後進入某公司的私人研究室待了七年多，有一天，一名赤紅、留著鞭毛類細菌一般的短髮男子來找我，他先一鞠躬，接著將一只帶著四葉苜蓿戒指的手指朝向我，在我伸出指尖距離一公分之際，隨即嗶一聲，電子名片傳到我的戒指裡，點選一看，上頭寫道：賈許．布拉克，孟克基金會執行長，專長：遺傳工程。

當我思索之際，我又聽到嗶一聲，下一行文字：米克公司旗下第三十九家子公司。

一看到米克二字，我便心知肚明多了，這公司靠基因改造的產品起家，利用基改種子壟斷全世界市場，甚至連政治人物也不得不接受他們的獻金，在國會裡為其護航並修改對他們不利的法案，不論說米克公司是聲譽卓著、或是惡名昭彰，總之，無人可小看這家公司的影響力。

「艾伯特先生您好，我們基金會方成立不到一年，還在籌組階段，雖然規模不大，但我們卻想要網羅生物科技領域上重要的人才，而您便是我們主管高層打算延聘的重要對象之一，我們會提供你一億比索以上的經費，只要你按照雇主的意願提供我們所需的服務。」

離去之際，他又將資料傳給我手上的戒指道：「這裡有所有你想得的資料，看完之後如果有興趣的話請和我連絡，不過資料會再你已讀後五分鐘自動銷毀，這段過程中請放心，不會損傷你的電腦，但如果你嘗試要做複製或存取的動作時，裡頭設定的電腦病毒便會癱瘓你的作業系統，請不要輕易嘗試。」

離去之際，他又道：「最後提醒你一件事情，無論你是否接受我們的條件，請你都一定要保密，如果之後有任何機密外流是與您有關的話，我想，我們公司多少會向您收回一些洩密的**代價**。」

當他說到代價二字語音稍微加重了一下，我了解，他說的應該不是指金錢之類的補償，還包括生命的利息，我向來是很了解這種事的，藉由一些特務的組織移除某些會危害組織的人，彬彬有禮的，請他們到另一個世界去，但雖然如此，我卻沒想到有一天，會親身面臨這種狀況。

坐在水滴型半透明的椅子上思索，望著戒指視窗裡雙M符號的標誌，我知道我需要研究經費，錢越多越好，這個世界上沒有出資者，縱然再有聰明才智，什麼科技成果都無法呈現，我這輩子差不多差不多就是如此了，如果沒有任何改變的話，在這家中型公司待到壽命將盡，生命不會激起任何漣漪，你問我感覺呢？我當然要告訴你，我厭煩透了，對於將顧客指定的幾項基因序：大多是抗寒害的、抗雜草、或是抗蘇力菌的，用二十二口徑的高速槍以數百哩的時速將基因給轟入培養皿中的一群細胞裡，接著再以基改過的種子餵食小白鼠觀察細胞是否有異變，然而送出去的實驗結果永遠只呈現報喜不報憂……但如果我接受，會不會有什麼風險呢？

指尖碰觸的瞬間，兩道閃電交錯的雙M，利刃般刺痛我眼膜，接著我讀到一行文字：複製人計畫。

三天之後，坐在米克公司內部大樓，我、李斯特（他也同時收到賈許的邀請，在跟我差不多的時刻），還有一些原本只聞其名不見其人、卻在我們這個領域是赫赫有名的學者，坐在一只銀色腰果形大桌上，每人桌上放著一只指紋辨識晶片，賈許穿了一件鼠灰色的、上頭繡著雙M標誌的大衣，染成灰色的頭髮使他今天像極了一隻直立的三葉蟲，他帶著溫和有禮的微笑，對我們道：「感謝各位菁英今天共同參與我們孟克公司的說明會，相信今天大家來此，便是有意願加入這個團隊，因此我為各位準備了簽約書，如果大家聽完我的說明後願意接受，便把晶片插入自己身上的微電腦，之後每個月一日各位的薪資與研究經費便會定期進入各位的帳戶中。」

接著桌面閃動出畫面來，那是一片翠綠無比的草原，賈許道：「我們公司從十年前便成立，目的便是希望發展生物科技的複製工程，目前成立了二十多個複製小組，從牲畜到水產、飛禽、植物……都有我們公司在複製工程領域投入的成果，之前，我們公司祕密的吸收一些科學家，打算將版圖拓展到複製人，經過為期一年審慎評估後，機緣成熟，我們決定發展複製人工程。

這裡位於北緯六十三度到六十二點五度之間，原本是溫帶森林，我們砍伐了一部分培養成草原，並打算在此建立研究室，為什麼要選在這裡呢？因為這裡離六大城邦都有一定距離，有先天隱密的優勢，當然，為了避免被其他城邦發現，還會在周圍的地底下埋設反偵測雷達。」

接著下一張畫面，一個半圓形的穹頂，他道：「這是複製人實驗室，一次可以生產十五到二十個複製人，當然，複製人也和一般人類一樣誕生後需要養育，因此我們也會招募五十名育兒工作員負責照料他們，而為了在複製人成長的這段時間將他們培養的健康茁壯，以備在之後雇主需要時他們健康又有活力，因此，我需要各位給予他們照顧，不論飲食或是運動，以保證他們身心皆處於健康狀態。」

「當然，你們也可以教導他們一些知識，但只要粗通識字能力即可，你們知道的，他們只是雇主的備用品，不需要擁有太高的知識。」賈許道。

「可以請問建築藍圖的形狀嗎？」我問。

「你可以按照自己的想法設計管理這些複製人的實驗室，只要空間經濟且符合效率原則的話。」我腦中出現文藝復興時期，布倫涅立思齊設計的百花聖母大教堂的圓形穹頂，沒有任何一點鋼架與釘子，那是有史以來最大的磚造圓形穹頂，力與美的純粹和諧，結構與結構之間的絕對平衡，啊！如果可以，我想要蓋一間有著八角形高且深穹頂的圖書館，上方鑿一個天窗讓光不設防的流入。

「如果大家對合約沒有意見的話，請將前方的晶片插入自己的微電腦中，輸入自己的姓名與Ai碼，即完成簽約手續，您將會有一組個人的祕密帳戶與信箱。」

「請問我可以邀請我熟悉的朋友進來，參與這個計劃嗎？」李斯特舉手發問道，我猜他指的是查爾斯，他最擅長遺傳工程與基因改造，有他的幫助，我們日後的實驗無疑會順利很多。

「姓名呢？」

「查爾斯。」

「我會將你的要求回報總公司，但結局如何，最終還是由上頭決定。」

就這樣子，三天後，我們收到祕密通知，查爾斯通過孟克基金會的審核，此後我們又待在同一間實驗室，可以像以前一樣親密無間的工作了，這對我、李斯特和查爾斯三人，都是一個好消息。

查爾斯極需要錢，那時他已經和莎露結婚了，他希望可以開一間屬於自己的生技公司，如果進入孟克基金會學到所有的生技技術後，就可以順利開業了，他是這樣想的。

就像在做夢一樣，原本空曠的草原聳立出一棟高大的學院，這裡被稱為苜蓿山城，就像我心目中理想的建築那樣，李斯特想在裡頭教授繪畫、莎露想要教授跳舞：從芭蕾、國標、拉丁到踢踏舞，而我，我想要和他們談論各種知識，不論是文學詩學建築還是物理，我想要一直一直談論下去，這是我心目中諸神的復活。

但我卻記得離去時賈許對我們道：不要對豢養的小白鼠懷抱太多感情，這樣只會影響科學專業的判斷。

這裡被命為苜蓿山城，在李斯特的提議下，在五百公尺外圍保留原本的森林，甚至為了讓森林茂密些，李斯特還運用申請到的經費去造了一些人工林。而所有學生中，我特別喜歡一個叫亞芒的孩子，他眼神湛藍如熠熠星子，敏而好學又喜愛發問，有人認為我是因為他背後的身世因而對他青眼有加，但老天在上，我知道不是。

當一切都好轉之際，查爾斯和莎露的婚姻卻不如想像的順利。

通過政府審核，結婚的第三年，他們將體內的精子與卵子交由生育中心製造受精卵，但精子與卵子的結合過程中卻十分不順利，每當精子靠近時便會游離開，不然便是結合後，也會自然萎縮。

據說每一百對夫妻約莫有零點一會有這種狀況，然而不是發生在任何人，而是發生在生物學家身上，忍不住讓人有一種諷刺感，為了找出原因，查爾斯與莎露兩人都做了非常精密的檢查，但更讓人異想不到的，是發現莎露的卵巢不知何時有病變，透過超音波掃描出兩顆石榴大小的腫瘤。

為什麼莎露會生病呢？

當時政府隱瞞食用過多的怪物食物，身體會產生異變的消息，現在想想一切疑問都迎刃而解，但當時我們卻無法明白為什麼這種事情會發生在我們身上，合理的猜測是李斯特去過輻射區，他將一對據說是巫士祝禱過的象牙項鍊送給她，因而使她身體產生了一些異變。

「我想莎露換一對健康的卵巢，這樣，莎露就可以健康的活下去了。」一次用餐時，查爾斯壓低聲音道。

「你打算怎麼做？」

「怎麼做？還不容易，就像我們每日做的一樣，直接訂做一個不就得了。」他道。

「你的意思是要用莎露的細胞製作一個複製人，等到她成長時在摘下她的卵巢給莎露。」李斯特問道。

查爾斯沒有回答，篤定的眼神說明一切。

「莎露她怎麼想？」李斯特問。

「我還沒告訴她。」

我沒有說任何話，天可憐見，如果我當時心底閃下的第一個念頭一定是我的天呀！但是我們目前所作所為，不就是如此嗎？對於這些開口閉口稱之為學生的孩子最終要被送去哪裡？我們可都是心知肚明，現在只差我們要從旁觀者，正式成為屠宰者中的一員。

「這件事請不要告訴莎露，等我準備好，我自己會告訴她。」查爾斯道。

幾日後用完餐後，正要將餐盤拿去回收處時，我看見查爾斯走向我，對我使了一下眼色，我當下會意，跟隨著他的腳步前進。

但他卻穿過飯廳、穿過位於正中央象徵知識理性的琴之森、穿過中堂擺著羅丹沉思者的哲學院，最後，離開苜蓿山城，進到森林腹腔。

「艾伯特，我需要你的幫助。」一轉頭，光落在他臉上明滅漫漶，我聽見他開口。

「什麼意思？我不懂？」

頓了一下，查爾斯的神情看起來很痛苦，像是忍了很久，才道：「我檢查過莎露身體的狀況了，細胞異變蔓延的情況比我想像還要嚴重，但製造一個複製人到卵巢發育成熟至少要十四到十六歲，莎露她……等不了那麼久。」

「那你打算怎麼辦？」

「拜託你，請你將莎露的基因移植到豬隻身上，豬的代謝時間只有人類的三分之一，如果順利的話，不到三年，就可以採下備用的器官了。」

「你說什麼？」

「拜託你了，艾伯特，你是基因改造工程的專家，我需要你的幫助，如果沒有你的幫忙的話，單憑我自己，我沒有自信獨自完成這樣的工程。」

「可是……可是你現在要做的是將靈長類的基因，打入偶蹄類的染色體中呀！」我道。

「艾伯特，是什麼原因使你不願意幫忙我，是道德、還是上帝？」他質疑道。

老實說，我自己也不知道，在我們這個時代早就不時興上帝了，睡眠教學法告訴我們那是空白的歷史前，仍蒙昧的人類對未知自然所產生的一種安慰劑的幻想，有幾個民族因為對上帝教義的認知不同，因此大打出手，最後彼此同歸於盡，由此可知上帝可不是什麼好思想，但我們這個時代不需要，我們有科技、有政府配給的藍水。但是我內心還是有強烈說不出來的恐懼感，但我在害怕什麼？恐懼什麼？

「孟克基金會那邊怎麼說？」我問。

「我向他們報告過了，他們樂觀其成，只是他們要求無論實驗最後成果如何，我們一定要將報告和樣品給他們知曉。」

「可以讓我考慮一下嗎？」

「請不要太久，因為，我怕莎露等不下去。」

回頭漫步在森林小徑上，我究竟在在意什麼？害怕什麼？老實說，連我自己也不甚清楚？

我不是曾經將許多基因改造過的菌株給轟入（大部分是農作物）其他物種的染色體中，雖然我知道數千年以前人類便致力於品種改良，但跨物種的基因水平轉移卻是從未有過的事，但只是我現在要做的，是將基改的對象由不會說話的農作物改為同為靈長類的同伴罷了，其實基因工程發展到最後，這早就是必然的結果，但我到底在害怕什麼？介意什麼？

「老師，艾伯特老師？」

行走走廊上我聽見一陣聲響，我一時分神，定睛一看，才發現是亞芒再叫我。

「親愛的孩子，請問有什麼事嗎？」

「我聽說您和李斯特老師弄來了一架鋼琴，請問，以後每天下午，我都可以去練習嗎？」

「可以的，孩子，歡迎，還有什麼問題嗎？」當我說完，卻看見亞芒還不肯離去，似乎有什麼話想問我似的。

「老師，我想請問您，笛卡爾認為只有人類才去有理性思辨性，而人類以外的生物則缺乏一切思考和感覺的能力，為此，許多歐陸哲學家繼承了他的觀點，如黑格爾便認為動物只是供人類役使的工具，請問，您認同嗎？」

「某種程度是認同的，因為你知道的，孩子，畢竟動物不像我們一樣具備完整且強健的心智。」

「那老師，請問這是否會演變為一種以人類為中心的犬儒主義呢？所有人類以外的生物都不具有思考感覺性嗎？還是比如說：有些類似人類的生物，仍具有感知苦樂的情感，卻被屏除在笛卡爾的主義之外？」

「孩子，你是指？」不知怎麼，我突然覺得亞芒似乎意有所指，是我太過敏感了嗎？還是其實這些孩子本就異常敏感，早就探測到、領略到某些風聲呢？

「我也不知道，只是，如果有可能的話，我希望我的靈魂能化成蝴蝶，去為那些屏除於人類理性之外的萬物去發聲罷了。」

我將高倍顯微鏡下觀察查爾斯不知從哪取來莎露的細胞，揀選出四十多個看來最健康的放入培養皿中，再一個個仔細的挑選，而查爾斯則找來健康豬隻的受精卵，接著將裡頭的細胞核切除，移植入莎露的細胞核，而更為了保證萬無一失，正如我曾經做過的那樣，將顯微鏡調到一億倍左右的高倍率，按下扳機，將莎露的第二十三對染色體，打入細胞核內。

實驗結束後，我再度回到課堂，將實驗室裡的一切，都交給查爾斯。

如果可以的話，我真不想過問實驗室裡的一切，因為如果要我說的話，那真是一場典型的畸形秀。基因改造過的豬隻有的沒有肛門和生殖器，但大多數連站都站不起來，這是什麼生物？老實說，就林奈從墳墓爬出來都未必歸類的了吧！不知道是幸或不幸，大多數基改生物大部分一出生就夭折了，只有一個是發展得比較好的，牠留著長長類似人類頭髮的米黃色鬃毛，不斷的在畜舍裡走來走去，不時以不安眼神眺望著實驗室外頭。

查爾斯常常向撫摸著小狗般撫摸這隻生物的頭部，牠似乎也不討厭這個動作，但每當牠躺臥時側面臉部線條總令我想起莎露新月形的鼻樑，但查爾斯總說我想太多。

但之後最叫我害怕的一件事情，是有一天，那隻生物突然站起來，且說話了。

那是說話嗎？還是只是喉嚨聲音無機的組合？我雖想這樣說服自己但我確確實實的知道語言不只只是語言，它是個體賴以認知世界存在的居所，背後還包含能指與所指之間的連結，隨著牠不斷向前，試圖踏出一小步卻可能是人類歷史的一大步（是向前或後退，端看你是樂觀主義者或歿世論的衛道學家），卻踉蹌摔倒，我忍不住戰慄後退。

五十萬年前猿人首度直立起來，發出的第一個有意義的辭彙是什麼呢？

海倫凱勒發出的第一個單音是水，那一刻她的老師蘇利文以創造奇蹟而名聞歷史，因為她做到了將事物的概念穿越黑暗，投射至三重障礙者的心象裡。

那為什麼我要害怕？

我聽見裙裾拂過光潔地板溫柔的聲響，無須轉頭，那是莎露。

我已許久沒見過她了，我知道，大部分時間她都是神情憔悴的躺臥在床上，難得有體力起來行走，但此時她竟然起身了，這是迴光返照嗎？我實在不想這樣想。

李斯特扶著她走過來，她看了我一眼，眼神憂傷帶著同情：「可憐的孩子。」我不知道她是說那生物還是說我。

她拿了一個鐵盤，上頭呈了些水，那生物俯身喝了，水從下巴滴滴答答，這生物天生有唇顎裂，莎露一面看，一面輕柔的撫摸道：「可憐，只要是生命，都應當要擁有尊嚴不是嗎？」

她是在對我說話嗎？然而，我卻沒有回答，此時的我竟什麼話也說不出話來，只見莎露緩慢起身，牽著那隻動物，消失在實驗室的長廊裡。

「艾伯特？莎露呢？」不知過了多久，我聽見查爾斯趕來的聲音道。

「我……我不知道。」

看著他氣急敗壞的神情，他先將實驗室掃視過一遍憤怒抓著我領子道：「你就這樣眼睜睜的看著他們走，什麼都沒做？」

不然……我是該做些什麼呢？我在心底道。

就在此時，我感覺黃昏的天邊一陣銀色的閃光烈焰衝起，依稀在森林的彼端，那是什麼？我還沒弄清，但查爾斯已經跑得不見蹤影。

那是發生莎露帶著那生物駕著飛艇試圖要離開之際，被意外製造出來的生物在野外幾乎不可能存活，而莎露自己也是，對這點她應當再明白也不過了，但她為什麼要離開呢？是要去哪裡？老實說，我真的想破頭也想不出頭緒？

當莎露駕著飛艇橫越過邊際線之際，地底下埋藏的雷射警報器響起，連結一道高熱的白熾電光束，以高頻的雷射光迅速炸毀了她的飛艇，原來我們都不知道，我所設計的苜蓿山城周圍二十公里外圍居然埋下了自動雷達和武器，原來我更不知道，我和查爾斯一舉一動，都在米克公司的監督下。

隔天，賈許帶了幾名學者將實驗數據和殘留下的生物帶走後，他對莎露的死亡隻字未提，但他那眼神卻恍若穿透了一切，令我戰慄，我知道你們在做什麼喔？放心，無時無刻老大哥都會不斷看著你的，虛空中不知何處埋藏的電眼回答我，之後總公司送來一份簡短聲明，從今以後琴之森裡禁止教授哲學和歷史。

「艾伯特，我們這麼做是錯的，無論如何，我都不願意剝奪他人的生命活著。」回想莎露離去，她對我說的最後一句話，但我卻連和她道歉最後的機會也沒有了，而李斯特呢？他還活著嗎？當我試圖去尋找殘骸時卻只聽到賈許簡潔的制止，我甚至連開口都不敢再開口，萬一我再詢問下去，下一個被抹除名字、移到另一個世界去的人，會不會是我呢？

自從莎露死後，查爾斯整個人就像行屍走肉，我將自己埋首在工作之中，偶而在走廊間彼此相遇，眼神閃爍一下隨即交錯，不知為什麼？只要見到彼此的臉，我們便會不由得想起莎露，那種前所未有的陌生空氣橫亙在我們之間，我們害怕再去碰觸，這種莫名的情感像玻璃一碰就碎，現在想起來，或許查爾斯內心很脆弱吧！其實他正在求救，靈魂像是即將滅頂的溺水者載浮載沉，但我卻沒有發現。

或許那時我是發現的，只是不願意注視罷了，為什麼？也許是我內心是責怪他的，莎露的死他也有責任。

要從阿克隆河將亡妻給帶回來，是要付出某些代價的。

其實莎露就是隱藏的第四瓣苜蓿葉，當失去她的同時，某種隱藏的幸福也正逐漸逝去，回想當初接受孟克公司的條款，像是與猴子手掌的交易，當你想要得到某個願望之時，一定得付出代價，得到的幸運或許很渺小，但付出的代價卻遠超過自己的預期。

我想要去尋找第四瓣的苜蓿花。查爾斯離去之際，他桌上留下一張字條道。

空白的時間我回想當初我們四人的相遇，查爾斯離開了，但他習慣彈的鋼琴卻留下來，每次看見那架鋼琴，不由得我的心便會刺痛一下，為什麼我會感到痛苦呢？老實說，這種莫名的感覺我自己也說不上來，於是我決定將鋼琴移到森林最深處，因為我相信森林會無聲的埋葬一切，包括光線與回憶。

因此當日後我發現費森、琉璃和亞芒三人找到查爾斯的鋼琴，並且開始嘗試彈奏、修復之際，我內心有種莫名的複雜感。

是你招喚他們嗎？查爾斯、還是莎露？

一天，亞芒與費森來找我下棋，我察覺到一點異樣，當他在對我說話時，右眼瞳孔不自覺的放大、又縮小一次，這是查爾斯特定為複製人在童年時設定的一項制約反應，用意是讓我們可以隨時掌控他們是否對我們有所隱瞞，避免實驗結果產生任何副作用，但是這項制約設計完畢後，查爾斯便離開了，當賈許風風火火的帶領研究人員進入時，我只來得及將這項實驗結果刪除，沒有往上報告米克公司。

為什麼會這麼做呢？老實說，連我自己也不知道。

當我發現琉璃、費森和亞芒這三人計畫要帶領大家逃離苜蓿山城時，當下我感到擔心，他們還不了解米克公司的恐怖，他會用各種方法摧毀這個世界上妨礙他們的人，無論身分與其地位，對他們而言，只要一根指頭就足夠了，此時我陷入了猶豫，我應該嘗試警告他們嗎？

這問題可能超越了湯瑪斯・阿奎那的觀點：他否認人類對動物有任何慈善的義務，但卻也認為對待動物殘忍，會影響我們對待其他人類的方式。而是在整個生物科技和基因改造的工程下，究竟人之為人的定義是什麼？複製至人一模一樣的細胞、基因、還是心靈。

但最後，我將一對銀刀藏入鋼琴之中，那是李斯特在下方流浪時帶回來送我的收藏品，那是一個名為波洛洛族、有巫士祝福過的武器，我知道琉璃與費森這幾人向來精進武藝，這武器或許對他們有幫助。

轟炸過後，米克公司將其定位為實驗室工安意外爆炸，當亞法龍派軍將苜蓿山城全面夷為平地，雖然目前整個苜蓿山程仍舊全面封鎖，不准他人進入，但我依舊偷偷一人潛入，但為了什麼？我自己也說不出來。

踏過一個個扭曲變形、被炸爛的維生箱，這些是我們花了數個月培育出來的複製人胎兒，有些還是胚胎的形貌，有些卡在破碎的玻璃膠囊中，我想起實驗時曾經見過爬蟲類、魚類和哺乳類的半透明胚胎，依稀還可以看清楚皮膚底下的血管和脊椎，但實驗結束後都會全部放入絞碎機中銷毀，但不知為什麼？此時，我內心有一點異樣的感覺。

尤其是當我看見一個發育僅八週，長長的脊椎往前彎起像是尾巴的胚胎時，我的心，忍不注重重的震了一下。

而其他複製人又去了哪裡呢？大部分人都被殺死了吧！但就算僥倖活下來，恐怕也會被亞法龍的軍隊給趕盡殺絕，我所教授過的哲學、自然科學各種儲存在腦褶葉的知識也會化為烏有，想起我曾經教授過的一張張青春的兩孔，內心忍不住有種衝擊感，他們就像水波底下的溺水者，載浮載沉的等待我的救援，當我卻只是袖手旁觀。

此時，我腦中又浮出莎露的臉孔。

當下我突然有一種感覺，是我殺死他們的。

當然，他們的死並非我造成的，但我卻清楚知道我難以置身事外，這正如古代東方一句諺語：我不殺伯仁，伯仁由我而死，因為我沒有插手，因此他們化為冰冷的屍體。

可是如果不如此，我又該怎麼做呢？

在一堆燃燒過後的瓦礫中，我看見倒臥在碎石間的亞芒。

我蹲下身檢查一下他的傷勢，用指尖的戒指掃描，全身五十三處開放性骨折，心、肺、肝三種器官正逐漸衰竭中，昏迷指數六。

但仍有生命跡象。

此時，我內心又陷入了猶疑。

如果我轉身離去，亞芒一定會死，但如果我救了他的消息讓米克公司知道，我一定會成為下一個被消除的對象。

怎麼辦？救、或不救。

最後，我救了亞芒。

我將渾身百分之六十九灼傷的亞芒放入培養槽的再生溶液之中，原本他身上大部分器官都出現衰竭、壞死現象，但整個身體卻逐漸康復了。

「你應該有未完成的使命吧！」三十六個小時後，我靠近他浸漬的培養槽中，我問。

我知道他無法回答我，但是我可以透過心電圖上頭心跳波動的起伏，以及瞳孔放大的大小，來判斷他內心的情感，當我詢問第一句話時，我看見螢幕上傳來心跳快速上升的波峰，令我想起上升湧動的海浪。

「你恐怕無法活太久，因為你身上許多器官不是被割除、就是幾近壞死，要活下去，只有靠一個辦法，就是意識轉移。」

「生命本身存在著類似我們俗稱的靈魂，生命會死亡、代謝，其實是我們意識所造成的一種感受，時空此一觀念並不存在，這只是客體生活在物理環境底下，用以丈量周圍刻度的工具，就質能守恆定律而言，死亡是不存在的，靈魂只是轉移到其他地方去而已。

你應該已經知道真相，你是一名複製人，但，並非所有人創造你們的目的都打算將你們製造成身上備用器官的儲存所，我給你一個晶片。」

我將一個翡翠綠苜蓿形狀的晶片放在呼吸艙的最外頭道：「裡頭記錄了除了你之外，其餘複製人的姓名和生活場所，你可以去找他們，每找到一個人，藉由將你的意識灌注到他身上，你可以傳遞你的記憶和部分人格，某種程度而言，你可以繼續活下去，但這會有後遺症，隨著生命不斷傳遞，你原本的記憶會越來越淡薄，而你承載的記憶卻會越來越沉重，而能量在傳遞過程多少會有散逸，無法完整傳遞，因此，你每傳遞一次可用的壽命會越來越短，到最後，可能只剩下數個月。」

說完之後我便離開了，我並沒有對他表達自己的姓名，就讓他認為自己是被神祕人物給救了吧！

醫療過程中，他身上也有一些皮膚移植是來自我，只是我並沒有告訴他，而幾個月後我也被檢查出罹患了漸凍症，這是一種慢性病，讓人在剩下的時光中，身體一寸寸失去行動能力，像潛水鐘般禁錮不得不的靈魂，莎露、李斯特，你們好嗎？我就要去見你們了，但在前往之前，我還有未完的事情，我要用剩下的手指、到眼球最後的閃動組成日記，留與未來的人們，而至於以後的事情，就交給那些孩子吧！

釀奇幻06　PG1615

星海之城

——巴薩拉

作　　者	曾昭榕
責任編輯	辛秉學
圖文排版	周妤靜
封面設計	葉力安
出版策劃	釀出版
製作發行	秀威資訊科技股份有限公司 114 台北市內湖區瑞光路76巷65號1樓 電話：+886-2-2796-3638　傳真：+886-2-2796-1377 服務信箱：service@showwe.com.tw http://www.showwe.com.tw
郵政劃撥	19563868　戶名：秀威資訊科技股份有限公司
展售門市	國家書店【松江門市】 104 台北市中山區松江路209號1樓 電話：+886-2-2518-0207　傳真：+886-2-2518-0778
網路訂購	秀威網路書店：http://www.bodbooks.com.tw 國家網路書店：http://www.govbooks.com.tw
法律顧問	毛國樑　律師
總 經 銷	聯合發行股份有限公司 231新北市新店區寶橋路235巷6弄6號4F 電話：+886-2-2917-8022　傳真：+886-2-2915-6275
出版日期	2017年3月　BOD一版
定　　價	340元

Printed in Taiwan

國家圖書館出版品預行編目

星海之城：巴薩拉 / 曾昭榕著. -- 一版. -- 臺
北市：釀出版, 2017.03
面； 公分
BOD版
ISBN 978-986-445-188-3(平裝)

857.83 106002184

讀者回函卡

感謝您購買本書，為提升服務品質，請填妥以下資料，將讀者回函卡直接寄回或傳真本公司，收到您的寶貴意見後，我們會收藏記錄及檢討，謝謝！如您需要了解本公司最新出版書目、購書優惠或企劃活動，歡迎您上網查詢或下載相關資料：http:// www.showwe.com.tw

您購買的書名：________________________________

出生日期：________年________月________日

學歷：□高中（含）以下　□大專　□研究所（含）以上

職業：□製造業　□金融業　□資訊業　□軍警　□傳播業　□自由業

□服務業　□公務員　□教職　□學生　□家管　□其它_____

購書地點：□網路書店　□實體書店　□書展　□郵購　□贈閱　□其他

您從何得知本書的消息？

□網路書店　□實體書店　□網路搜尋　□電子報　□書訊　□雜誌

□傳播媒體　□親友推薦　□網站推薦　□部落格　□其他__________

您對本書的評價：（請填代號　1.非常滿意　2.滿意　3.尚可　4.再改進）

封面設計____　版面編排____　內容____　文／譯筆____　價格____

讀完書後您覺得：

□很有收穫　□有收穫　□收穫不多　□沒收穫

對我們的建議：________________________________

____

____

____

請貼
郵票

11466
台北市內湖區瑞光路 76 巷 65 號 1 樓

秀威資訊科技股份有限公司 收

BOD 數位出版事業部

（請沿線對折寄回，謝謝！）

姓　　名：＿＿＿＿＿＿＿＿　年齡：＿＿＿＿　性別：□女　□男

郵遞區號：□□□□□

地　　址：＿＿＿＿＿＿＿＿＿＿＿＿＿＿＿＿

聯絡電話：(日) ＿＿＿＿＿＿＿＿ (夜) ＿＿＿＿＿＿＿＿

E-mail：＿＿＿＿＿＿＿＿＿＿＿＿＿＿＿＿